Im Sternenzelt II

Über mich:

Frederic S. Hensch wurde 1940 in Berlin geboren, studierte Pädagogik und war mit 21 Jahren Lehrer. Er arbeitete mehrere Jahre in Südamerika an der deutschen Schule in Caracas/Venezuela.
In den 43 Jahren seiner Dienstzeit unterrichtete er in allen Schulformen, die letzten 19 Jahre bis zu seinem Ausscheiden war er Rektor einer großen Grundschule. Er lebt mit seiner Familie in Nordrhein-Westfalen.

Bisher sind von ihm erschienen der 1. Teil des Kinderbuches „Im Sternenzelt – Nina, Caren und der schwarze Meteorit" sowie ein Buch für Erwachsene „Grimms Märchen und die Politik von heute"

„Sternenzelt II"
erschienen 1-2011, 1. Auflage
Verlagshaus Schlosser, 86316 Friedberg
Alle Rechte vorbehalten
Text und Umschlagsbild: Frederic S. Hensch
Layout & Druck: Verlagshaus Schlosser
ISBN: 978-3-86937-160-3
€ 14,90

Im Sternenzelt II

Nina, Caren und die Außerirdischen

von

Frederic S. Hensch

Inhalt

Prolog

Nina und Caren leben mit ihren Eltern im Hause ihrer Großeltern in Mintard, einem kleinen Vorort von Mülheim an der Ruhr. Sie sind eineiige Zwillinge mit außergewöhnlichen Fähigkeiten. Mit vier Jahren bringen sie sich selbst das Lesen und Schreiben bei und stellen dabei fest, was die eine lernt, kann die andere auch und dass sie sich gedanklich verständigen können. Beide, sehr einfühlsam, sind in der Natur zu Hause. Caren hat einen besonderen Draht zu Pflanzen und spricht mit ihnen – alle blühen in ihrer Nähe auf. Nina hat ein besonderes Verhältnis zu Tieren. Wenn sie mit ihnen spricht, werden sie zutraulich und lammfromm.

Seit einem Jahr besuchen sie die „Escuela privada de estrellas". Die Schule befindet sich aber nicht in Andorra, sondern 45.000 km entfernt im All in einem 6-eckigen Stern im Inneren einer Kugel.

Ihre vier besten Freundinnen, auch eineiige Zwillinge, sind Beatrice und Catherine aus Paris und Carmen und Maria aus Barcelona. Alle sind gleichaltrig und haben am gleichen Tag, dem 10. Februar, Geburtstag.

Die Väter der sechs Mädchen, Computerfachleute, haben ihren Töchtern im Sternenzelt geholfen.

Nun ist das erste Jahr vorbei und vor den Mädchen liegen herrliche zwei Monate Ferien.

Endlich zu Hause

Nina und Caren freuten sich auf zu Hause. Endlich bogen sie in ihre Straße ein und da standen auch schon Mam, Opa und Oma und rannten ihnen entgegen. Alle lagen sich in den Armen, und Mam vor allen Dingen sah ihre Töchter stolz an: „Seid ihr etwa schon wieder gewachsen?" Nina und Caren lachten und drehten sich kokett im Kreis.

Im Haus war es wie immer und freudig nahmen sie wieder Besitz von ihrem heimeligen Kinderzimmer. Es war rot gestrichen und alle alten Poster hingen noch an den Wänden. „Sieh mal, da ist Slappi, unser alter Teddybär...."

Jetzt war wieder „Leben in der Bude". Natürlich gab es auch viel zu erzählen und das vertraute Lachen war ins Haus zurückgekehrt. Oma strahlte regelrecht. Sie hatte es sich nicht nehmen lassen Kuchen zu backen und bald saßen alle gemütlich beisammen und klönten. Besonders interessierten sich alle für das Fliegen mit den kleinen und größeren Raumschiffen und die Herstellung und Arbeit mit den Robotern. Immer wieder kam die gleiche Frage: „Ist das alles nicht viel zu gefährlich für euch?" Aber Nina und Caren lachten nur und erzählten begeistert weiter. Wenn die wüssten.....! Caren besuchte schon am Abend ihren alten Freund, den Apfelbaum, im Garten. Ihm hatte sie früher ihre Geheimnisse anvertraut und Trost bei ihm gefunden. Ein Zweig des Baumes war bis an ihr Fenster gewachsen und grüßte sie jeden Morgen

Beide Mädchen waren im letzten Jahr tatsächlich kräftig gewachsen und ihre Größe betrug inzwischen auf den Zentimeter genau 1,61 m. Sie sahen schlank und sportlich aus, hatten hübsche Gesichter mit haselnussbraunen Augen und zwei kleinen entzückenden Grübchen im Gesicht, die sie von der Mutter geerbt hatten. Ihre dunklen Haare trugen sie meist zum Pferdeschwanz gebunden.

„Für wen habt ihr euch eigentlich die Ringe zu Weihnachten

und fragte plötzlich: „ Heißt Ihre Mutter zufällig Claire Tousseau?" „Ja, aber wie kommen Sie darauf?" „Als ich in die Schule in Andorra ging, war eine Claire in unserer Klasse und Sie haben große Ähnlichkeit mit ihr." „Ja, das ist meine Mutter, sie lebt mit meinem Vater in Luxemburg." „Haben Ihre Töchter und Sie auch ein Muttermal auf dem linken Unterarm?" „Ja, aber meine Mutter hat mir nie erzählt, was es damit auf sich hat und dass sie auf dieser Schule war." „Und jetzt haben Ihre Kinder eine Einladung von dieser Schule erhalten?" „Ja, so ist es, aber wir wollen sie nicht dorthin schicken." „Na, dann lassen Sie sich mal etwas von Nina und Caren erzählen, die sind seit einem Jahr dort und unheimlich begeistert."

Nun mussten Nina und Caren vom letzten Jahr berichten und die Augen der Eltern von Julie und Sevilley wurden immer größer, als sie von den Raumschiffen, den Robotern und dem Wusch – Turnier hörten. Aber als sie erfuhren, wo die Schule lag, wollten sie sofort ablehnen, doch für Julie und Sevilley stand spätestens jetzt fest: „Auf diese Schule gehen wir auch!"

Erst spät am Abend fuhren Opa, Nina und Caren nach Hause, die vier Mädchen wollten sich am nächsten Sonntag wieder treffen.

Opa hatte wie immer Zeit für sie und so waren sie viel unterwegs, oft mit dem Fahrrad. Ach, wie gern hätten sie ihm von ihren Erlebnissen im Sternenzelt erzählt, aber das ging ja leider nicht.

Am Samstag war Shopping mit Mam angesagt. Gemeinsam schlenderten sie durch das Forum und die Schloßstraße in Mülheim und probierten Unmengen Hosen, T –Shirts und Blusen an. Das Eiscafé auf der Schloßstraße hatte es ihnen besonders angetan, wie hatten sie das nur ein Jahr lang ohne ausgehalten? Am Abend fuhren sie bepackt mit etlichen Tüten, aber zufrieden und müde nach Hause.

Fast jeden Tag mailten Nina und Caren mit Beatrice und Catherine in Paris und Maria und Carmen in Barcelona. Auch von ihren neuen Freundinnen Julie und Sevilley berichteten sie. Eine Woche später kam eine Mail aus Caracas in Venezuela. Wie Hernando und Juan an ihre Mail-Adresse gekommen waren, blieb zwar ihr Geheimnis, aber Nina und Caren freuten sich sehr darüber und so wurden auch oft über den großen Teich Nachrichten hin – und hergeschickt.

Leuchtende Steine

Am Sonntagmorgen klingelte es ziemlich früh bei Nina und Caren an der Haustür, Julie und Sevilley standen mit ihren Fahrrädern davor. „Na ihr Schlafmützen", riefen Julie und Sevillay lachend, „seid ihr fertig?" „Sicher, fahren wir." Mam gab ihnen einen kleinen Picknickkorb mit und Caren schlug vor: „Ich kenne einen Steinbruch, der ungefähr 15 km entfernt in Richtung Velbert liegt. Was haltet ihr davon?" Alle waren einverstanden und los ging es.

„Da vorn ist es", rief Caren übermütig nach einer halben Stunde und zeigte nach rechts. Der Steinbruch sah wie eine geheimnisvolle Schlucht aus. Überall lagen lockere Steine und Geröll herum. An vielen Stellen waren auffällige kleine rote Blüten, zu sehen, die einen Teil der „Schlucht" zum Leuchten brachten. Daneben wuchsen schiefe Büsche mit lila und gelben Blüten und über ihnen zogen in schneller Folge weiße Wolken dahin. Die vier blickten staunend nach unten und dann nach oben, es war ein herrliches Fleckchen Erde. Zwar warnte ein Schild „Betreten auf eigene Gefahr". Aber Kinder reizt das besonders. Die vier ließen ihre Fahrräder liegen und begannen zu klettern. Plötzlich kam Julie ins Rutschen. Ängstlich schrie sie auf, fand aber mehrere Meter weiter unten Halt. Kaum hatte sie sich aufgerappelt, kam Nina rutschend an ihr vorbeigesaust. Stürzte sie ab? Nein, ihr Schutzengel war wohl zur rechten Zeit da. Ca.10 m tiefer konnte sie sich an einem knorrigen Strauch festhalten. „He, kommt her!", klang es aufgeregt von unten, hier ist eine Höhle."

Rutschend und Halt suchend hangelten sich Caren, Sevilley und Julie nach unten. Prustend vor Anstrengung standen schließlich alle vier vor dem Höhleneingang. „Kommt mit", rief Nina und war schon in der Höhle verschwunden. Die drei anderen gingen ihr zögernd nach.

Die Höhle war bestimmt vier Meter hoch und hatte überall

Überhänge und Vorsprünge. Am Ende begann ein Gang, recht schmal, vielleicht ein bis zwei Meter breit. Nina war natürlich schon darin verschwunden. Die drei folgten ihr. Von irgendwoher fiel gleißendes Licht herein und erhellte den Gang und so kamen sie schnell voran. Doch der Gang wurde immer schmaler und flacher. Als man nur noch kriechen konnte, blieben Julie und Sevilley ängstlich zurück, während Caren ihrer Schwester folgte. Ein Stückchen weiter wurde der Gang wieder höher und breiter wie eine große Empfangshalle. Doch dann war Schluss, abrupt standen sie vor einer dunklen, völlig glatten Felswand. „Komm Nina, lass uns umkehren, hier geht es nicht weiter." Suchend sahen sich beide um. Plötzlich bemerkte Caren durch das gleißende Licht in einer Ecke blaue, rote und grüne Steine. Irgendwie schienen sie zu glühen.

Da, was war das für ein Geräusch? Als ob der Berg im Inneren grollen würde. Ängstlich sahen sich die Schwestern an. „Los, holen wir ein paar Steine und dann nichts wie weg." Caren rannte in die Ecke, griff sich ein paar Steine und steckte sie in die Hosentasche. Dann rief sie: „Hauen wir ab!" Aber da öffnete sich vor ihr eine Spalte, die schnell breiter wurde. „Los, spring"! schrie Nina und wich erschreckt zurück. Caren hatte keine Zeit verloren, schwer atmend sprang sie über die Spalte. „Weiter, weiter"! Beide hasteten in Richtung Höhle, krochen durch den Engpass und waren bald wieder bei Sevilley und Julie angekommen. Hinter ihnen verstärkte sich das Grollen. „Rennt, wenn euch euer Leben lieb ist!", schrie Nina und lief an den beiden vorbei. Julie und Sevilley hatten sofort kapiert und rannten hinterher. Caren bildete den Schluss. Keuchend kamen sie am Höhleneingang an. Doch das Grollen schien näher zu kommen. „Weiter!", befahl Caren und alle kletterten und rutschten den restlichen Hang hinunter. Unten blieben sie schwer atmend stehen. Als sie nach oben blickten, schoss gerade eine Gerölllawine aus der Höhle. „Puh, das war knapp", röchelte Julie. Aber wo war Caren? Suchend sahen sich die drei um, aber Caren war verschwunden. „Ihr bleibt hier"!, ordnete Nina an und kletterte wieder nach oben. Immer wieder musste sie Steinen ausweichen. „Caren"!, rief sie verzweifelt, „wo bist du?" „Hier bin ich"; hörte sie Caren in ihren Gedanken, „etwa 5 m über dir." Nina kletterte weiter, sie musste Caren finden. Da, ein riesiger Stein sauste auf sie zu – mit letzter Kraft warf sie sich zur Seite. Endlich sah sie ihre Schwester. Sie lag am Boden, eingeklemmt unter einem kleinen Baumstamm und war bewusstlos. Verzweifelt versuchte sie Caren zu befreien, aber es gelang ihr nicht.

„Ist dort unten jemand?" hörte sie plötzlich eine Stimme von oben. „Ja, hier unten, meine Schwester ist eingeklemmt. Können Sie uns helfen?" „Warte, ich komme runter." Kurze Zeit später erschien ein Mann, der nicht besonders vertrauenerweckend aussah. Er war ziemlich dünn, seine Kleidung wirkte abgerissen und er hatte einen ungepflegten, längeren Bart, aber Hauptsache er konnte helfen. Er sah sich kurz um, dann holte er einen etwas dickeren Ast, schob ihn unter den Stamm, der Caren einklemmte und wollte ihn als Hebel benutzen. Er drückte und drückte, aber nichts geschah. „Auf drei"!, rief er, „ich hebe den Stamm an und du ziehst deine Schwester raus. Eins, zwei, drei." Bei drei drückte er mit aller Kraft den Ast nach oben und jetzt bewegte sich der Stamm. Blitzschnell zog Nina ihre Schwester heraus und schon krachte er wieder runter.

Caren war inzwischen wieder bei Bewusstsein. „Was ist los?", fragte sie. „Schnell weg hier"!, rief der Fremde und alle drei flüchteten nach unten. Julie und Sevilley hatten sich hinter einem dickeren Baum in Sicherheit gebracht. Dorthin rannten auch die anderen und ließen sich erschöpft fallen. „Das war knapp", keuchte der Mann, „aber hier ist es zu gefährlich, ich bringe euch hoch. Jetzt, wo er sie anlächelte, wirkte er fast sympathisch. Anscheinend kannte er sich gut aus, denn nach kurzer Zeit waren sie an einem kleinen Pfad angekommen, der sich nach oben schlängelte. Hier konnten sie gefahrlos hoch steigen.

Oben angekommen mussten sich erst einmal alle ausruhen. Zum Glück war Caren nichts Ernsthaftes passiert, ein paar kleinere

Schrammen und Kratzer, aber sonst war alles in Ordnung. Caren bedankte sich noch einmal bei dem Fremden und als die Kinder ihn zum Picknick einluden griff er herzhaft zu. Doch bald wurde er unruhig und murmelte: „Ich muss weiter und ihr solltet nicht mehr nach unten gehen." Dabei erhob er sich und war schnell verschwunden.

Jetzt nahm Caren die Steine aus ihrer Tasche. Sie hatte in der Eile zwei blaue, zwei grüne und einen roten gegriffen. Nina und Caren nahmen sich je einen blauen Stein und Sevilley und Julie je einen grünen. „Den roten bringen wir Paps mit."

Die Steine waren richtige Handschmeichler, sie waren abgerundet und glatt, als ob sie behandelt wären. Sie verstauten sie in den Taschen ihrer Jeans und hatten sie bald vergessen.

Ziemlich mitgenommen von dem aufregenden Erlebnis blieben die vier noch eine Weile sitzen und als sie sich erhoben, polterten noch immer Steine in die Tiefe. Gedankenversunken fuhren sie nach Hause, wo ihnen Mam und Oma gehörig die Meinung sagten. Dann aber nahm Mam die beiden in die Arme und flüsterte: „Gott sei Dank ist euch nichts passiert." Kurze Zeit später verabschiedeten sich Julie und Sevilley und fuhren los.

Beim Zubettgehen fanden Nina und Caren ihre Steine wieder und legten sie auf ihren Nachttisch. Plötzlich, mitten in der Nacht, wurde Nina von einem ziemlich hellen Licht wach. Schnell weckte sie Caren und beide sahen sich verblüfft an. So etwas hatten sie noch nie gesehen: Ihre Steine leuchteten intensiv blau und der Stein von Paps war in rotes Licht getaucht. Als sie genauer hinsahen, bemerkten sie in den Steinen winzige Kristalle. Irgendwie hatten sie den Eindruck, als ob sich darin etwas bewegte. Staunend, mit offenem Mund standen sie da, und irgendwie sah das Ganze am Schluss wie eine Gestalt aus, die zu schweben schien. Sicher waren sie sich aber nicht. „Sieh dir mal dein Muttermal an", rief Caren auf einmal aufgeregt. Nina sah auf ihren Unterarm, wo sich das kreisrunde Muttermal befand und schrie erschreckt auf. Das Muttermal leuchtete genauso intensiv blau wie die Steine, die sie gefunden hatten. Plötzlich wurde das Leuchten schwächer und hörte schließlich ganz auf und auch die Muttermale hatten ihre normale Farbe zurück. Die beiden Mädchen waren geschockt. Was sollte das denn? Sie nahmen sich vor, Julie und Sevilley zu fragen, ob sie etwas Ähnliches beobachtet hatten. Vorsichtshalber legten sie die Steine auf die Fensterbank und waren bald wieder eingeschlafen, träumten aber wirres Zeug, wie sie am Morgen feststellten. Als sie am Vormittag mit Paps allein waren, erzählten sie ihm von den Steinen und von der Intensität ihrer Muttermale, gaben ihm den roten und wollten einen Rat von ihm. Er sah sich die Steine genau an, konnte aber nichts feststellen, nur das eine, wenn man die Steine kurze Zeit in der Hand hielt, wurden sie warm, ja fast heiß. „Besser ist, ihr lasst die Steine auf dem Fensterbrett liegen." Bei ihren Muttermalen war er genauso ratlos wie sie. Um sich ein Bild von der Sache zu machen, fuhr er mit ihnen noch einmal zum Steinbruch. Hier wirkte alles völlig verändert. Die meisten Blumen und Büsche waren von dem Geröll zugeschüttet worden. Jetzt sah der Steinbruch grau und furchteinflößend aus und so sehr sie auch suchten, die Höhle mit den Steinen war verschwunden. Nachdenklich fuhren sie wieder nach Hause. In der nächsten Nacht stellten sich Nina und Caren für 0 Uhr den Wecker. Vielleicht wiederholte sich das Schauspiel in den Steinen, aber sie leuchteten nicht. Gerade wollten sie sich wieder hinlegen, da begann der Spuk erneut. Die Steine begannen zu leuchten, erst fast unmerklich, dann immer stärker und dann waren darin Kristalle zu erkennen, die sich im Uhrzeigersinn drehten. Caren meinte: „Das sieht aus, als ob sich ein Bild aus lauter Puzzleteilen zusammensetzt." Nina stimmte ihr zu. „Sie mal, unsere Muttermale." Die spielten regelrecht verrückt. Zwar drehte sich nichts darin, aber sie leuchteten intensiv blau. Caren nahm ihren Stein in die Hand, er war fast heiß und sie hatte das Gefühl, als wolle er ihr etwas sagen. Und dann erblickte sie eine eigenartige Gestalt im Stein. Womit hatte diese Gestalt nur Ähnlichkeit? Beide überlegten und Nina sagte: „Also für mich sieht das aus wie eine Art Gespenst. Schau mal, zwei große

Augen, keine Ohren, irgend so eine Art Umhang wie ein Laken und keine Hände und Füße." „Hm, könnte sein, aber was ist das"? Dann wurde das Leuchten schwächer, die Gestalt verschwand und der Stein fühlte sich wieder kalt an wie jeder andere Stein. Auch ihre Muttermale sahen wieder normal aus. Beim nächsten Treffen mit Julie und Sevilley erfuhren sie, dass die beiden nichts bemerkt hatten.

Die Ferientage vergingen wie im Flug, jetzt waren sie schon fast zwei Wochen zu Hause. Paps musste ab und zu weg und danach telefonierte er lange mit den Vätern der Zwillinge in Barcelona und Paris.

Im Safaripark

Am nächsten Wochenende wollte die ganze Familie in einen Safaripark fahren. Schon früh am Morgen ging es los und bald waren sie am Ziel. Auf verschlungenen Wegen kamen sie an den Tieren vorbei. Die riesigen Elefanten tobten gerade im Wasser herum, im Nashorngehege versorgte eine Nashornmutter ihr Kind. Das kleine Nashorn konnte noch nicht alt sein, denn es war noch recht unsicher unterwegs und knickte mit den Hinterbeinen immer wieder ein. Giraffen standen majestätisch herum und die Tiger schienen sich spielerisch zu jagen. Sie waren durch einen relativ breiten Wassergraben und einen hohen Zaun von den Besuchern getrennt. Aber was war das? Ein Tiger kam bis zum Graben, setzte sich und sah, wie es schien, Nina mit großen Augen an, als ob er ihr etwas sagen wollte. Nina fühlte sich dabei gar nicht unwohl und hätte ihn am liebsten gestreichelt. Überall konnten sie die Tiere hinter ziemlich hohen Zäunen gut beobachten. Am Ende des Parks war das Löwengehege. Sechs ausgewachsene Löwen, vier weibliche und zwei männliche, saßen nicht weit vom Zaun entfernt und schienen ihrerseits die Menschen zu beobachten. Plötzlich wurde ein Löwe mit einer großen Mähne unruhig und fing an zu brüllen. Die sechs wollten gerade gehen, blieben dann aber stehen und sahen sich das Tier genauer an. Der Löwe war aufgesprungen und näherte sich langsam dem Zaun, dann, urplötzlich, nahm er einen kurzen Anlauf, sprang mit einem eleganten Satz über den Zaun und stand brüllend ca. 20 m vor ihnen. Paps stellte sich mutig vor seine Familie und rief: „Lauft weg, ich versuche ihn aufzuhalten!" Aber Nina schrie: „Paps, mach das nicht!" Sie ging furchtlos einen Schritt auf den Löwen zu. Der näherte sich dem Mädchen fauchend und sah dabei ziemlich furchterregend aus. Da stieß Nina auf einmal einen schrillen Schrei aus, den sie sich wohl selbst nicht zugetraut hätte. Der Löwe erstarrte augenblicklich, sah sie noch einmal mit großen Augen an, drehte sich langsam um und verschwand mit großen Sprüngen im angrenzenden Wäldchen.

Völlig verdutzt sahen alle Nina an und Mam stieß hervor: „Wieso wusstest du, wie du den Löwen vertreiben kannst?"

„Ich habe keine Ahnung, wie und warum ich das getan habe." Paps rief über sein Handy die Leitung des Tierparks an und die reagierte schnell. Schon kurze Zeit später wurden alle von einem Auto abgeholt. Gleichzeitig waren mehrere Wagen unterwegs, um die anderen Besucher einzusammeln. Wie aber sollte der Löwe wieder eingefangen werden? Nachdem Paps von dem Erlebnis berichtet hatte bat der Direktor: „Kann uns Ihre Tochter vielleicht bei der Suche nach dem Löwen begleiten, vielleicht hat sie ein paar gute Ideen, wie wir ihn wieder einfangen können." Nina war einverstanden, bestand aber darauf, dass auch Caren mitkam. Paps schloss sich der Prozession an - das Abenteuer konnte beginnen. Natürlich war auch der Tierarzt des Tierparks dabei, er sollte den Löwen mit Hilfe eines Betäubungsgewehres außer Gefecht setzen. Immer mehr aufgeregte Menschen kamen dem Auto entgegen und rannten zum Ausgang. Ihr Auto, ein grüner Pick-up, fuhr nun schon seit 15 Minuten durch das Gelände, aber vom Löwen war weit und breit nichts zu sehen. „Da", Paps hatte ihn zwischen ein paar Bäumen entdeckt. Aber der Löwe verhielt sich so geschickt, dass er immer von Baumstämmen verdeckt blieb. Ein Schuss aus dem Betäubungsgewehr war so nicht möglich. Endlich sagte Nina: „Ich bin ihm schon einmal entgegengetreten, vielleicht kommt er zu mir." Sie schwang sich aus dem Wagen und ging bedächtig auf das Tier zu. Mit ihr war auch der Tierarzt ausgestiegen und folgte ihr zögernd. Als Nina sich dem Löwen auf etwa 30 m genähert hatte, trat der vorsichtig zwischen den Bäumen hervor und trottete langsam auf sie zu. Nina schien keine Angst zu haben und ging mutig weiter. Sie wäre sicher ganz zu ihm hingegangen, aber der Tierarzt hatte jetzt freie Schussbahn und feuerte einen Betäubungspfeil ab. Der Löwe wurde an der Seite getroffen, taumelte noch ein paar Schritte auf Nina zu und brach dicht vor ihr zusammen. Nina ging furchtlos zum Löwen und sprach beruhigend auf ihn ein. Dann streichelte sie ihn sogar. Dabei sah sie, dass die rechte Vorderpfote ziemlich geschwollen war. Der Löwe blickte sie noch einmal mit großen Augen an, dann fiel sein Kopf schlaff zur Seite. Nun kamen auch die anderen. Zu dritt luden sie das schwere Raubtier hinten auf den Pick-up und fuhren zu den Gehegen zurück. Der Löwe wurde direkt in das Löwenhaus geschafft, denn erst musste der Zaun erhöht werden. Als der Tierarzt das Tier untersuchte, stellte er ein wohl sehr schmerzhaftes Furunkel an der geschwollenen Pfote fest. „Wahrscheinlich war er deshalb so aggressiv", murmelte er. Da der Löwe noch immer betäubt war, schnitt der Tierarzt das Furunkel heraus, spritzte ihm Cortison zur besseren Heilung und verband die Pfote.

Bester Laune kehrten alle zum Eingang zurück und der Direktor, froh, dass alles so glimpflich verlaufen war, lud die ganze Familie zum Abendessen ein. Hier ließ er sich noch einmal genau erzählen, wie Nina den Löwen verjagt hatte und schüttelte dabei immer wieder ungläubig den Kopf. Nina bat: „ Kann ich ihn noch einmal besuchen?" Der Direktor war einverstanden wollte sie aber begleiten. Auch Paps und Caren schlossen sich an. Am Löwenkäfig angekommen sahen sie, dass der Löwe sich allem Anschein nach erholt hatte und ruhig hinten im Käfig lag. „Nicht zu nahe heran", warnte der Direktor, aber Nina hörte mal wieder nicht. Der mächtige Löwe stand langsam auf und näherte sich dem Gitter des Käfigs. Dort legte er sich nieder und sah Nina aufmerksam an, und als Nina freundlich auf ihn einredete, schien er sich sichtlich wohl zu fühlen und begann die Stelle des Gitters zu lecken, die Nina am nächsten war. Beim Abschied sagte der Direktor leise zu Paps: „ Solche Töchter würde ich mir auch wünschen." Zu Hause schimpfte Mam noch immer über den Leichtsinn von Nina, aber die war inzwischen mit Caren im Kinderzimmer verschwunden.

Am nächsten Morgen klingelte schon um 10.00 Uhr das Telefon. „Hi, wir sind es", meldete sich Catherine aus Paris, „ wir wollen euch für eine Woche nach Paris einladen. Im Louvre gibt es eine neue Ausstellung mit Bildern von Chagall. Ihr interessiert euch doch auch dafür und außerdem ist Paris im Sommer klasse. Ach ja, Maria und Carmen aus Barcelona werden wir auch noch fragen. Wenn ihr dürft, dann kommt doch in der letzten Juliwoche." „Mensch, das wäre toll, wir werden gleich heute Mam und Paps fragen und euch dann sofort anrufen. Wow, eine Woche mit euch Paris unsicher machen."

Paps war mit der Reise einverstanden, aber Mam musste erst überzeugt werden. Schließlich stimmte auch sie zu. Glücklich riefen Nina und Caren in Paris zurück. „Maria und Carmen dürfen auch kommen;" hörten sie zu ihrer großen Freude. Noch am gleichen Abend buchten sie über Internet einen Billigflug ab Dortmund, am 23. Juli konnte es losgehen.

Wang – Ho

Zwei Tage später beschlossen Nina und Caren: „Heute besuchen wir endlich Wang –Ho in unserer alten Sportschule „Hokado". Wang – Ho war ihr Lehrer in Shi-man-do gewesen. Er war klein und sah ein wenig aus wie ein dicker fetter Pfannkuchen, aber den sollte niemand unterschätzen, denn er war Shi –man – do - Meister und die Zwillinge hatten unheimlich viel von ihm gelernt.

Shi- man-do ist eine Sportart, die sich aus verschiedenen asiatischen Sportarten zusammensetzt. Es geht darum, den Gegner kampfunfähig zu machen ohne ihn zu verletzen. Natürlich soll man sich damit auch verteidigen können. Dabei kommt es bei den Schlägen, die mit Fäusten, Beinen, Knien und Ellenbogen ausgeführt werden, nicht so sehr auf körperliche Kraft an, gefragt sind Präzision und Schnelligkeit. Eine Vielzahl von schnellen Schlägen auf den gleichen Punkt ist besser als ein starker Schlag.

Wang –Ho hatte ihnen auch Stellen am Körper gezeigt, wenn man die drückte, wurde der Gegner bewusstlos. Wie lange er kampfunfähig blieb, hing von der Dauer des Drückens ab. Zwar wollte Mam nicht, dass er ihnen diese Stellen zeigte, aber er war der Meinung, sie sollten alles von der Sportart Shi-man-do wissen. Nina und Caren hatten längst die höchste Stufe, das weinrote Stirnband mit sechs kleinen, weißen Sternen, erreicht. Gegen Mittag fuhren sie los. Eigenartig, als sie dort ankamen, war die Tür zur Sporthalle verschlossen und als sie zum Eingang der Wohnung gingen, war diese Tür nur angelehnt, irgendwie beunruhigend. Caren sah Nina an und legte den Finger auf die Lippen. Nina nickte. Die beiden schlichen in den Flur und blieben stehen. Nun hörten sie eine Männerstimme: „Wir sagen es Ihnen zum letzten Mal, entweder wir bekommen die Informationen oder Sie sind ein toter Mann." Darauf die Stimme von Wang – Ho: „ Wie soll ich Euch etwas geben, von dem ich keine Ahnung habe?" Wang – Ho schien in Gefahr zu sein. Caren und Nina schlichen zum Wohnzimmer und sahen vorsichtig durch einen Spalt hinein. Wang –Ho saß auf seinem Sessel, zwei Männer standen vor ihm und bedrohten ihn mit einer Waffe. Beide waren sehr schlank, etwa 1,80 m groß und blond. Caren ging vorsichtig ein paar Schritte zurück und winkte Nina zu. Sie flüsterte ihr ihren Plan ins Ohr. Nina nickte und beide zogen sich noch weiter zurück. Dann öffnete Caren ziemlich laut die Tür zu Wang – Ho's Wohnung und rief: Hallo, Wang – Ho, bist du da?" Auch Nina fing an, laut etwas zu erzählen und gemeinsam machten sie die Tür zum Wohnzimmer auf. Wang – Ho saß noch immer auf dem Sessel und rechts und links neben ihm standen die zwei Männer. Jetzt hatten sie keine Pistolen mehr in den Händen und wirkten vollkommen harmlos. „Hi, Wang – Ho!", rief Nina, „wann beginnt unsere Stunde, die Halle war abgeschlossen." Weiter plaudernd näherten sie sich von beiden Seiten dem Sessel. Sie wirkten auf die beiden Männer völlig harmlos und so kamen sie dicht an sie heran.

„Wang – Ho, wir wollten fragen, ob wir heute" –bei diesem Wort machten beide Mädchen eine kurze Drehung. Sie reichte aus, um schräg hinter die beiden Männer zu kommen. Ein kurzer Griff in den Nacken der beiden und die sackten zusammen. Wang – Ho hatte Nina und Caren mit vor Schreck geweiteten Augen angesehen und versucht, sie durch Blicke und leichte Bewegungen zu warnen. Als aber die beiden zusammensackten, reagierte er sofort. Er drückte bei den Männern mit dem Daumen einen Punkt zwischen den Augen. Dann drehte er sich zu Caren und Nina um, nahm sie in die Arme und sagte. „Danke, das war clever von euch. Aber woher wusstet ihr von der Gefahr?" Nun erzählten sie, wie sie vorher die Angreifer gesehen und welchen Plan sie sich ausgedacht hatten.

„Klasse, ich hätte es nicht besser machen können. Das Verrückte ist, ich kenne die beiden gar nicht, ich weiß nicht einmal, was sie von mir wollen. Ihr kamt, bevor sie es mir sagen konnten." „Dann sollten wir sie schnell untersuchen, bevor sie wieder zu sich kommen." „Die kommen erst wieder zu sich, wenn ich es will. Ihr habt meinen Griff zwischen die Augen gesehen. Dort habe ich auf das so genannte dritte Auge gedrückt, kommt, ich zeige euch, wie das geht, denn ihr könnt ihn sicher bei all euren Abenteuern im Sternenzelt brauchen." „Woher weißt du, dass wir dort oben Abenteuer hatten." „Ich weiß es eben und ihr könnt mir vertrauen, ich sage nichts weiter." Die Zwillinge gaben sich vorerst damit zufrieden. Die Untersuchung der Männer förderte zwei Pistolen zutage. Die zwei waren Brüder, hießen Klaus und Andreas Körper und waren in München geboren. Beide hatten einen Ausweis der Firma „Carimail" bei sich mit Sitz in Brüssel. Bei der Stadt Brüssel klingelten bei Nina und Caren alle Alarmglocken, denn die Adresse der Firma kam ihnen bekannt vor. „Bitte, Wang Ho, prüf doch die Adresse im Internet nach." Jetzt wurde klar, es war die gleiche Adresse wie die der Firma „Multichaos". Caren untersuchte jetzt genauer die Taschen der bewusstlosen Männer. Einer der beiden hatte den kleinen goldenen Schlüssel bei sich, den sie schon von ihren Abenteuern im Sternenzelt kannten. Zu ihrer Verwunderung fand sie außerdem einen ähnlichen etwas größeren Schlüssel und ein Blatt Papier mit eigenartigen Zahlen und Buchstaben, die ihnen fremd waren. Doch hier konnte Wang- Ho helfen. „Das sind griechische Buchstaben, wartet, ich zeige euch das griechische Alphabet im Internet." Schnell hatte er die Seite aufgerufen. Tatsächlich waren es griechische Hieroglyphen. Er druckte ihnen die Seite aus und auch das Papier der Fremden. Nachdem Caren die Papiere und die beiden Schlüssel eingesteckt hatte, zeigte ihnen Wang – Ho genau den Punkt zwischen den Augen, auf den sie drücken mussten. Nachdem sie die Männer jeweils an einen Stuhl gefesselt hatten, beendete Wang – Ho mit einem erneuten Druck auf den Punkt ihre Betäubung. Langsam wurden sie wach. Der eine wurde sofort wieder aggressiv, aber der andere meinte resigniert: „Lass gut sein Andreas, ich glaube, wir müssen uns arrangieren." „Dann erzählt mal", wandte sich Wang – Ho an sie. „Wie Sie sicher herausgefunden haben, arbeiten wir für die Firma

„Carimail". „Was haben Sie mit der Firma „Multichaos" zu tun?", warf Nina ein." Erschreckt sah Andreas hoch und rief: „Diese Firma kennen wir nicht." Klaus aber erwiderte: „Carimail" gehört zu „Multichaos". Ich werde euch alles erzählen, denn ich wollte schon lange aussteigen." Als sein Bruder widersprechen wollte, winkte er ab. „Du kannst ja bleiben, aber ich will nicht mehr." „Du weißt, dass sie mich umbringen, wenn du weg bist und sie mich finden." „Dann komm mit, ich kenne einen Ort, wo wir sicher sind." „Vorher solltet ihr reinen Tisch machen und uns alles erzählen", mischte sich Wang – Ho ein.

„Wir arbeiten jetzt fast fünf Jahre für die Firma", begann Klaus. „Wir sind Bauingenieure und bekamen ein Angebot von der Firma „Shuttle Bau". Wir sollten für sie beim Aufbau einer Station im Weltraum mitarbeiten." „Sie waren im Sternenzelt?", fragte Caren. „Ja, fast ein Jahr, dann wurden wir zur Erde zurückbeordert und von der Firma „Multichaos" übernommen. Hier mussten wir mehrere Personen beobachten und unsere Ergebnisse an die Firmenleitung melden. Letzte Woche waren wir noch im Sternenzelt. Dort werden umfangreiche Arbeiten durchgeführt." „Wo wird dort gearbeitet?", wollte Nina wissen. „Hör auf zu quatschen!", schrie Andreas, aber sein Bruder ließ sich nicht beirren. „Die Arbeiten finden im Bereich statt, der der Schule abgewandt ist, eigentlich da, wo kein Schüler hinkommt, nämlich im Süden, wenn man das mit unseren Himmelsrichtungen erklären wollte. Allerdings werden fast alle Arbeiten unterirdisch ausgeführt, von außen ist so gut wie nichts zu sehen. Es sollen sogar mehrere Fahrstühle eingebaut worden sein." „Aber wie kann man so viele Menschen unbemerkt ins Sternenzelt schaffen?", warf Nina ein. „Das ist nicht schwer, bis auf ein paar Leute machen alle Urlaub auf der Erde oder sonst wo und von den Lehrern ist nur der Rektor in der Schule. Auf der Seite, wo die Arbeiten durchgeführt werden, sind heimlich zwei neue Start – und Landebahnen gebaut worden. Was die da wirklich machen, weiß keiner." „Wofür ist der größere goldene

Schlüssel?", wollte Nina wissen. Bereitwillig gab Klaus Auskunft: „Überall in Europa und anderswo gibt es Tresore, die mit diesem Schlüssel geöffnet werden können. Der Schlüssel, den ihr bei mir gefunden habt, hat ein Mitarbeiter im Büro in Brüssel stecken lassen und ich habe ihn mitgenommen."
„Und weshalb wart ihr bei mir, was wolltet ihr von mir?", wollte Wang – Ho wissen. „Wir sollten Sie, falls nötig mit Gewalt, nach Brüssel bringen, es geht wohl um Ihre Fähigkeiten im Sport oder auch um andere Dinge." Verwundert sah Wang – Ho die beiden an: „Welche anderen Dinge?" Aber die beiden zuckten mit den Schultern.
„Ach, eines noch", wandte sich Klaus an die Mädchen, „ihr wollt doch nach Paris reisen, ich habe gehört, dass da etwas gegen euch sechs Mädchen geplant ist. Ihr sollt einen Denkzettel für irgendetwas bekommen." „Woher haben Sie das denn, wollte Nina wissen, „wir haben das doch erst vor zwei Tagen besprochen." „Wir wissen es eben."
Trotz weiterer Befragungen war nichts mehr aus den Männern heraus zu bringen.
„Was wollen Sie jetzt machen?", wollte Caren wissen. „So schnell wie möglich weg", war die Antwort. „Ich habe eine kleine Wohnung in der Nähe von Krefeld, von der weiß niemand etwas."
Wang – Ho band die beiden los und die waren schnell verschwunden. „War das klug?"; wollte Nina wissen, „wäre nicht die Polizei besser gewesen?" „Ich glaube nicht, die haben uns so viel erzählt, dass sie unmöglich nach Brüssel zurück können."
„Hoffentlich!", warf Caren zweifelnd ein.
Wang - Ho kochte nun für alle Tee und dann erzählten Nina und Caren ein wenig vom Sternenzelt. „Das war doch nicht alles", bemerkte Wang – Ho, „ haben euch wenigstens die Amulette mit den alten chinesischen Glückszeichen geholfen?" „Wir glauben schon, aber wieso wusstest du von unseren Schwierigkeiten?" „Ich weiß es eben und … falls ihr mal wirklich nicht mehr weiter wisst, nehmt beide das Amulett in die Hand, drückt es

29

gegeneinander und denkt ganz fest an mich, vielleicht kann ich euch dann helfen, so wie ihr mir heute geholfen habt. Kommt doch nächste Woche zu mir zum Training und dabei zeige ich euch ein paar Tricks, die ihr sicher noch nicht kennt."

Nach einer weiteren halben Stunde fuhren Nina und Caren nach Hause zurück.

„Was meinst du", brachte Caren noch einmal das Gespräch auf Paris, „woher wissen die davon"? „Vielleicht hören sie unser Telefon ab, aber egal, wir werden uns schon zu helfen wissen, nur zu Hause dürfen wir nichts sagen, na vielleicht sprechen wir mit Paps."

Paps war natürlich besorgt um seine beiden Töchter, aber die wollten unbedingt nach Paris. Schließlich stimmte er zu, aber nur unter der Bedingung, dass sie ihn jeden Abend anriefen. Mam, Oma und Opa erfuhren nichts von der neuen Gefahr. „Falls unser Telefon wirklich abgehört wird, muss ich wohl einen Zerhacker einbauen", sinnierte Paps. „Was ist das denn?", wollte Caren wissen. „Damit wird die Sprache in einzelne Teile zerlegt und erst beim Empfänger wieder zusammengesetzt", erklärte Paps. „Aber jetzt muss ich Paris und Barcelona anrufen, wir müssen Vorsichtsmaßnahmen ergreifen."

In den nächsten Tagen fuhren Nina und Caren öfter zu Wang – Ho und der zeigte ihnen ein paar neue Tricks, z.B. wie man sich befreien kann, wenn man von hinten umklammert wird. Eigentlich ging das ganz einfach, einen Schritt zur Seite, kurze Drehung, Arm nach oben ziehen, Tritt auf das Knie oder die Kniekehle des Gegners, fertig. Diesen Trick übten sie mit Wang –Ho so lange, bis sie ihn fast im Schlaf konnten.

Drei Tage später stand in der Zeitung, dass es in Duisburg einen schweren Verkehrsunfall gegeben hatte, ein Mann war zu Tode gekommen, ein zweiter dabei leicht verletzt worden. Der Getötete hieß Klaus Körper. Das Eigenartige war, schrieb die Zeitung, nachdem der Tod des einen Mannes feststand, fuhr der andere nicht zum Krankenhaus sondern verschwand. „Das kann nur Andreas Körper sein, den wir bei Wang -Ho kennen gelernt haben", bemerkte Caren erschreckt. „Hoffentlich finden die ihn nicht."

Paris, wir sind wieder da

23. Juli, Paps brachte Nina und Caren zum Flugzeug nach Dortmund. Pünktlich hob die Maschine ab und 90 Minuten später waren sie in Paris. Am Flughafen standen die Mutter von Catherine und Beatrice und ihre vier Freundinnen. Sofort fing ein Gekicher und Gerede an bis die Mutter sagte: „Wie kommen eigentlich eure Lehrer mit euch Quasselstrippen klar?" Trotzdem ging das Getuschel weiter, schließlich hatten sie sich über drei Wochen nicht gesehen.

Der Vater von Beatrice und Catherine glänzte mal wieder durch Abwesenheit, ließ aber Grüße von Paps ausrichten, die zwei hatten sich also auch getroffen oder miteinander gesprochen.

Schon am nächsten Nachmittag brachen die sechs zum Louvre auf und waren gespannt auf die Chagall – Ausstellung. Kaum im Louvre angekommen, erwartete sie die erste Überraschung. Vor Ihnen standen oder besser gingen Pierre, ihr Freund aus der Höhle im Sternenzelt und Carina, ihre Lehrerin, der sie das Leben gerettet hatten. Freudig rannte Caren auf die beiden zu, blieb aber dann abrupt stehen. Pierre und Carina sahen sie zwar an, zeigten aber keinerlei Erkennen, sondern verhielten sich wie Fremde. Kopfschüttelnd standen die sechs Freundinnen da. „Was war das denn?" Keiner konnte sich einen Reim darauf machen.

Die Chagall – Ausstellung war für alle ein Erlebnis und oft blieben die sechs lange vor einigen Bildern stehen. So merkten sie nicht, wie die Zeit verging. In einem etwas versteckt gelegenen Raum hatten sie den Eindruck, die schönsten Bilder zu sehen. Plötzlich wurde die Tür von außen geschlossen und der Schlüssel umgedreht – sie waren gefangen. Einige Zeit später wurde kurz an der Tür gerüttelt. Da die sechs nicht wussten, wer vor der Tür stand, verhielten sie sich mucksmäuschenstill, dann ging auch noch das Licht aus und eine Art Infrarotbeleuchtung an, die Nachtbeleuchtung zum Schutz der ausgestellten Bilder.

„Was machen wir jetzt?" wollte Carmen wissen. Aber Caren

kramte schon in ihrem Rucksack und holte eine Nagelfeile heraus. "Hilf mir", bat sie ihre Schwester und versuchte schon den Stift im Scharnier der Tür nach oben zu drücken. Nina hatte die Bemühungen von Caren sofort verstanden. Auch sie nahm eine Nagelfeile aus ihrem Rucksack und versuchte am unteren Scharnier ihr Glück. Nach fast 10 Minuten hatten sie es geschafft. Mit leisem Klirren fielen die Stifte heraus.

Vorsichtig versuchten Nina und Caren die Tür aufzudrücken. Ein kleiner Spalt entstand und Caren zwängte sich durch. Von außen steckte noch der Schlüssel. „Steck die Stifte wieder rein!", rief sie und schob die Tür zurück. Dann drehte sie den Schlüssel um und öffnete. Die fünf Mädchen kamen heraus. Nina drückte einen Kaugummi auf die Stifte, damit auch alles hielt. Danach schlossen sie die Tür und drehten den Schlüssel um. Wer hatte sie nur eingesperrt und warum?

Vorsichtig machten sie sich auf den Weg zum Ausgang. Auch im Flur und auf den Treppen brannte nur eine Notbeleuchtung. Es war richtig unheimlich, Schatten überall. Schemenhafte Gestalten schienen aus den Bildern zu steigen. Die Treppendielen knackten und Gespenster schienen vorbei zu huschen. Ängstlich sahen sie sich an. Da, plötzlich ein Geräusch von der Treppe. Furchtsam drückten sie sich hinter mehrere Säulen. Zwei Männer kamen die Treppe hoch. Beide noch ziemlich jung, vielleicht 20 Jahre alt. Der eine, farbig mit Afro – look, der andere, weiß mit Backenbart. Sie blieben stehen und der eine fragte: „Warum sollten wir die Mädchen einsperren?" Der andere antwortete amüsiert. „ Mensch, ganz einfach, wir sehen jetzt nach, ob die Tür noch verschlossen ist und dann verlassen wir den Louvre durch die kleine Tür im Erdgeschoss. Die ist nicht abgeschlossen, dafür habe ich gesorgt. Sobald wir diese Tür öffnen, wird ein Alarm in der nächsten Polizeistation ausgelöst. Man wird die Mädchen finden und sie werden wohl eine einsame Nacht im Polizeigewahrsam verbringen müssen. Das soll nur eine Warnung sein, mehr nicht. Es wird ihnen nichts geschehen. So und nun lass uns nachschauen, ich brauche meinen Kaffee und

den kriegen wir in dem kleinen Kellerraum unter Notre – Dame."
Die sechs Mädchen drückten sich tiefer hinter die Säulen, nur
jetzt nicht auffallen, und die beiden Männer gingen ahnungslos
die Treppe hoch. Nina legte den Finger auf ihren Mund, winkte
den anderen zu und ging schnell voran zum Erdgeschoss. Es gab
hier unten vier kleine Türen, die anscheinend nach draußen
führten. An der dritten Tür hatten sie Glück, die Tür ließ sich
öffnen. Die Mädchen rannten in den nahen Park und versteckten
sich dort hinter einigen Büschen. Schon knapp zwei Minuten
später war die Polizei mit großem Aufgebot zur Stelle und
nahmen die verdutzten Männer in Empfang, als die gerade durch
die kleine Tür das Museum verlassen wollten. Sie waren völlig
überrascht und wurden in Handschellen im Polizeiwagen
weggebracht.
„Die sind wir los, was jetzt?" wollte Beatrice wissen. „Jetzt
gehen wir zur Kirche Notre - Dame, wir müssen doch wissen,
wer uns das eingebrockt hat und warum."
Mit der Metro fuhren sie zur Kirche. Auf dem Vorplatz war noch
eine Menge los. Viele Touristen waren unterwegs und die
Souvenirbuden machten noch großen Umsatz. Unsere sechs
suchten nach Nebeneingängen der Kirche und hatten schon bald
einen gefunden, dessen Tür nur angelehnt war. Hinter der Tür
führte eine Treppe steil nach unten. Vorsichtig schlichen sie
runter. In einem kleinen erleuchteten Raum saßen zwei Frauen.
Zu ihrem Entsetzen war die eine ihre Italienischlehrerin Carina
Mantolini. Die beiden Frauen unterhielten sich: „Ist wohl was
dazwischen gekommen. Lass uns gehen." Hastig rannten die
sechs die Treppe wieder nach oben und versteckten sich hinter
den vielen Säulen. Die Frauen erschienen, lehnten die Tür an und
verschwanden. Nach ca. 10 Minuten stiegen vier der sechs
Mädchen die Treppe hinunter. Carmen und Maria waren als
Wache oben zurückgeblieben. Unten war alles dunkel, die Tür
fest verschlossen. Aber für solche Fälle hatte Caren immer eine
kleine Taschenlampe an ihrem Schlüsselbund. Sie suchte hinter
den vielen kleinen Steinfiguren nach dem Schlüssel und hatte ihn

nach ein paar Minuten gefunden. Vorsichtig traten die vier Mädchen ein und machten Licht. Der Raum war mit einem kleinen Tisch, zwei gepolsterten Stühlen und einem kleinen Zweiersofa recht gemütlich ausgestattet. Auf einem schmalen Holzregal befand sich ein Radio und in einer Ecke sahen sie eine Kaffeemaschine und einen Heizlüfter, der noch warm war. Offensichtlich traf man sich hier öfter. „Sieh mal", sagte Caren, da hinten in der Ecke ist ein Safe eingemauert. Ich glaube, hier sollten wir den größeren goldenen Schlüssel ausprobieren, den wir bei Wang- Ho gefunden haben." Nina stimmte ihr zu, zog den Schlüssel aus der Tasche und steckte ihn in das kleine Schlüsselloch. Diesmal ertönte keine Melodie, aber die Safetür sprang auf. Im Safe lag eine Namensliste. Hinter jedem Namen waren ein oder zwei Sternchen zu sehen. Catherine hatte schon Papier und Kugelschreiber in der Hand und schrieb die Liste ab, während Caren sich an Nina wandte: „Was meinst du, die Sternchen haben doch sicher eine Bedeutung." „Klar, aber welche?" Auf einem anderen Blatt sahen sie die Zeichnung eines ziemlich komplizierten Gerätes, es ähnelte irgendwie einer kleinen Kanone. „Beatrice, du kannst doch am besten zeichnen, kannst du das abzeichnen?" Und so übertrug Beatrice gewissenhaft das komische Ding mit allen Details. Neben der Zeichnung waren Formeln zu sehen. Auch die schrieb sie ab. Danach schloss Nina den Safe wieder, und nachdem auch die Tür verschlossen war und der Schlüssel am alten Platz lag, gingen die vier nach oben. Dort warteten Carmen und Maria auf sie, zum Glück war in der Zwischenzeit niemand aufgetaucht.

Ziemlich ratlos machten sich die sechs auf den Heimweg, beschlossen aber, die Väter schnellstens zu informieren und von ihren Funden zu erzählen. Nina rief am Abend Paps an und berichtete ausführlich von ihren Erlebnissen im Louvre und von den Papieren aus dem Safe. Paps reagierte ziemlich fassungslos und konnte sich gar nicht beruhigen: „Verdammt, rief er, „wissen die denn immer alles? Aber vielleicht ab jetzt nicht mehr, denn ich habe den Zerhacker ins Telefon eingebaut."

Durch diese Vorkommnisse ließen sich die Mädchen aber ihre gute Laune nicht verderben und genossen die Tage in Paris. Am letzten Abend luden die Eltern von Beatrice und Catherine die Mädchen zu einem Abschiedsessen in ein bekanntes Restaurant ein. Hier gab es den besten „Flammekuchen" von ganz Paris und das Tolle daran war, man konnte für den Preis eines Flammekuchens so viel essen wie man wollte. Zufrieden und „kugelrund" vom vielen Essen fuhren sie zum Haus der Gasteltern. Am nächsten Tag ging es zum Flughafen und zurück nach Hause.

Abenteuer auf dem Hausboot

Zu Hause angekommen genossen Nina und Caren ihre Ferien. Opa hatte natürlich wieder Zeit für seine Enkel und war ständig mit ihnen unterwegs. Nach einigen Tagen riefen Julie und Sevilley an: „Hi, unsere Eltern haben ein Hausboot in den Niederlanden gemietet. Wir wollen für einige Tage eine Bootstour auf den Kanälen machen. Habt ihr Lust mitzufahren?" „Klar, wir kommen gern mit, müssen aber erst unsere Eltern fragen." Und so kam es, dass am folgenden Freitag Nina und Caren mit den Zwillingen Julie und Sevilley und deren Eltern mit dem Auto in die Niederlande fuhren.

Nina und Caren wurden auf der Fahrt regelrecht ausgefragt, wie das Leben und Arbeiten im Sternenzelt war. Sie erzählten freimütig, hüteten sich aber auch nur das Geringste von den durchstandenen Abenteuern zu erzählen. Sie merkten, dass Julie und Sevilley ihre Eltern schon fast überzeugt hatten, sie wollten unbedingt auch zur „Escuela privada de estrellas".

Das Boot lag auf einem der vielen Kanäle in der Nähe der kleinen Stadt Almedo vor Anker und war viel größer als es sich Nina und Caren vorgestellt hatten. Es war rechteckig und wirkte mehr wie ein Haus auf dem Wasser. Es gab mehrere geräumige Schlafkojen und einen großen Wohnraum. Dazu eine voll eingerichtete Küche. Nur der Garten fehlte, aber dafür gab es Blumen in großen Blumenkästen. Meistens waren alle auf dem geräumigen Deck und genossen das schöne Wetter. Oft wurde zum Baden angehalten oder um an Land zu gehen. Caren hatte eine Digitalkamera mit und machte immer wieder verrückte Aufnahmen. Öfter durften auch die Mädchen ans Steuer und machten ihre Sache sehr gut. Das Hausboot sollte keine Rennjacht sein, nein, man fuhr gemächlich auf dem Kanal dahin. Schließlich erreichten sie die Stadt Hoogeveen. Hier wollten die Eltern von Julie und Sevilley Freunde besuchen. „Wir bleiben lieber auf dem Boot", hatten die vier Mädchen entschieden. „Das

Hausboot liegt ja sicher im kleinen Hafen und wir werden schon keinen Unsinn machen."

Alle gingen gemeinsam an Land. „Wir suchen uns eine Eisdiele in der Stadt", war die einhellige Meinung der Mädchen.

Bald hatten sie den Marktplatz erreicht und die Eltern von Julie und Sevilley verabschiedeten sich.

„Das Eis war klasse", rief Sevilley später, „vielleicht sollten wir uns noch die Sehenswürdigkeiten in der kleinen Kirche ansehen." Alle waren einverstanden, und die vier kamen erst ziemlich spät auf das Boot zurück. Nachdem sie noch eine Runde Monopoly gespielt hatten, gingen sie schlafen.

In der Nacht wachte Caren von einem scheppernden Geräusch auf. Irgendwer oder irgendwas schlich oben auf dem Deck umher. Zuerst weckte Caren Nina und dann die anderen Zwillinge. „Pst, ich glaube da oben ist jemand." „Das werden wohl unsere Eltern sein." Aber Caren schüttelte den Kopf und flüsterte: „Ich werde mal nachsehen." Nina schloss sich ihr an. Vorsichtig schlichen sie nach oben. Auf Deck sahen sie zwei Männer und eine Frau. Gerade sagte einer von ihnen: „Ich werde erst einmal die Mädchen einschließen, sie schlafen ja, Gott sei Dank, in einem Raum." Er stieg die Treppe hinunter. Nina und Caren standen unterhalb der Treppe und verhielten sich mäuschenstill. Der Mann sah gar nicht in den Schlafraum. Er drehte einfach den Schlüssel leise um und verschwand wieder nach oben. Vorsichtig folgten ihm Nina und Caren. „Das ist erledigt", flüsterte er. „Bist du dir auch sicher, du weißt, Wasilow mag keine halben Sachen." „Kümmere dich um deinen eigenen Mist". Bei dem Namen Wasilow sahen sich Nina und Caren kurz an. „Woher weiß Wasilow, wo wir sind?" Nina zuckte nur mit den Achseln: „Ist ja auch egal, lass uns sehen, was die da oben machen."

Immer auf Deckung bedacht steckten sie vorsichtig die Köpfe raus. Von den Eindringlingen war niemand zu sehen, aber die Geräusche verrieten, dass sie sich am Schiffsbug zu schaffen machten. Caren und Nina schlichen nach vorn. Einer der

38

Eindringlinge hing kopfüber über der Reling, während der anderer ihn festhielt. Die Frau saß auf einem Haufen von Tauen. „Werdet endlich fertig, ich will hier nicht versauern." „Hab dich nicht so, die Kinder sind eingesperrt und die Eltern kommen erst gegen Morgen zurück, dafür werden ihre Freunde schon sorgen, schließlich haben die sich seit über drei Jahren nicht gesehen." Endlich war der Mann, der kopfüber am Bug hing, fertig. „Jetzt aber schnell weg hier:" Im Vorbeigehen fiel etwas Licht auf das Gesicht der Männer und Nina und Caren erkannten Pedro Gonzales, ihren alten Bekannten aus dem Sternenzelt mit dem Pferdeschwanz. Nun wussten sie, dass der Anschlag ihnen galt. Die drei banden einen Strick um das Steuerrad, um es zu fixieren und entfernten die Halteleinen. Dann sprangen sie schnell an Land. Das Boot driftete langsam vom Ufer ab und fuhr direkt auf einen kleinen Felsen zu, der sich in einiger Entfernung am Rand des Kanals befand. Kaum waren die Eindringlinge verschwunden, rannten Nina und Caren zum Steuer. Als Erstes versuchten sie schnellstens den Strick vom Steuerrad zu lösen, denn noch immer trieben sie unaufhaltsam auf den kleinen Felsen zu. Endlich hatten sie es geschafft. Caren warf den Motor an und übernahm das Steuer. „Ich steuere zur Anlegestelle zurück." Nina rannte nach unten, um Julie und Sevilley hoch zu holen. „Halt mal an"!, rief sie Caren etwas später zu, wir müssen uns erst ansehen, was die am Bug gemacht haben. Daran hatte Caren gar nicht mehr gedacht. Sie stoppte ab, übergab Julie das Steuer und lief mit Nina und Sevilley zum Bug des Bootes. Von oben war nichts zu sehen. Mit Hilfe eines Taues hängte sich Nina, wie sie es gesehen hatte, über die Reling und sah nach unten. Am Bug hing ein Paket an einer Schnur. Aber was wollten die Eindringe damit. Caren mutmaßte: „Könnte Sprengstoff sein, schließlich sollten wir auf den Felsen auffahren." „Kann sein, ich weiß es nicht, also bringen wir den Kahn zurück." „Nein, das ist nicht gut", mischte sich Julie ein, „wir rufen die Polizei, so viel Holländisch kann ich." Sie rief über Handy die Polizei an, die Nummer hing an der Kajütentür. „Wir kommen zu euch, bleibt auf dem Kanal", war die Antwort.

Schon nach kurzer Zeit war der Motor eines Bootes zu hören, dann kamen vier Polizisten an Bord. Zuerst ließen sie den Anker fallen und dann fuhr einer mit dem Boot zum Bug. „Hier hängt ein Paket fast in Wasserhöhe, ich sehe es mir genauer an." Und nach kurzer Zeit: „Benachrichtigt das Sprengstoffkommando, die müssen uns helfen." In der Zwischenzeit hatten sich schon eine Menge Schaulustiger am Ufer versammelt und sahen zu, obwohl es Nacht war. Unter den Leuten entdeckte Nina die zwei Männer, die auf dem Hausboot gewesen waren. Sie erklärte es Julie und die gab es an einen Polizisten weiter. Doch bevor jemand an Land reagieren konnte, waren die Männer verschwunden.

Nach 20 Minuten kam endlich das Sprengstoffkommando. Die Mädchen mussten in das Polizeiboot umsteigen und wurden ans Ufer gebracht. Von hier aus konnten sie weiter zusehen. Vorsichtig sah sich ein Mann in Zivil das Paket an, dann winkte er den anderen zu und alle entfernten sich hastig von dem Boot. Anscheinend war es wohl doch sehr gefährlich. 10 Minuten, die nicht enden wollten, dann hatte er das Paket in der Hand und winkte den anderen zu. Das Paket mit dem Sprengstoff war entschärft. Plötzlich tauchten auch die Eltern von Julie und Sevilley mit ihren Freunden auf. Sie konnten sich gar nicht beruhigen und wollten die Fahrt mit dem Hausboot sofort abbrechen. Erst als die Polizei erklärte, sie würde die ganze Nacht Wache halten, kehrten alle an Bord zurück, das Hausboot war inzwischen wieder in den Hafen zurück gebracht worden. Niemand konnte sich den Vorfall erklären, na ja vielleicht doch zwei, aber die hielten lieber den Mund.

Am nächsten Morgen wollten die Eltern von Julie und Sevilley umkehren. Doch die vier Mädchen bettelten darum, die Reise fortzusetzen. Schließlich willigten die Erwachsenen ein, die Fahrt ging weiter. Die Polizei konnte zwar keine Anhaltspunkte finden, ließ sich aber die Männer und die Frau von Caren und Nina beschreiben denn die beiden waren gute Beobachter. Natürlich

konnten sie nicht sagen, dass sie den einen Mann kannten, dann hätten sie sicher mehr erzählen müssen und das wollten sie nicht. Die Eindringlinge wurden zur Fahndung ausgeschrieben.
Die letzten Tage vergingen wie im Fluge. Da nichts Besonderes mehr passierte, genossen die vier Mädchen die Ferien in vollen Zügen und kamen gut gelaunt und braun gebrannt wieder zu Hause an. Natürlich waren die Eltern und Großeltern schockiert über die Vorkommnisse auf dem Hausboot – aber es war ja zum Glück nichts passiert.

Orkan

Die Ferien neigten sich dem Ende entgegen. Es blieben nur noch knapp 14 Tage. Sie waren viel mit dem Fahrrad unterwegs und Opa hatte immer neue Ideen. Einmal waren sie wieder auf einer Radtour, diesmal mit Oma und einem großen Picknickkorb. Opa hatte ein paar neue Wege im Uhlenhorst, in Mülheim, entdeckt. An einem kleinen Teich sahen sie zuerst eine fünfköpfige Bieberfamilie und später einen Waschbären. Nina und Caren fanden die Tiere niedlich und hätten sie gern noch länger beobachtet, aber es war spät geworden und plötzlich kam ein Sturm auf, der sich anscheinend zu einem Orkan ausweitete. Die Vier fanden Unterschlupf in einer alten Hütte. Zeit, um die Fahrräder ins Trockne zu holen, blieb nicht mehr und so ließen sie sie einfach fallen und rannten hinein. Auf einmal wurde Caren weiß im Gesicht. Ihre Augen wurden richtig starr. „Raus hier!" schrie sie, „los raus!" Sie riss die Tür auf und taumelte gegen den Sturm nach draußen. Die anderen sahen ihr entsetzt nach. Trotzdem rannten alle hinter Caren her, Opa wohl, um Caren wieder einzufangen und die anderen, weil sie so erstaunt waren. Kaum hatten sie die sichere Hütte verlassen, als ein riesiger Baum vom Sturm entwurzelt wurde und auf die Hütte krachte. Caren war in den Wald gestürzt und wartete jetzt auf die anderen. „Hier entlang", ordnete sie an und rannte auch schon los. Sie lief einen eigenartigen Zickzack-Kurs, als ob sie einem nur ihr bekannten Pfad folgte. Den anderen blieb nichts anderes übrig, als es ihr gleich zu tun. Um sie herum wurden viele Bäume vom Sturm regelrecht umgemäht. Dann hielt Caren an und sagte: „Hier sind wir sicher." Ihr Blick war wieder klar und die Röte war in ihr Gesicht zurückgekehrt. „Wieso wusstest du von der Gefahr?", fragte Oma noch immer schreckensbleich. „Ich kann es dir nicht sagen", war die einzige Antwort, „aber ich wusste es eben." Nach etwa einer Stunde wurde der Sturm schwächer und dann war er nur noch ein Lüftchen. Alle gingen zurück, um die

Fahrräder zu holen. Auf dem Zickzack-Weg, den Caren gelaufen war, standen zum Erstaunen von Oma und Opa noch alle Bäume, während etwas weiter weg viele Bäume entwurzelt waren. Schließlich ereichten sie die Hütte. Von Hütte konnte man nicht mehr reden, praktisch existierte sie nicht mehr. Gut, dass die Fahrräder davor lagen. Zwar waren sie hier und da etwas verbogen, aber Opa konnte sie alle wieder fahrfertig machen. Noch immer stand allen der Schreck im Gesicht, als sie zu Hause ankamen. Die Erwachsenen konnten sich gar nicht beruhigen, anscheinend hatte Caren wohl so etwas wie den sechsten Sinn gehabt – oder war es etwas Anderes?

In der letzten Ferienwoche wurden Nina und Caren etwas unruhig. Was würde sie im Sternenzelt erwarten? Von Julie und Sevilley erfuhren sie, dass die beiden auch ins Sternenzelt kommen würden, aber nicht mit Nina und Caren zusammen, sondern erst einen Monat später. Das konnten sie sich zwar nicht erklären, aber die Hauptsache war, dass sie überhaupt durften. Vier Tage vor Ende der Ferien kam ein Brief von Frau Süß.

Er lautete:

„Hallo Nina, hallo Caren,
ich hoffe, dass ihr Euch gut erholt habt und auf die Schule freut.
Ich hole Euch am 1.September wieder in Barcelona ab. Euer
Flug geht um 11.25 Uhr ab Düsseldorf.
Bringt Euch, wenn ihr Lust habt, Kostüme mit, wir wollen in
diesem Schuljahr eine Gespensterparty im Karneval feiern.
Bis zum 1.September,
viele Grüße,
Eure Carola Süß, Sektion Europa"

Nina und Caren grinsten sich an. „Als was gehen wir?" „Lass mich mal überlegen. Weißt du was, wir mailen Hernando und Juan." Schnell war die Mail abgeschickt. Noch am Abend war eine Antwort da. „Juan und ich wollen uns als Ritter verkleiden.

43

Kommt doch als Hoffräuleins oder als Prinzessinnen." „So was Blödes ziehe ich nicht an", maulte Caren, aber Nina lachte nur; „Lass uns doch als Hofgespenster gehen." Damit war Caren einverstanden.

Am nächsten Tag kauften sie mit Mam eine Menge Utensilien für die Verkleidung, dazu Schminke, um sich alt und hässlich zu machen, alte Gamaschen und zwei völlig verrückte Hüte. „Die werden sich wundern", lachte Caren.

Kurz vor Ende der Ferien statteten sie Wang –Ho einen letzten Besuch ab. Der war hoch erfreut über ihr Kommen und sehr interessiert, als er von den leuchtenden Steinen und der Reaktion ihrer Muttermale erfuhr. „Ich habe hier noch ein kleines Geschenk für euch", sagte er und holte es aus dem Schrank. Es schien ein Buch zu sein, das in blaues Seidenpapier gewickelt war. „Wenn ihr in großer Gefahr seid, nehmt es heraus. Im Buch steht etwas für euch. Handelt danach und es wird euch helfen." Nina und Caren waren über seinen Ernst ganz gerührt. Er wünschte ihnen ein tolles Schuljahr und schenkte beiden noch eine ganz kleine Digitalkamera mit den Worten: „Damit ihr mir in den nächsten Ferien zeigen könnt, was ihr erlebt habt. Sie ist so klein, dass sie sogar in eure Hosentasche passt"

Dann war der letzte Abend gekommen. Auch Opa hatte die Idee gehabt, beiden eine Kamera zu schenken und da sie nicht wollten, dass er traurig war, bedankten sie sich dafür und legten sie mit zu ihre Sachen. Paps nahm sie noch einmal kurz beiseite und gab beiden einen neuen Laptop. „Der ist was Besonderes", erklärte er. „Man kann die Mails nicht zurückverfolgen und ihr müsst keinen Code mehr eingeben, na ja fast keinen. Eure Mitteilungen werden so zerhackt, dass sie niemand mehr lesen kann. Erst auf meinem oder eurem Laptop werden sie wieder zusammengesetzt. Trotzdem habe ich noch eine weitere Sicherung eingebaut. Wenn ihr von mir eine Mail bekommt, müsst ihr grundsätzlich für 3 Sekunden F1 und F2 zusammen drücken. Danach taucht wieder unser Zeichen auf „ifed und die vier Strahlen", dann könnt ihr sicher sein, dass diese Mail von mir ist. Ich muss natürlich auch vor dem Lesen eurer Mail für 3 Sekunden F1 und F2 drücken. Außerdem glaube ich, solltet ihr die neuen Laptops gut verstecken. Wie ihr seht, sind sie nur halb so groß wie ein DinA4 –Blatt. Ich habe mein Bestes getan, damit sie so klein und so flach wie möglich sind. Holt doch bitte mal beide das „Buch der Heimlichkeiten" das ich euch zu eurem 10. Geburtstag geschenkt habe, ich habe da eine Idee."

Dieses Buch war etwas Besonderes. Der Besitzer konnte es nur öffnen, wenn er einen besonderen Satz sprach. Wollte man in dem Buch lesen, musste man noch eine achtstellige Codezahl eingeben. Wenn etwas an der Eingabe nicht stimmte, waren nur leere Blätter zu sehen. Die Zwillinge hatten wohl doch mehr Gemeinsamkeiten als sie glaubten, denn beide hatten unabhängig voneinander den gleichen Code, nämlich 68321944 gewählt. Der Satz von Nina lautete: „Alles ist gut so, wie es ist", der von Caren: „ Ich möchte vieles verändern." Sie kamen mit den Büchern und Paps erklärte ihnen: „Vorn im Buch habt ihr eine kleine Tasche, da könnt ihr euren Laptop hinein schieben. Und da nur ihr das Buch öffnen könnt, ist er relativ sicher. Wenn jemand das Buch zerstört hat, um an den Laptop heranzukommen, seht ihr es sofort. Übrigens, wenn ihr F1 und F2 nicht drückt, kommt die Mail absolut unleserlich an. Wer also unser Zeichen nicht kennt, kann keine Mail empfangen. Ach ja, wenn ihr eine solche unleserliche Mail bekommt, informiert mich, dann hat sich jemand an meinem Laptop zu schaffen gemacht." Nina und Caren versprachen, sich alles gut zu merken.

Paps hatte sich frei genommen, um sie zum Flughafen zu bringen. Er musste erst wieder in drei Tagen starten. Auch Mam, Opa und Oma fuhren diesmal mit. Als Nina und Caren in Richtung Flugzeug verschwanden, standen Mam und Oma die Tränen in den Augen. Opa tat so, als ob ihm das gar nichts ausmachen würde, aber auch er brauchte ein Taschentuch.

Wieder im Sternenzelt

Am Flughafen in Barcelona warteten schon Frau Süß, ihre verantwortliche Lehrerin und ihre Freundinnen Beatrice, Catherine, Carmen und Maria auf sie. Draußen stand wieder der feuerrote Bus. Im Bus wurden sie von ihren Klassenkameraden mit lautem Hallo begrüßt. Anders als ein Jahr zuvor fühlten sie sich sofort wieder heimisch.

Natürlich wurden zuerst Ferienerinnerungen ausgetauscht und die Kinder waren nicht so ruhig wie vor einem Jahr.

In Andorra angekommen, stiegen sie wieder am „Valle de huevo", dem Tal des Hühnereies, aus und kletterten den schmalen Pfad nach unten. Wie konnten sie im letzten Jahr nur glauben, dass hier die Schule sein könnte in so einem engen Tal mit so wenigen Gebäuden. Frau Baumgarten, eine der Direktoren kam ihnen entgegen und begrüßte sie. Ihr Mann, der andere Direktor, war wohl schon im Sternenzelt. Nach dem Abendessen gingen alle gemeinsam in das abseits liegende Gebäude und betraten den runden Saal. Frau Baumgarten begrüßte noch einmal alle offiziell und berichtete vom Sternenzelt: „Es hat sich in eurer Abwesenheit einiges verändert, eure Zimmer sind jetzt wesentlich größer. Das haben wir arrangiert als die Zimmer für den neuen Jahrgang gebaut wurden. Es kommen wieder fünf Klassen zu uns, aus jedem Erdteil eine. Jede Klasse hat 20 Schüler, fünf Jungenpaare und fünf Mädchenpaare. Natürlich alles wieder eineiige Zwillinge und alle haben am 10.Februar Geburtstag. Eure Klasse heißt jetzt offiziell E 1, die neue Klasse aus Europa E 2. Auch die E 2 sind Füchse, so wie ihr euch im letzten Jahr genannt habt. Aber lasst uns die anderen Dinge im Sternenzelt besprechen. Sie klatschte in die Hände, und wie im letzten Jahr erschienen mehrere Mädchen und brachten allen eine große Tasse mit einer dampfenden braunen, süßen Flüssigkeit. Sie wussten ja schon, was nun kam. Die Mädchen verließen den Raum und Frau Süß ermunterte alle:

„Bitte trinkt eure Tasse in kleinen Schlucken leer." Kurze Zeit später erschienen die Mädchen erneut und nahmen die leeren Tassen in Empfang. Alle legten sich zurück, die Augen fielen ihnen zu und sie träumten, sie würden sich drehen, drehen, drehen und danach fliegen, fliegen, fliegen....

Als Nina und Caren wach wurden, hatten sie zwar das Gefühl, noch immer im gleichen Raum zu sein, aber sie wussten ja, sie waren im Sternenzelt angekommen. Kaum hatten sie die Augen geöffnet, da hörten sie ein leises Miauen. Erstaunt sahen sie sich um. In einer Ecke saß eine kleine graue Karthäuserkatze. „Wo kommst du denn her?", fragte Caren. „Die ist wohl zufällig mit im Raum gewesen", bemerkte Nina. Die Katze kam zutraulich auf Nina und Caren zu und ließ sich von ihnen streicheln. Nun wurden auch die anderen wach und bemerkten erstaunt das graue Tier, das auf den Schoß von Nina gesprungen war und sich dort zusammengerollt hatte. „Die kann nicht hier bleiben!", ordnete Frau Baumgarten an. Aber alle Kinder fingen an zu betteln: „Lassen Sie die Katze bei uns, wir werden uns um sie kümmern." Und so kam es, dass die Füchse einen neuen Zimmergenossen hatten, zumindest die erste Zeit, bis sich das Karthäuserchen an die neue Umgebung gewöhnt hatte.

Mit der Katze auf dem Arm gingen die Kinder in ihre Zimmer, den Weg kannten sie ja. Sam, der kleine Roboter, stand wie immer vor der Tür. Auch der Code zum Öffnen der Tür hatte sich nicht geändert, 36084. In den Zimmern erlebten sie ihre erste Überraschung. Das Zimmer von Nina, Caren und ihren Freundinnen war jetzt doppelt so groß wie vor einem Jahr, bestimmt hatte es mehr als 60 qm. Das war für alle besser, im Jahr davor war es doch sehr eng gewesen. Nina probierte aus, ob die Tricks vom Vorjahr noch funktionierten. Sie wählte auf dem Handy die Nummer 1414 für das Haus und dann einfach die 28, ein kleiner Roboter würde sich schon melden. Und so geschah es. „Bring etwas geschnittenes Fleisch für die Katze", befahl Nina. Schon fünf Minuten später traf das Gewünschte ein. Nina schickte den Roboter wieder weg und gab der kleinen grauen

Katze das Fleisch. Die war an diese Nahrung schon gewöhnt und machte sich darüber her. Caren legte dem Kätzchen noch ein Kissen in eine Ecke und so war für den neuen Mitbewohner erst einmal gesorgt. „Und wie soll sie heißen?", fragte Carmen. Alle sechs überlegten angestrengt. „Kannst du dich noch an die Katze erinnern, die mal bei uns in der Schule war, da waren wir im zweiten Schuljahr." „Klar, sie hieß Cindy und unsere Lehrerin hat gesagt, dass Katzennamen immer auf einem „i" enden, dann hört sie besser." „Dann heißt sie ab sofort Cindy", warf Beatrice ein und dabei blieb es.

Die Freundinnen überprüften nun, ob sie sich noch über Handy erreichen konnten. Sie gaben wieder die Zahl Pi, also 3,14 ein und dahinter die Zahl 6666. Dann erneuerten sie die Nummern, Nina hatte die 1000, Caren die 2000, Maria die 3000, Carmen 4000, Beatrice 5000 und Catherine die 6000. Danach schalteten sie ihre Handys stumm. Nun war alles vorbereitet und sie packten ihre Sachen aus.

Nach einer halben Stunde kam Frau Süß in den Aufenthaltsraum der Kinder. Sie brachte einen neuen Lehrer mit und stellte ihn vor. „Das ist Peter Neuwein. Er kommt aus der Schweiz, aus Bern. Er wird zusammen mit mir für euch verantwortlich sein. Seine Fächer sind Französisch und Physik."

Die Klasse der Füchse sah sich den neuen Lehrer genauer an. Er war vielleicht 1,70 m groß und sehr schlank, fast schon dürr. Dazu trug er einen Dreitagebart, der ihm ein etwas verwegenes Aussehen gab. Seine Haare, recht lang, wirkten etwas ungepflegt. Caren schätzte sein Alter auf ungefähr 35 Jahre. Sie flüsterte: „Mit dem werden wir noch Ärger kriegen, der kann uns ja nicht mal richtig ansehen." Tatsächlich, Herr Neuwein blinzelte ständig in schneller Folge mit dem rechten Augenlid. Den Kindern war er auf den ersten Blick unsympathisch.

Gemeinsam gingen alle in den Speisesaal. „Da seid ihr ja alle wieder", begrüßte sie lächelnd Herr Baumgarten, der Direktor der Schule. „Ich hoffe, ihr habt euch gut erholt und seid voller Tatendrang. Wir haben in diesem Jahr einige Überraschungen für euch, z.B. das Ballonomobil. Es ist eine große Kugel und ihr werdet damit außerhalb des Sternenzeltes unterwegs sein können. Wir haben auch eine neue kleine Station in unserer Nähe errichtet, das sogenannte Gedankenzentrum. Manchmal braucht jeder etwas Ruhe und Entspannung, um sich auf eine schwierige Aufgabe vorzubereiten. Zu zweit könnt ihr dann auf diese Station fliegen, wenn ihr das vorher mit eurer Lehrerin oder eurem Lehrer abgestimmt habt und dort ein paar Tage bleiben. Roboter versorgen euch und Platz zum Schlafen ist genügend vorhanden. Ein solcher Flug ist ein Privileg für euch, den Neuankömmlingen ist das in diesem Jahr noch verboten. Auf der Station sind Roboter, die an Raumschiffen oder anderen Robotern Reparaturen durchführen können. Außerdem planen wir natürlich unser großes Wusch – Turnier. Allerdings sind die kleinen Raumschiffe, die ihr benutzt habt, etwas verändert und es gibt neue Spielregeln. Aber das werdet ihr später erfahren. Euer Geburtstag fällt in diesem Schuljahr auf den Rosenmontag. Wir wollen deshalb an diesem Tag eine große Gespensterparty feiern. Die neuen Klassen kommen erst in einem Monat. Jeder von euch sollte einem neuen Schüler oder einer neuen Schülerin als Mentor zur Seite stehen. Der Unterricht fängt Montag an. Morgen erhaltet ihr eure neuen Stundenpläne." Die Kinder klatschten Beifall.

„So, das war es von meiner Seite. Noch einmal: Herzlich willkommen und viel Spaß im neuen Schuljahr."

Nun kamen die kleinen Roboter und brachten das Essen und der Geräuschpegel schwoll bedenklich an.

Nach dem Essen blieben alle noch sitzen. Hernando und Juan, die beiden Freunde von Nina und Caren aus Venezuela, kamen an den Tisch, mussten aber bald wieder gehen, da bei den Anacondas eine Besprechung stattfand.

Alte Freundschaften

Nina und Caren setzten sich ab. Sie wollten sehen, ob sich etwas verändert hatte und Pierre und die Zottis, die Hunde, besuchen. Pierre war Franzose und hatte als Ingenieur beim Bau des Sternenzeltes geholfen. Als das Sternenzelt fast fertig war, blieb er mit einigen Arbeitern da und baute auf Anweisung viele Felsenzimmer und Geheimgänge in das Innere des Sternenzeltes ein. Kurz vor Ende der Arbeiten sollten alle Beteiligten weggebracht werden, niemand wusste wohin. Daraufhin setzte sich Pierre mit seinen Hunden ab und flüchtete in einen unbewohnten Teil des Sternenzeltes. Er richtete sich in zwei Höhlen ein, wobei die eine als Versteck gedacht war, falls er einmal fliehen müsste. Dieser Fall war leider eingetreten. Später konnte er in seine erste Höhle zurückkehren und Nina und Caren hatten Carina Mantolini, eine ihrer Lehrerinnen, die sie gerettet hatten, zu ihm gebracht. Carina und Pierre hatten sich angefreundet und waren jetzt ein Paar.
Bald waren Caren und Nina auf ihrer Wiese. „Komm, lass uns zur Hütte gehen." Die Hütte hatten sie im letzten Jahr durch Zotti entdeckt und sie hatte ihnen gute Dienste erwiesen. Bald waren sie angekommen. Die Hütte wirkte verlassen wie immer. Vorsichtig schlichen sie näher. Nina holte den kleinen goldenen Schlüssel aus der Tasche, aber Caren meinte: „Lass mich mal ausprobieren, ob der Schlüssel, den wir bei den Männern bei Wang – Ho gefunden haben, auch passt." Sie steckte ihn in das kleine Loch, eine Melodie ertönte und die Tür sprang auf. Caren zog den Schlüssel wieder ab und beide betraten die Hütte. Die Tür schloss sich geräuschlos hinter ihnen. In der Hütte hatte sich auf den ersten Blick nichts verändert. Sie musste aber irgendwie benutzt worden sein, denn es gab keine dicke Staubschicht. Der Schrank, in dem sie sich öfter versteckt hatten und der gleichzeitig Zugang zu einem Geheimgang war, existierte auch noch. Und als sie in den Schrank stiegen und auf die Stelle am

hinteren Ende in der Ecke drückten, ging die Tür zum Geheimgang auf. Das war also in Ordnung. Gerade wollten sie den Schrank verlassen, da ertönte die Melodie und die Tür zur Hütte sprang auf. Sollte denn der Ärger schon wieder beginnen? Vorsichtig blickten Nina und Caren durch einen kleinen Spalt in den Raum und trauten ihren Augen nicht. Im Raum standen zwei Männer, einer war Pedro Gonzales, der Mann mit dem Pferdeschwanz aus Costa Rica. Mit ihm hatten Nina und Caren schon des Öfteren schlechte Erfahrungen gemacht. Wie kam der nun wieder ins Sternenzelt? Der zweite war Peter Neuwein, ihr neuer Lehrer für Französisch und Physik. Pedro Gonzales sagte gerade: „ Die Kinder wissen nichts von der Hütte und so soll es auch bleiben. Natürlich dürfen sie nie etwas von den neuen Anlagen in Wasilowgrad wissen." „Was ist denn Wasilowgrad?" „Ach, so haben wir die Anlage getauft, sie ist neu und liegt von der Schule aus in südlicher Richtung." „ Und wie kommt man da hin?" „ Na ja, hast du einen Kompass?" „Sicher." „Dann musst du die Marschzahl 185 nehmen, dann kommst du genau zum Eingang. Aber sieh dich vor, es wurden Maracho- Büsche gepflanzt. Die werden bis zu drei Metern hoch und haben fiese lange Dornen. Durch dieses Dornengestrüpp kommt keiner und wer da mal drin hängt, der ist verloren. Sie wachsen so schnell, dass sie innerhalb von 24 Stunden einen Menschen „umwachsen" können und dann ist Schluss für ihn.",,Und wie kommt man dann hinein?" „Es gibt einen Haupteingang und eine Reihe von Nebeneingängen, sogar Geheimgänge soll es geben. Du musst nach Stellen suchen, auf denen ein W steht. Wenn du dieses W drückst, findest du entweder einen Eingang oder eine Information, wie man hineinkommt. Alles ist sehr gesichert, denn niemals dürfen die Kinder davon erfahren." Aber lass uns die Funksprüche ansehen." Eine Weile war nichts zu hören. Dann war es wieder Pedro: „ Geh morgen in den Schlafraum von Nina und Caren und sieh dir die Laptops genau an. Sie waren zwar die ganzen Ferien hier und wir haben einiges eingebaut, aber man kann ja nie wissen. Diesmal dürfen die zwei keine Verbindung mit ihrem Vater aufnehmen."

Kurze Zeit später ertönte die kleine Melodie, die beiden Männer hatten die Hütte verlassen. Vorsichtig kamen Nina und Caren aus ihrem Versteck. „Gut, dass die glauben, wir würden die Hütte nicht kennen. Und die Sache mit „Wasilowgrad" werden wir uns auch einmal ansehen müssen." Die Funksprüche, es waren zwei, hörten sich sehr interessant an. In einem stand: „ Wiegt alle in Sicherheit, keine Aktivitäten bevor die Neuen da sind." Der zweite hieß: „ Seht zu, dass die alte Start – und Landebahn im Horrorpark bald wieder fertig ist."

Bestürzt sahen sich Caren und Nina an, sollte denn der Spuk nie ein Ende nehmen? Aber gleichzeitig sagte Nina: „Dieses „Wasilowgrad" müssen wir uns unbedingt ansehen. Hoffentlich ist es nicht wieder eine Falle."

Nachdem sie festgestellt hatten, dass sie keine Spuren hinterlassen hatten, verließen beide vorsichtig die Hütte und machten sich auf den Weg zu Pierre. Der wohnte sicher noch in der Felsenhöhle und vielleicht trafen sie auch Carina Mantolini. Sie waren noch ziemlich weit von der Höhle entfernt, als sie die Zottis sahen. Alle drei kamen auf sie zugerannt, bellten, jaulten und konnten vom Streicheln nicht genug bekommen. Die ehemals kleinen Zottis waren nun fast so groß wie ihre Mutter. Einer der Zottis hatte ein schwarzes Muster auf der Stirn, das fast wie ein Herz aussah, während der andere ein Abbild der Mutter war. Pierre stand mit Carina vor der Tür zur Felsenhöhle, aber eigentlich war es gar keine Felsenhöhle mehr. Pierre hatte angebaut. Das Ganze sah jetzt schon eher wie ein Haus mit einem Dach aus und wirkte recht geräumig. Pierre und Carina freuten sich sehr über den Besuch und nahmen sie einfach in die Arme. Dann zeigte ihnen Pierre stolz sein Haus und dass Carina oft hier war, ging aus vielen Kleinigkeiten hervor, die so gar nicht männlich waren. Carina holte Orangensaft aus der Küche und dann wurde erzählt. „ Sagt mal", begann Caren nach einiger Zeit, „ was habt ihr eigentlich im Louvre in Paris gemacht?" „Wie kommt ihr denn darauf, wir waren die ganze Zeit hier, das kann euch Herr Baumgarten bestätigen. Ich habe in der Zeit die meisten Anlagen gecheckt und repariert, was erneuert werden musste. Carina war die ganze Zeit bei mir." „Habt ihr Zwillingsgeschwister?" „Nein, nicht dass wir wüssten." „Dann verstehen wir das nicht", warf Nina ein, „wir haben euch im Louvre gesehen." „Das muss ein Irrtum sein, aber wenn ihr wieder einmal glaubt, uns zu sehen, wir haben etwas an uns, das uns einmalig macht. Zeig mal dein Muttermal Carina." Carina stand lächelnd auf und hob ihre Haare an. Unterhalb des rechten Ohres, am Haaransatz war ein herzförmiges Muttermal zu sehen. Da sie immer längeres Haar trug, war das Muttermal noch nie aufgefallen. „Seht ihr", fuhr Pierre gut gelaunt fort, „ und ich habe eine sechs Zentimeter lange Narbe am linken Unterarm." Dabei krempelte er den linken Ärmel hoch und zeigte ihnen seine Narbe. Sie sah etwas wulstig aus und war eigentlich nicht zu übersehen. Nina und Caren sahen sich irritiert an, aber im Augenblick war die Angelegenheit nicht zu klären.

Nach einer Stunde verabschiedeten sie sich wieder. Nina wollte unbedingt noch in die Felsenzimmer, die sie im letzten Jahr entdeckt hatten. Aber diese waren eine Enttäuschung, beide Felsenzimmer waren leer, d.h. in einem lagen noch mehrere Decken, die hatte man wohl vergessen. Blieb nur noch das letzte Zimmer, von dem sie nie etwas gesagt hatten. In dem Felsenzimmer war noch alles intakt, es waren sogar noch einige Monitore dazu gekommen. Wie schon im letzten Jahr konnten sie, als sie die Schirme eingeschaltet hatten, eine Reihe von Räumen sehen, sowohl Aufenthaltsräume als auch Maschinenräume. Wie früher konnte man den Ton dazu schalten. Da sonst nichts zu entdecken war, stellte sie den alten Zustand wieder her und kehrten zur Schule zurück.

Im Aufenthaltsraum winkten sie ihren Freundinnen zu und hielten mit ihnen im Schlafraum Kriegsrat. Sie berichteten von dem, was sie erlebt und gesehen hatten und Carmen sagte: „Seht ihr, der neue Lehrer kam uns gleich so komisch vor, aber jetzt, wo wir wissen, dass er für Wasilow arbeitet, können wir vorsichtig sein."

Nina und Caren nahmen sich ihre Laptops vor, die sie in den Ferien im Schrank gelassen hatten, konnten aber daran nichts entdecken. „Wir machen das so", regte Caren an, „ alle Arbeiten für die Schule machen wir mit den alten Laptops und die neuen finden die sowieso nicht." „O.k., stimmte Nina zu. „Aber lass uns einen alten Laptop auseinander nehmen." Sie nahmen die Außenhülle ab und fanden …. nichts. Nun untersuchten sie jedes Teil einzeln und schrieben alle Einzelteile und deren Nummern auf und wenn sie nicht wussten, was das Teil zu bedeuten hatte, beschrieben sie es so genau wie möglich. Das hielt zwar sehr auf, aber sie wollten alle Daten an Paps mailen, vielleicht konnte der helfen. Nachdem sie alles gewissenhaft aufgeschrieben hatten, bauten sie den Laptop wieder zusammen. Am Abend nahmen sie ihre neuen Laptops und gingen zu ihrer Wiese. Mit allen Vorsichtsmaßnahmen mailten sie Paps und teilten ihm die neuen Schwierigkeiten mit. Dann mailten sie ihm alle Daten und die Beschreibungen der Teile ihres Laptops. Die Antwort von Paps ließ auf sich warten. Endlich war sie da. Er schrieb:

„Wir müssen uns die Daten genauer ansehen. Ihr dürft diese Laptops auf keinen Fall benutzen. Ich melde mich, sobald ich weiß, was daran verändert worden ist. Ich umarme euch, Paps. "

Auf dem Rückweg meinte Caren: „Gut, dass wir ein so prima Versteck für unsere neuen Laptops haben."

Am nächsten Morgen bekamen die Kinder ihre neuen Stundenpläne. Wieder war Unterricht von Montag bis Samstag, nur der Sonntag war frei. Unterrichtet wurde von 8.00 Uhr bis 12.00 Uhr und von 14.00 Uhr bis 17.00 Uhr. Gegenüber dem Vorjahr hatte sich nicht viel geändert.

Der Plan lautete:

Individuelle Sprache (von jedem Kind ausgewählt)
Muttersprache
Welt- und Kosmoskunde

Mathematik

Naturkunde (Gemeinschaftsfach für Physik, Chemie, Biologie)

Arbeit mit dem Raumschiff

Roboterkunde

Sport

Wusch

Gutes Benehmen

Forschen

Das letzte Fach war neu und keiner konnte sich so recht etwas darunter vorstellen. Aufklärung kam nach dem Frühstück. Herr Baumgarten bat um Ruhe und begann zu erklären. „Ich denke, bis auf das letzte Fach wisst ihr Bescheid. Wir haben zwar Welt – und Kosmoskunde zusammengelegt, genauso einige Fächer in Naturkunde. Was nun Forschen angeht, 4 Wochen habt ihr Zeit aufzuschreiben, in welchem Gebiet ihr gern forschen würdet. Z.B. neue Wege im Bau der Roboter, Verbesserung der Roboter oder Züchtung von Pflanzen, die uns mehr Sauerstoff bringen. Eurer Fantasie sind keine Grenzen gesetzt, natürlich ist dieses Fach klassenübergreifend, findet euch also zusammen. Mit dem Beginn warten wir, bis die Neuen hier sind. Sie sollen in diesem Fach auch mitarbeiten und wir wollen auf ihre Ideen nicht verzichten. Ansonsten möchte ich alle für morgen einladen, wir wollen unser neues Ballonomobil einweihen. Es hat Platz für eine komplette Klasse. Es ist eine Kugel aus Glasfasern, verstärkt mit Karbonstäben. Man sitzt darin auf Bänken im Kreis und hatte eine tolle Aussicht auf unser Sternenzelt und unsere Erde. In der Mitte ist die Steuerung. Es ist vollkommen sicher, nicht einmal kleine Meteoriten könnten es zerstören. Jede Klasse wird einen Erkundungsflug um unser Sternenzelt und ein Stück in den Weltraum machen. Wir haben außerdem eine kleine Außenstation eingerichtet, die wir euch später zeigen werden. So, nun genießt das Wochenende, heute ist Samstag, am Montag fängt der Unterricht an." Alle klatschten in die Hände und freuten sich, über diesen freien Tag.

Etwas später kamen Hernando und Juan, die Zwillinge aus

Venezuela vorbei. „Hi, treffen wir uns nachher?", riefen sie. „Klar", antwortete Caren, in einer Stunde auf unserer Wiese." Kurz darauf tauchten Robert und Julius von den Anacondas auf: „Na ihr blöden Ziegen, „ zischte Robert, „schade, dass die euch wieder in die Schule gelassen haben." „Seid froh, dass ihr kommen durftet.". Die alte Feindschaft war also noch immer da. Nach einer Stunde trafen sich Nina, Caren, Hernando und Juan auf der Wiese. Nina und Caren hatten zwei Decken mitgebracht. Hernando und Juan hatten für die beiden ein kleines Geschenk aus Venezuela, einen Traumspender. Das waren zwei kleine Kreise aus Gras, aufgeklebt auf eine Tierhaut und daran hingen Büschel von bunten Federn und ein Stückchen Schlangenhaut. „Wenn ihr die über euer Bett hängt, habt ihr immer schöne Träume, " erklärte Hernando und wurde dabei ein wenig rot. Auf der einen Decke lagen Nina und Hernando und auf der anderen Caren und Juan. Sie hatten sich viel zu erzählen, doch nach und nach wurde die Unterhaltung leiser, Nina unterhielt sich mit Hernando und Caren mit Juan. Und Immer wieder kam es vor, dass sich ihre Finger oder ihre Hände berührten. Natürlich zogen sie sie schnell wieder zurück – aber es war herrlich. Nach einiger Zeit ließen sie ihre Hände dort und so lagen Nina und Hernando auf der einen und Caren und Juan auf der anderen Decke Hand in Hand und dabei hatten sie ein Gefühl im Magen, als ob dort lauter Schmetterlinge fliegen würden -das hätte ewig so bleiben können - schließlich kehrten sie gemeinsam zur Schule zurück.
In der Nacht wurde Caren von einem Lichtschein geweckt. Er kam aus ihrem Schrank, der nicht ganz geschlossen war. Schnell weckte sie Nina und gemeinsam sahen sie nach. Ihre Steine, die sie in einem Steinbruch in der Nähe von Mülheim gefunden hatten, leuchteten so intensiv blau, dass sie fast die Augen schließen mussten. Dabei waren sie nur warm. In den Steinen waren jetzt tatsächlich Bilder zu sehen, da war eine Tür mit Ornamenten in einem Dickicht von Pflanzen, die sie nicht kannten, und hinter der Tür eine Art Fallgrube, die mit Stangen

und Laub abgedeckt war. „Siehst du auch, was ich sehe?", fragte Nina. „Ja, ich sehe eine Tür und dahinter eine Fallgrube, ich schätze diese Grube ist vielleicht ein bis zwei Meter breit." Nach und nach wurde das Leuchten schwächer, bis es ganz verschwunden war. Kopfschüttelnd legten sich beide wieder hin und schliefen schnell ein. Am Morgen unterhielten sie sich darüber. „Vielleicht war es eine Warnung, ich werde meinen Stein jetzt immer in der Hosentasche tragen, " meinte Caren. Nina war damit einverstanden: „Ich auch."

Pierre und Carina

Der nächste Tag war ein Sonntag. Nach dem Frühstück machten sich Nina und Caren auf den Weg zu Pierre und Carina. Sie nahmen Knochen für die Zottis mit und zogen los. Schon von weitem sahen sie Pierre vor der Tür sitzen und als sie näher kamen, erschien auch Carina und setzte sich zu ihm. Eigenartigerweise war von den Zottis nichts zu sehen. Sie kamen näher und Pierre meinte gutgelaunt: „Was treibt euch denn so früh aus dem Haus?" Caren fiel auf, dass er sich dabei ein wenig gehetzt umsah.

„Wo sind denn die Zottis?" „Seit heute Morgen weg unterwegs, wir wissen auch nicht wohin." „Na, was gibt es sonst Neues?", wollte Carina wissen. Nina und Caren sahen sich an, so komisch hatte sie noch nie gefragt. Und noch etwas irritierte sie, die Ärmel von Pierres Hemd waren nicht wie sonst hochgekrempelt, aber so kalt war es gar nicht. Schließlich, durch eine unbedachte Bewegung, rutschte doch der Ärmel seines linken Armes hoch. Darauf hatten Nina und Caren gewartet, aber von einer Narbe war nichts zu sehen. Natürlich hätten die beiden liebend gern nach dem Muttermal von Carina geschaut, aber sie bekamen keine Chance. Gleichzeitig schien es so, als ob Pierre und Carina sie ausfragen wollten. „Ihr hättet uns schon begrüßen können, als wir uns im Louvre in Paris gesehen hatten, " meinte Nina, „oder seid ihr uns da aus dem Weg gegangen?" „Ihr müsst das verstehen, " gab Carina zurück, „wir wollten Paris zu zweit erleben, deshalb haben wir euch nicht angesprochen. Entschuldigt, das nächste Mal kommt es nicht mehr vor." Nina und Caren schienen ein wenig beleidigt zu sein. „Wir nehmen die Knochen für die Hunde wieder mit, wenn die sowieso nicht hier sind." Sie verabschiedeten sich und kehrten zur Schule zurück. Aber nach kurzer Zeit blieb Caren stehen: „Die haben ja ziemlich dämlich auf das Treffen in Paris reagiert, das hätten Pierre und Carina nie getan, außerdem war doch schon alles klar. Ist dir auch aufgefallen, dass die Narbe bei Pierre gefehlt hat?" „Sicher, los wir gehen vorsichtig zurück, da stimmt etwas nicht." Vorsichtig schlugen sie einen großen Bogen und näherten sich der Höhle erneut, aber jetzt von einer ganz anderen Seite. Dabei kam ihnen zugute, dass sie die Umgebung der Höhle sehr genau kannten. So konnten sie sich, verdeckt von Büschen, dem Eingang bis auf wenige Meter nähern. Pierre und Carina, oder wer die zwei auch waren, saßen noch immer davor. „Was meinst du, " hörten sie die Stimme der Frau, „haben die beiden etwas bemerkt?" „Wie sollten sie, dazu war keine Gelegenheit." „Aber sie haben uns nichts Neues erzählt." „Na wenn schon, wir werden das nächste Mal noch vorsichtiger sein." „Was machen wir mit den Hunden, ewig können wir sie nicht in der Baumhöhle lassen." „Da mach dir mal keine Sorgen, die findet niemand." „Und Pierre und seine Freundin?" „Die sind in „Wasilowgrad" gut aufgehoben." Nina sah Caren erschreckt an, dann gab sie ihr ein Zeichen, beide zogen sich vorsichtig zurück.

Als sie weit genug von der Höhle entfernt waren begann Nina: „Was machen wir jetzt?" „Ich weiß auch nicht, aber hast du bei der Erwähnung der Baumhöhle nicht auch an die Höhle gedacht, in der Frau Baumgarten und Carina gefangen waren?" „Ja, natürlich, los, gehen wir hin." Von weitem sah die Baumhöhle unberührt aus, aber als die beiden näher kamen, hörten sie ein leises Winseln. Schnell hatten sie den Eingang freigelegt und die Zottis sprangen ihnen freudig entgegen. Nach dem Streicheln gab es erst einmal Futter. „Was machen wir jetzt?" Caren hatte eine Idee: „ Wir biegen die Zweige, die den Eingang verstellt haben, ein wenig auseinander, so, als ob die Zottis sich selber befreien konnten. Schließlich waren sie ja nicht gefesselt und so fällt kein Verdacht auf uns." Das Vorhaben dauerte ziemlich lange, aber endlich hatten sie es geschafft. Sie sahen sich ihre Arbeit genau an, konnten aber keinen Fehler feststellen. „Caren, wir könnten sie in ein Felsenzimmer bringen, das leer ist. Darin lagen doch noch Decken, das muss vorerst reichen." Caren war einverstanden und so brachten sie die drei Zottis in das

Felsenzimmer mit den Decken, legten noch das restliche Futter in eine Ecke und kehrten in die Schule zurück.

Das Ballonomobil

Am Montag nach dem Frühstück wurden die Füchse zur Start –
und Landebahn eins geführt. Hier hatte sich einiges verändert. Im
letzten Jahr waren sie von hier zu ihrem Slalom gestartet, wo
Caren ihre Schwester retten konnte. Jetzt war die Startbahn
wesentlich erweitert worden. Gleichzeitig führte ein begehbarer
Tunnel aus Kunststoff direkt an die Außenhaut des Sternenzeltes
und von dort in das Innere des Ballonomobils. Das Ballonomobil
war eine große Kugel, in die man wie in einen Luftballon
hineinsehen konnte. Alle Gegenstände in dem Ballon waren aber
nur schemenhaft zu erkennen. Starke Taue hielten es in seiner
Position. Alle Füchse stiegen nacheinander ein. Dabei mussten
sie zuerst durch eine kurze Schleuse. „Die ist dafür da, dass man
auch im Weltraum aus- und einsteigen kann", erklärte Herr
Montoja. Die Sitzgelegenheiten waren kreisförmig angeordnet. In
der Mitte gab es einen Kommandostand, das Steuerzentrum. Von
innen war die verstärkte Außenhaut durchsichtig wie Glas.
Überall waren Seitenstreben zu erkennen, wohl damit das
Ballonomobil im Weltraum nicht zusammengedrückt wurde. An
den Seiten gab es flache, schrankartige Gebilde. „Darin wird
Proviant verstaut, damit auch weitere Reisen unternommen
werden können", erklärte Herr Montoja. An den Seiten hatte das
Gefährt außen zwei kleine Antriebssysteme. Für weite und
schnelle Reisen war der Apparat sicher nicht gedacht. Herr
Montoja, ihr Lehrer für Raumfahrt, startete ihn. Die Taue lösten
sich, blieben aber am Rumpf des Ballonomobils und kurze Zeit
später hatten alle einen tollen Blick auf das Sternenzelt und als
sie weiter um das Sternenzelt herum flogen einen
unvergesslichen Ausblick auf unsere Erde, den blauen Planeten.
Die Erde hatte wirklich ein blaues Flair. Die Kinder sahen sie
zum ersten Mal als Ganzes, sie konnten die Weltmeere in tiefem
Blau sehen, abgegrenzt die einzelnen Erdteile, hohe Gebirge in
bräunlicher Farbe und die weißen Polkappen auf dem Nord – und

Südpol. Der Ausflug mit dem Ballonomobil war dadurch für alle ein tolles Erlebnis. „Kann man damit auch zu der neuen Station fliegen?", wollte Caren wissen. „Man könnte schon, aber es würde wohl ca. zwei bis drei Stunden dauern." Genau das wollte Caren wissen, die neue Station war also nicht allzu weit vom Sternenzelt entfernt, aber durchaus erreichbar. Nina und Caren hatten sich einen Platz ausgesucht, von dem aus sie sehen konnte, wie gesteuert wurde. Eigentlich war das Steuern sehr einfach. Durch einen Steuerknüppel, der nach allen Seiten beweglich war, konnte man die Richtung ändern. „Kann das Ballonomobil auch rückwärts fliegen?", fragte Carmen. „Natürlich, " bekam sie zur Antwort, „man muss wie bei einem Auto nur den Steuerknüppel etwas herausziehen und nach hinten drücken." „Und wie kommt man in das Ballonomobil hinein?" „Dafür gibt es ein Codewort. Da ihr ja alle am 10. Februar Geburtstag habt, haben wir als Code „Februar10" gewählt. Ach und hier ist noch eine Besonderheit", dabei zeigte er auf einen Apparat, der an ein Telefon erinnerte, „ es ist das „Astrophon", eine Art Weltraumtelefon. Falls man mal in Not gerät, kann man damit das Sternenzelt oder sonst eine Station im Weltraum anrufen." Nach ca. einer Stunde war der Ausflug mit dem Ballonomobil beendet, alle stiegen aus und machten der nächsten Klasse Platz.

Auf nach Wasilowgrad

Der Nachmittag war ziemlich langweilig mit Fächern wie Mathematik und Sprache. Aber endlich war die Zeit um. Nina und Caren wollten versuchen, das ominöse „Wasilowgrad" zu finden. Mit Taschenlampe, Messer, Laptop und Kompass bewaffnet zogen sie gegen Abend los. „Warte mal, ich habe noch etwas vergessen, " rief Caren und rannte zurück in den Schlafraum. Schon nach kurzer Zeit war sie wieder da, sagte aber nicht, was sie geholt hatte.

Wie war das noch? Ach ja, Marschzahl 185 im Süden des Schulgebäudes. Hinter der Schule begannen zuerst Felder und später ein Wald, der immer undurchdringlicher wurde. Aber die beiden kannten ihr Ziel und gingen beharrlich weiter. Nach etwa einer halben Stunde standen sie an einer Lichtung und jetzt konnte man eine Reihe von Wegen erkennen. Nina und Caren folgten dem Weg, der am ehesten in Richtung Marschzahl 185 führte. Schließlich begann ein neuer Wald. Die Sträucher oder Bäume hatten Ähnlichkeit mit einer Araucarie, die im Vorgarten ihrer Großeltern wuchs, und waren stark miteinander verwachsen. Caren fiel der Name der Pflanzen wieder ein, es waren Maracho – Büsche. Da gab es sicher kein Durchkommen. Bei genauerem Hinsehen waren doch eine Reihe von Wegen zu erkennen. Caren war an einen Strauch herangetreten und sah ihn sich genauer an. Sie berührte vorsichtig die Blätter, die riesige Dornen hatten. Und die sollten so schnell wachsen, dass sie in 24 Stunden einen Menschen vollkommen umschließen konnten? Ziemlich respektvoll stand sie vor den Pflanzen. Zuerst hatte sie das Gefühl, als ob regelrecht feindliche Wellen von den Pflanzen ausgingen, aber dann begann sie mit ihnen zu reden, denn sie hatte immer schon ein besonderes Verhältnis zu Pflanzen. Sie erinnerte sich, dass der Apfelbaum in Mintard, mit dem sie immer gesprochen hatte, mit einem Zweig bis zu ihr ans Fenster gewachsen war.

Und nun begann etwas Unvorstellbares, der erste Busch bewegte sich leicht hin und her, als ob er sich wiegte. Ein Zweig streifte sie sanft, wobei die Blätter sie vorsichtig berührten. Kein Dorn verletzte sie. Caren redete leise weiter auf den Busch ein und nun begannen alle Büsche in der näheren Umgebung sich im gleichen Takt zu wiegen. Dabei berührten sich die Blätter und es entstand ein leiser, angenehmer Ton. „Bleib lieber weg", riet ihr Nina, aber Caren ging mutig ein Stück in den Dornenwald hinein. Die Büsche bogen sich zur Seite und sie konnte ungehindert hindurchgehen. Atemlos und mit strahlenden Augen kehrte sie nach einiger Zeit zurück „Komm, Nina, wir versuchen es zusammen", sagte sie. Sie nahm ihre Schwester bei der Hand und redete wieder leise auf die Pflanzen ein. An der Hand von Caren verhielten sich die Pflanzen auch Nina gegenüber freundlich und die verlor auch mehr und mehr ihre Angst. Nach fünf Minuten drehten sie um und kehrten unbeschadet zu ihrem Ausgangspunkt zurück. „Lass uns das nachher an anderer Stelle wiederholen, vielleicht hast du dort auch Glück", meinte Nina. Beide folgten dem Weg und kamen gut voran. Nach fünf Minuten startete Caren einen neuen Versuch mit den Pflanzen. Wieder redete sie auf sie ein und die schienen eine Meldung erhalten zu haben, denn auch diese dornigen Pflanzen fingen an sich zu wiegen und bogen ihre Dornen zur Seite. Offensichtlich waren die Maracho – Büsche zu ihren Verbündeten geworden.

Als sie dem Weg eine Weile gefolgt waren, bemerkte Nina auf einmal, dass der Stein in ihrer Tasche ziemlich warm wurde. Sie nahm ihn heraus und sah im Stein ein großes W. Sollte hier irgendwo ein Eingang zu „Wasilowgrad" sein? Suchend sahen sich beide um und auch jetzt wieder konnten sie ohne Verletzung durch die Maracho – Büsche gehen. Nur 20 m neben dem Weg, verdeckt von einem großen Busch, sahen sie einen rechteckigen großen Stein, in den ein „W" eingeritzt war. Sie hätten diesen Stein nie gefunden, wenn sich nicht ein Maracho – Busch zur Seite geneigt hätte. Caren drückte auf dieses „W". Mit einem leisen Surren verschwand der obere Teil des Steines und im unteren wurde ein Monitor sichtbar. Der Monitor hatte an der Seite Berührungspunkte, die man aktivieren konnte und nachdem Caren eine Stelle, die wohl zum Hauptmenü führte, berührt hatte, erschien auf dem Monitor der Befehl „Passwort eingeben!" Nina versuchte es mit „Wasilow", aber ohne Erfolg. „Nimm mal Swasi", aber wieder geschah nichts. „Lass uns Paps anmailen, wir brauchen Hilfe!" übernahm Caren die Initiative.

„Paps, wir sind in einem Teil des Sternenzeltes, den sie „Wasilowgrad" nennen. Um hinein zu kommen brauchen wir dringend das richtige Passwort. Mit „Wasilow" und „Swasi" haben wir es schon probiert. Hilf uns bitte!"

Nach über 15 Minuten kam die Antwort von Paps.

„War nicht ganz einfach heranzukommen, aber ihr kennt mich ja, für euch schaffe ich alles. Das Passwort lautet „always 731". *Seid bitte vorsichtig, ich maile euch in den nächsten Tagen einen langen Zeitungsartikel. In einer kleinen Stadt in den USA hat sich Unglaubliches ereignet und wir nehmen an, dass Wasilow hinter der ganzen Sache steckt. Irgendetwas probiert er aus. Leider* haben wir keine Ahnung, worum es geht. *Aber wir werden es schon rauskriegen. Lest den Artikel bitte aufmerksam und teilt mir eure Meinung mit. Ich umarme euch, Paps."*

„Auf Paps ist immer Verlass", sagte Caren, „los, versuchen wir unser Heil." Mit neuem Mut gaben sie das Passwort „always 731" ein. Auf dem Bildschirm erschien der Satz: „Guten Tag Swasi, was kann ich für dich tun?" Nina und Caren dachten schnell nach. Anscheinend hatten sie von Paps das Generalpasswort erhalten, womit sie vielleicht in jeden Computer in „Wasilowgrad" gelangen konnten. Nina tippte schon ein: „Zeig mir die Karte von „Wasilowgrad" mit allen Eingängen, auch die geheimen hier in der Nähe." Wieder erschien auf dem Monitor ein Satz: „Meinst du mit „Wasilowgrad XXR 724?" Nina tippte „Ja" ein und auf dem Monitor erschien die gewünschte Karte. Sie zeigte viele unterirdische Räume, darunter auch einen riesigen Raum. Caren tippte den Raum an. Er schien leer zu sein, als sie aber den Raum darunter antippte, sahen sie ein Gestell und Caren meinte: „Das haben wir mal im Theater gesehen. Kannst du dich erinnern, damit haben die einen Teil der Bühne nach oben gefahren." Sie sahen insgesamt zwei Haupteingänge und sechs wohl geheime Eingänge. „Die Karte brauchen wir unbedingt." „Sieh mal, was ich hier habe", grinste Caren. Sie zog die kleine Kamera, die ihnen Wang Ho geschenkt hatte, aus der Tasche. „Mensch, du bist genial!" Schnell hatte Caren ein paar Aufnahmen von der Karte gemacht.

Jetzt fühlten sich die beiden wesentlich wohler. Sie drückten die Beenden -Taste und das Bild verschwand. Mit einem leisen Surren schloss sich der Stein wieder, jetzt war es nur noch ein gewöhnlicher Stein mit einem großen „W" darauf.

Inzwischen war es schon recht spät geworden und wenn sie rechtzeitig zum Abendessen in der Schule sein wollten, mussten sie umkehren. Für heute hatten sie genug erreicht.

Nach dem Abendbrot nahm Caren ihren Laptop mit. Sie wollten sehen, ob Paps ihnen geantwortet hatte. Tatsächlich war eine Antwort da:

„Wir haben uns das, was ihr von euren alten Laptops mitgeteilt habt, genau angesehen. Jemand muss eine neue Schaltung angelegt haben. Damit wird alles, was ihr mit dem Laptop macht, irgendwohin übertragen. Das können wir natürlich nutzen, wenn wir die Gegenseite mit falschen Informationen füttern wollen. Benutzt die alten Laptops also nur für unverfängliche Sachen. Ich umarme euch, Paps."

Die kleine Raumstation „Estrellita"

Am nächsten Morgen versorgten sie zuerst die Katze Cindy, die ihr Körbchen, Fressnapf und Katzentoilette in ihrem Schlafraum hatte. Inzwischen war Cindy oft Tage und Nächte weg, sie hatte wohl einen Weg nach draußen gefunden. Dann holten sie sich Knochen und Fleisch für die Zottis und fütterten und streichelten sie außerhalb der Höhle. Bereitwillig folgten sie danach vor allem Nina wieder in die Felsenhöhle. „Wir holen euch bald hier raus!", versprach sie ihnen und knuddelten sie zum Abschied.
Zum Frühstück waren sie wieder in der Schule.
Am Vormittag hatten sie das Fach „Arbeit mit dem Raumschiff". Sie flogen mit Einerraumschiffen in Gruppen zu sechst los. Herr Montoja und Herr Obel begleiteten die erste Gruppe, zu der auch Nina und Caren gehörten. So lösten sich acht Raumschiffe vom Sternenzelt. Herr Montoja flog voran. Alle waren über Funk miteinander verbunden. Herr Montoja erklärte: „Wir fliegen alle 30 Nord, 120 Ost und besuchen unsere neue Station. Dort können zur gleichen Zeit alle Raumschiffe anlegen. Wir werden dort aussteigen und uns diese Station genauer von außen und dann von innen ansehen. Durch Schleusen gelangen wir hinein, und dort erkläre ich euch alles Wichtige. Unser Flug dauert ungefähr 40 Minuten."
Der Flug verlief ohne Zwischenfälle und die kleine Formation näherte sich zur angegebenen Zeit der Station. „Wir suchen noch einen Namen für die Station", ließ sich Herr Montoja wieder hören. „Wer eine Idee hat, kann sie uns mitteilen." „Wie wäre es mit „Estrellita", also Sternchen, " meldete sich Caren. „Nicht schlecht", bemerkte Herr Obel, „ich gebe den Vorschlag weiter."
Von außen sah die Station wie eine Rakete mit einem dicken Bauch aus. Alle umrundeten sie mehrmals, aber von außen sah sie nicht gerade einladend aus, irgendwie langweilig, kein bisschen Farbe, alles grau in grau. Bald hatten alle angedockt und waren in der Station. Sie war größer, als die meisten gedacht

hatten. Zuerst aber gab es ein zweites Frühstück, kleine Roboter sorgten dafür. Danach zeigte und erklärte Herr Obel den Kindern das Innere. Hier gab es einen abgeteilten Raum mit vielen Werkzeugen und Ersatzteilen zur Reparatur von Raumschiffen und Robotern. Es war möglich, Einer -und Zweierraumschiffe in eine Schleuse zu fliegen. „Wir haben extra vorn und hinten an den Raumschiffen Abschleppösen anbringen lassen. Ihr kennt diese Vorrichtungen sicher von den Autos. Wenn die Schleuse dann von innen wieder geschlossen worden ist, können die Insassen aussteigen und das Raumschiff kann von Robotern repariert oder gewartet werden."

Der Raum sah ansonsten ziemlich trist aus. Durch Türen waren sechs kleine Schlafkojen abgeteilt. In einer Ecke gab es eine Art Küchenzeile, also eine Kochgelegenheit. Daneben befand sich ein Vorratsraum für Lebensmittel mit zwei großen Kühl – und Gefrierschränken. Hier konnte man sicher einige Wochen leben, wenn man wollte. In der Mitte des Raumes stand eine Datenbank. Sie war im „Stand – by –Modus. Caren konnte nicht widerstehen. Sie schaltete sie ein und fragte nach dem Standort der Station. Sofort leuchtete eine weißer Punkt auf dem Monitor auf und dazu die Daten über Entfernung und Richtung vom und zum Sternenzelt. Das Sternenzelt hatte von hier den Zielcode 210 Süd, 300 West. Dazu leuchtet noch ein Zahlen –und Buchstaben-Code auf, wahrscheinlich konnte man nur so in das Innere der Station gelangen. Der Code lautete Sino 6813. Schnell druckte Caren die Daten aus und brachte die Datenbank wieder in den „Stand -by – Modus zurück. Zum Glück hatte niemand etwas bemerkt.

Nach einer Stunde ging es zurück zum Sternenzelt. Als die Lehrer und Kinder wieder in den Raumschiffen saßen, erlebten sie eine böse Überraschung. In allen Raumschiffen war der Zielcode zum Sternenzelt gelöscht und als Herr Montoja versuchte, wieder in die Station zu gelangen, blieb sie verschlossen. Jetzt war guter Rat teuer. Die Lehrer berieten sich, kamen aber zu keinem Ergebnis. Schließlich meldete sich Caren:

„Bei mir ist der Zielcode noch schwach zu erkennen. Ich lese mal vor 210 Süd, 300 West." Natürlich war bei ihr auch nichts zu sehen, aber sie hatte sich ja in der Station heimlich die Angaben ausgedruckt. „Bist du sicher, " ließ sich Herr Montoja hören. „Ich glaube schon, aber jetzt ist auch bei mir alles weg."

„Also los, nehmen wir den Code, den uns Caren genannt hat." Mit gemischten Gefühlen und der Angst, nie mehr zum Sternenzelt zurück zu finden, traten sie den Heimflug an und als nach 40 Minuten das Sternenzelt tatsächlich vor ihnen auftauchte, waren alle erleichtert und glücklich. Nach dem Aussteigen nahm Herr Montoja Caren beiseite und sagte: „Mensch, ich glaube, du hast uns schon wieder gerettet, danke."

Natürlich wurden alle weiteren Flüge zur kleinen Station abgesagt. „Wie hast du das gemacht?", fragte Nina später und Caren erzählte ihr, wie sie die Daten aus der Datenbank gefischt hatte. Nina grinste sie an: „Halt sie gut fest, die können wir sicher noch einmal brauchen."

Wegen der Vorkommnisse auf dem Flug zur Station wurde am Nachmittag für alle Lehrer eine dringende Konferenz einberufen und so kam es, dass die Kinder frei hatten.

Wasilowgrad, zweiter Versuch

Für Nina und Caren eine günstige Gelegenheit, noch einmal nach „Wasilowgrad" zu gehen. Als sie gerade los wollten, kamen Hernando und Juan dazu und so machten sich alle vier auf den Weg. Caren hatte zur Vorsicht die Brillen mitgenommen, die sie damals von Pierre erhalten hatten. Diese besonderen Brillen zeigten an, ob irgendetwas durch Infrarotstrahlen gesichert war. Bald erreichten sie den Wald der Maracho – Büsche. Caren näherte sich den Büschen und redete leise auf sie ein. Wieder fingen sie an, sich zu wiegen und wie beim letzten Mal war ein leiser angenehmer Ton zu hören. Caren konnte sich den Büschen nähern, sie wurde von den Blättern leicht berührt, als ob sie gestreichelt werden sollte. Jetzt näherte sich Nina den Büschen und auch sie wurde wie ihre Schwester behandelt. Als sich aber Hernando und Juan näherten, hörte das Wiegen auf und die Maracho – Büsche zeigten sich feindlich und abweisend mit drohenden Dornen. Aber auch hier wusste Caren Rat. Sie nahm Juan bei der Hand und ging mit ihm auf die Büsche zu, wobei sie leise auf sie einredete. Und auch jetzt hatte sie Erfolg, die Maracho – Büsche akzeptierten ihn als Freund. Nachdem sie das Gleiche mit Hernando wiederholt hatte, folgten sie dem Weg in Richtung „Wasilowgrad".
Als sie sich dem Stein mit dem großen „W" näherten, wurden die blauen Steine in ihren Jeans wieder warm. Nina nahm ihren heraus. Er glühte eigenartig und wieder schien sich ein Bild darin zu formen. Es zeigte einen kleinen Raum. In der einen Ecke sah Nina ein Licht. Ob dort ein Ausgang war? Die vier gingen weiter. Die Maracho –Büsche rechts und links von ihnen waren jetzt ziemlich weit in den Weg gewachsen. Trotzdem kamen die vier gut vorwärts, aber nur, weil ihnen die Büsche freundlich gesonnen waren. Caren holte die fotografierte Karte heraus und gemeinsam suchten sie nach dem nächsten geheimen Eingang. Endlich hatten sie ihn gefunden. Der Weg endete vor einem

großen Stein mit der Aufschrift „WXR". Er war fast schwarz, ungefähr 2 m hoch und sah irgendwie bearbeitet aus. Aber wie sollten sie hineingelangen? Nina suchte den Stein nach Sensorpunkten ab. Endlich hatte sie Erfolg. Ganz unten, fast unter dem Stein, fand sie eine Unebenheit und als sie dort drückte, senkte sich ein Teil des Steines und ein Monitor erschien. Auch hier der gleiche Befehl: „Passwort eingeben!" Caren tippte das Passwort „always 731" ein. Wieder tauchte der Satz auf: „ Guten Tag, Swasi, was kann ich für dich tun?" Caren tippte: „Öffne die Tür!". Der Monitor verschwand wieder, doch nun drehte sich der ganze Stein zur Seite. Dahinter tauchte eine Tür mit Ornamenten auf. Nina bemerkte: „Die haben wir doch schon im Stein gesehen." „Du weißt auch", ergänzte Caren, „dass sich direkt dahinter eine tiefe Fallgrube befindet." „Ja, ich erinnere mich." „Bleibt ihr etwas zurück", bat sie Hernando und Juan, „ich hoffe, ihr könnt gut springen." Die beiden sahen sie etwas verdutzt an, sagten aber nichts dazu.

In der Mitte der Tür befand sich eine Tafel für die Eingabe des Codes. Wieder gab Caren ein „always 731". Mit leisem Surren verschwand die Tür in der Wand. Schnell hatte Nina einen Lichtschalter gefunden, und durch die Beleuchtung sahen die vier einen ca. zwei Meter breiten Gang, der nach unten führte. Die Brille zeigte ihnen, dass er nicht elektronisch gesichert war. Nina nahm einen kurzen Anlauf und sprang so weit sie konnte in den Gang hinein. Nachdem sie sicher gelandet war, sprang Caren hinterher und danach folgten Hernando und Juan auf die gleiche Weise. Als alle gesprungen waren, schloss sich die Tür wieder. Nina untersuchte jetzt das Stück des Ganges, über das sie gesprungen waren. Schon kurze Zeit später sahen alle, dass sie über eine Fallgrube gesprungen waren. Die Grube war an die drei Meter tief und an allen Seiten glatt. Daraus hätten sie nie entkommen können.

Sie zögerten kurz, dann folgten sie vorsichtig dem Gang. Nach vielleicht 100 m mündete ihr Gang in einen breiteren. In diesem sahen sie Schienen. Sie hörten ein Geräusch und konnten sich gerade noch in den kleinen Gang retten. Eine Elektrolok mit vier kleinen, offenen Wagen fuhr langsam an ihnen vorbei. Die Wagen hatten verschiedene Farben, zwei waren rot und zwei blau. Warum das so war, konnten sie sich nicht erklären. Sollten sie auf einen Wagen springen? Nina und Caren wollten es tun, Hernando und Juan hatten Angst. „Gut, dann wartet hier, aber verlasst den Gang nicht und lasst euch nicht erwischen." Und so blieben die beiden Jungen zurück, während Nina und Caren auf den letzten Wagen aufsprangen. Einige Zeit später sahen sie ein erleuchtetes Büro. Sofort sprangen sie ab und versteckten sich hinter einer Säule. Gerade verließen drei Männer das Büro und verschwanden in einem weiteren Gang. Jetzt war das Büro leer und diese Gelegenheit nutzten Nina und Caren. Sie huschten in das Büro und sahen sich um. Der Raum war vielleicht 4m x 4m groß. An der Wand hingen mehrere Karten, die eine Reihe von Räumen und Gängen zeigten. Auf einer der Karte, die etwas separat hing, waren mehrere Räume eingezeichnet und quer darüber stand „verbotenes Gebiet". Die Lage dieser Räume sahen sie sich besonders an. Vielleicht fanden sie dort endlich Pierre und Carina. Diese Räume lagen ein Stockwerk tiefer, fast genau unter ihnen. Dort mussten sie hin, aber wie? Caren fotografierte gewissenhaft alle Karten. Als sie sich den Weg eingeprägt hatten, verließen sie das Büro, um das verbotenen Gebiet zu suchen. Aber wie sollten sie eine Etage tiefer kommen? Es gab zwar einen Aufzug, aber war das nicht zu gefährlich? Trotzdem, es blieb ihnen keine andere Wahl. Vorsichtig schlichen sie zum Aufzug. Es war ein Lastenaufzug, aber daneben gab es einen kleinen Personenaufzug. „Sieh mal, den kann man nur mit dem dreieckigen Schlüssel öffnen und den hat bestimmt nicht jeder." Weit und breit war niemand zu sehen. Nina steckte den Schlüssel in das passende Loch und die Tür öffnete sich. Mit mulmigem Gefühl betraten sie den Lift und drückten auf die Etage unter ihnen, es stand U 4 dran. Der Fahrstuhl hielt an. Nach ein paar Sekunden, die ihnen endlos erschienen, öffnete sich die Tür und die beiden huschten hinaus. Auch hier war zum Glück niemand.

Vorsichtig gingen sie weiter. Sie hatten jetzt ihre Brillen aufgesetzt, man konnte ja nie wissen. Und sie hatten gut daran getan. Im Gang, der nach ca. 30 m links abbog, waren in einem Abstand von ungefähr 10 m in etwa 30 cm Höhe Lichtschranken installiert worden. Mit den Brillen war es leicht, über die Schranken zu springen. Alle Türen waren nur mit dem dreieckigen goldenen Schlüssel zu öffnen, also musste hier ein besonderer Teil der Anlage sein. Lange zögerten sie, dann öffneten sie die nächste Tür. Der Raum war bis auf einen großen Schrank, einen kleinen Schreibtisch und einen Computer vollkommen leer. Auch der nächste Raum brachte nichts, aber der dritte Raum war so eine Art Kommandozentrale. Wie sie es von den Felsenzimmern schon kannten, gab es hier eine Reihe von Monitoren an den Wänden. Auf den Monitoren sahen sie viele Räume, teils große, teils kleine. Endlich fanden sie einen Raum RV 1 und in dem entdeckten sie Pierre und Carina. Sie waren an Händen und Füßen gefesselt und sahen nicht gerade glücklich aus. Der Raum RV 1 war nur fünf Räume von ihnen entfernt. Sie versuchten weitere Räume zu finden und drehten an den Knöpfen der Monitore. Plötzlich hatten sie Hernando und Juan im Bild. Das konnte doch nicht wahr sein, sie hatten nicht wie abgemacht in dem Gang gewartet, sondern standen im gleichen Büro, in dem Nina und Caren vorher auch gewesen waren. „Sind die verrückt geworden", schnaubte Nina. „Los, wir holen die beiden schnell da raus." Aber da war es schon zu spät. Mehrere Männer betraten den Raum. Die beiden hatten keine Chance. Sie wurden ergriffen, mussten sich auf einen Stuhl setzen und einer der Männer rannte los, wahrscheinlich um einen Vorgesetzten zu holen. Kurze Zeit später erschien Pedro Gonzales, der Mann mit dem Pferdeschwanz. Er pflanzte sich vor die beiden auf und brüllte: „Woher kommt ihr, wer hat euch hier hereingelassen!" Zum Glück konnten Nina und Caren alles mithören. „Wir wollten uns einen Teil vom Sternenzelt ansehen. Dabei sind wir ausgerutscht und irgendwie hier gelandet." „Das ist gar nicht möglich!" „Doch, wir können es euch zeigen, wo es

73

war." „Das machen wir nachher. Wenn ihr hier seid, sind eure Freundinnen sicher nicht weit." „Meint ihr, wenn die beiden hier wären, dass die uns allein gelassen hätten?" „Das klingt zwar einleuchtend, aber sicher ist sicher." Er drückte auf einen Knopf, der Ton einer ohrenbetäubenden Sirene ertönte und dann die Stimme von Pedro Gonzales: „ Alarm, sofort alles durchsuchen, es könnten Fremde hier sein!"

Nina und Caren sahen sich erschreckt an. „Du", flüsterte Nina, „in dem ersten Raum stand doch ein großer Schrank. Vielleicht können wir uns da verstecken." Vorsichtig verließen sie den Raum und liefen zum ersten Raum zurück. Schnell schlüpften sie hinein. Der Schrank hatte zum Glück ein paar Innenwände, u.a. auch eine Wand, die senkrecht angebracht war und einen Teil des Schrankes abteilte. Davor war eine Tür. Hinter diese Wand quetschten sie sich und blieben mucksmäuschenstill stehen. Die Zeit verging. Schon wollten sie den Schrank verlassen, als sie plötzlich näher kommende Schritte hörten. Zwei Personen mussten den Raum betreten haben. „So ein Blödsinn", hörten sie eine Frauenstimme, „wie sollen die hier reingekommen sein." „Ich glaub es ja auch nicht", antwortete eine Männerstimme, „ aber egal, sehen wir uns den Schrank an." Sie näherten sich der Schranktür. Caren und Nina hielten den Atem an. Wie sollten sie reagieren, falls sie entdeckt wurden? „Hier war schon lange keiner mehr", hörten sie eine Stimme, „ aber wenn du meinst." Eine Hälfte des Schrankes stand offen. Eine Hand fasste hinein, auch ein wenig hinter die senkrechte Wand. Caren drückte sich noch enger an Nina. „Hier ist nichts, lass uns gehen." Damit wurde die Schranktür geschlossen und die Schritte entfernten sich. Kurze Zeit später fiel eine Tür ins Schloss. Bleich sahen sich Nina und Caren an. „Da hatten wir aber wirklich Glück, dass die zwei keine große Lust zum Suchen hatten."

Aber was nun? Beide überlegten fieberhaft. In den Kommandoraum konnten sie nicht zurückkehren, denn dort gab es kein Versteck für sie. Sie wollten aber auch ihre Freunde nicht im Stich lassen. „Vielleicht können wir über den Computer, der

hier im Raum steht etwas erfahren", bemerkte Caren. „O.k, versuchen wir es." Beide verließen vorsichtig den Schrank und starteten den Computer. Auf dem Bildschirm erschien der Befehl: „Passwort eingeben!" Nina tippte „always 731" ein und wieder erschien auf dem Computer: „Guten Tag, Swasi, was kann ich für dich tun?" Nina tippte ein: „Zeig mir nacheinander alle RV-Räume!" Sofort erschien der Raum RV 1 auf dem Bildschirm. In diesem lagen noch immer Pierre und Carina. „Jetzt RV 2!" RV 2 war ein Büro, in dem drei Leute saßen und sich unterhielten. Nacheinander waren die Räum RV 3 bis RV 10 zu sehen. Raum RV 10 war das Büro, in dem Hernando und Juan gefangen saßen. Nach und nach tauchten insgesamt 14 Leute bei ihnen auf und alle berichteten, dass die restlichen Räume leer wären. „Schaffen wir sie zu den beiden anderen, da sind sie sicher", ordnete Pedro Gonzales an. Zwei Männer brachten sie weg. Nina hatte inzwischen schon wieder auf RV 1 umgeschaltet. Nach kurzer Zeit wurde die Tür des Raumes geöffnet, die beiden Jungen hineingestoßen und die Tür geschlossen. Pierre und Carina waren ziemlich erstaunt, aber Juan reagierte sofort und begann, die Fesseln von Pierre zu lösen. Und auch Hernando löste Carinas Fesseln. Als Hernando berichten wollte, unterbrach ihn Pierre auf der Stelle mit dem Hinweis: „Nichts sagen, wir werden vielleicht abgehört!". Schweigend setzten sich die beiden Jungen auf den Boden, während Carina und Pierre hin – und herliefen, um ihren Blutkreislauf wieder in Gang zu bringen.
Nina und Caren sahen sich an. „Ich glaube, es ist jetzt noch zu gefährlich, sie zu befreien, lass uns noch warten."
Auf den Karten, die Caren fotografiert hatten, waren viele Räume angegeben und Nina rief sie nacheinander auf. Als sie C 6 aufrief, sahen sie einen Raum, in dem eine Art große Hebebühne installiert war und als sie B 6 aufrief, sahen sie den Raum, der genau darüber lag. Hier erblickten sie eine seltsame Maschine, kanonenähnlich, vorn mit einer Spitze, die sicher 30 cm lang war. Der Körper der Maschine war ziemlich verdickt und hatte an den Seiten ganze Gruppen von Schaltern oder Knöpfen. „Das ist die

Maschine, die wir auf der Zeichnung, im Kellerraum von Notre-Dame gesehen haben. Wofür mag die wohl gut sein?" Als sie sich noch darüber unterhielten, wurde die kanonenähnliche Maschine durch das Stahlgerüst nach oben gedrückt. Anscheinend war sie jetzt an der Oberfläche. Hastig rief Nina A 6 auf und tatsächlich, die Maschine stand jetzt im Freien. Einige Personen waren auf einer Art Plattform zu sehen. Sie richteten die Maschine in eine bestimmte Richtung aus und verließen sie danach schleunigst. Nina und Caren erschien es so, als käme aus der Spitze der „Kanone" ein grüner Strahl hervor, sicher waren sie sich allerdings nicht. Das grüne Licht aus der „Kanone" war ca. 10 Minuten zu sehen, dann hatte man wohl abgeschaltet. Wieder erschienen Männer und die „Kanone" wurde in die Ausgangsposition geschoben. Danach verschwand sie wieder unter der Erde. „Kannst du dir das erklären?", fragte Caren. „Nein, kann ich auch nicht. Aber warte mal, Paps wollte uns doch einen Zeitungsartikel schicken. Er hatte doch gesagt, dass in den USA Unglaubliches passiert sei. Vielleicht hat diese „Kanone" etwas damit zu tun."

Nina schaltete auf den Raum RV 1 um. Hier hatte sich nichts verändert. In den Nebenräumen war auch niemand zu sehen. „Los, versuchen wir es!" ordnete Caren an. Vorher sahen sie sich aber noch alle Räume an, die auf dem Weg zu ihrem Fluchtunnel nach draußen lagen. Leider gab es insgesamt vier Räume, in denen Personen waren und der eine Raum lag für sie sehr ungünstig, denn daraus konnte der Hauptgang für ein längeres Stück eingesehen werden. Trotzdem machten sich die beiden Mädchen auf den Weg. RV 1 war nur fünf Räume von ihnen entfernt auf der gleichen Etage. Die Räume dazwischen waren leer. Caren hatte noch eine Idee; „Lass uns noch einmal in das Zimmer gehen, das die vielen Monitore hatte." „Was willst du denn da?" „Warte es ab, ich muss zur Vorsicht eine Schaltung am Computer vornehmen." Nina fragte nicht weiter. Ohne zu zögern betraten sie den Raum, den sie als Kommandozentrale bezeichnet hatten. Niemand war darin und Caren gab das Passwort ein und danach den Befehl: „Störe bis Mitternacht alle Computer in XXR 724." Auf dem Bildschirm des Computers erschien: „Swasi, gib bitte noch einmal das Passwort ein!" Nina tippte noch einmal ein: „always 731". Auf dem Schirm erschien das Wort „danke", danach wurde der Bildschirm dunkel. Caren und Nina sahen sich an: „Hoffentlich geht das gut."

Jetzt machten sie sich endlich auf zum Raum RV 1. Da es auf dem Weg keine Lichtschranken gab, waren sie bald da. Mit dem kleinen dreidimensionalen goldenen Schlüssel konnten sie die Tür öffnen. Pierre, Carina und die beiden Jungen schauten erschreckt hoch. Caren legte den Zeigefinger auf den Mund und winkte ihnen zu. Hastig verließen die vier das Zimmer und schlossen die Tür. „Los, wir müssen uns beeilen", flüsterte Nina und rannte los. Die vier liefen schnell den beiden Mädchen nach. Das Gefährlichste war natürlich der Fahrstuhl, aber sie wagten es trotzdem. Sie wussten, sie mussten nur eine Etage höher, eine Treppe schien es nicht zu geben. Atemlos zwängten sich die sechs in den engen Fahrstuhl, der wohl nur für vier gedacht war. Er ruckelte und ächzte, brachte sie aber nach oben. Wieder dauerte es eine Ewigkeit bis die Tür aufging. Zum Glück war auch jetzt niemand zu sehen. Sie standen in dem breiten Gang, den sie schon kannten. Am Ende des Ganges war eine E-Lok mit zwei Wagen abgestellt. „Pierre, kannst du die Lok fahren?", erkundigte sich Nina. „Ich glaube schon". „Dann lass uns mit dem Zug fahren. Am besten ist es, wenn du die Lok startest.

Meinst du, die fährt auch von alleine, wenn du sie gestartet hast?" „Sicher!" „Wenn das geht, dann würde ich vorschlagen, lass sie nicht zu schnell fahren und spring mit auf den letzten Wagen. Ich sage euch Bescheid, wenn wir abspringen müssen." Alle außer Pierre stiegen in den letzten Wagen und machten sich so klein wie möglich. Der Schlüssel zur Lok steckte und so konnte Pierre sie starten. Er legte den zweiten Gang ein, dann sprang er ab und am letzten Waggon wieder auf. Nicht allzu schnell fuhr der der kleine Zug den langen Gang entlang. Nach einiger Zeit sahen sie drei Frauen am Rande des Ganges stehen. Die Frauen riefen

etwas, aber der Zug fuhr weiter. Kopfschüttelnd blickten sie hinterher. Nach ca. drei Minuten tauchte der Gang auf, den sich Nina und Caren gemerkt hatten. „Abspringen!" brüllten sie und waren schon unten. Die anderen sprangen hinterher. „Jetzt schnell!", rief Caren und rannte los. Der kleine Zug fuhr weiter, aber das war jetzt egal. Nach kurzem Lauf kamen sie am Ausgang an. „Nina, du bist am sportlichsten, du musst springen und die Tür öffnen!", meinte Caren. Nina nickte. Sie hielt den kleinen goldenen Schlüssel in der Hand, nahm kurz Anlauf und sprang elegant bis an die Tür. Nach kurzem Suchen fand sie das Schlüsselloch, die kleine Melodie ertönte und die Tür sprang auf. „Los, springen, aber weit genug, unten ist eine Fallgrube." Hernando sprang zuerst, dann Juan, dann Carina und Pierre und zum Schluss Caren. „Los weiter!", drängte Nina. „Warte mal, Nina, wir müssen vorbereitet sein, falls wir verfolgt werden." Sie nahm zuerst Carina an die Hand und ging mit ihr zu den Maracho – Büschen. Carina war verdutzt, folgte ihr aber. Caren begann wieder mit den Büschen zu reden und die fingen an sich zu wiegen und ließen Caren und Carina hinein, ohne ihnen weh zu tun. Nach kurzer Zeit kehrte Caren mit Carina zurück. Nun wiederholte sie das Gleiche mit Pierre und auch er wurde, dank ihrer Hilfe, von den Pflanzen akzeptiert. „Jetzt versuchen wir es alle!"; ordnete Caren an. Alle gingen nebeneinander auf die Maracho –Büsche zu. Die Büsche wiegten sich hin und her, der leise angenehme Ton war zu hören und niemand von ihnen wurde von den Pflanzen angegriffen. Erleichtert kehrten alle zurück. Nun folgten sie einige Zeit dem Weg.
Gerade wollten sie sich hinsetzen und ein wenig ausruhen, da hörten sie plötzlich Stimmen, und zwar kamen sie von hinten. Caren legte den Finger auf den Mund und winkte den anderen hastig zu. Leise gingen sie auf die Büsche zu und Caren begann mit ihnen zu reden. Die Büsche wiegten sich hin und her, wichen zur Seite und ließen die sechs durch. Nach einiger Zeit hielten sie an und setzten sich auf den Boden. Vom Weg aus waren sie nicht zu sehen. Sie hörten, dass mehrere Männer den Pfad entlang

kamen. Ungefähr an der Stelle, wo Nina und Caren in die Büsche gegangen waren, schienen sich zwei Gruppen zu treffen. „Wir sind von der Schule gekommen und ihr von „Wasilowgrad". Wo können die bloß sein? Los, suchen wir sie, vielleicht sind sie in den Büschen." Sie versuchten die Büsche auseinander zu drücken", aber sofort ertönten Schmerzensschreie. Die Maracho – Büsche stachen und kratzten und ließen niemanden durch. Nach kurzer Zeit gaben die Männer auf. „Wir haben von beiden Seiten gesucht. Durch die Büsche können sie genauso wenig gegangen sein wie wir." „Dann müssen die noch in „Wasilowgrad" sein. Los, Beeilung, wir müssen sie unbedingt finden, auch wenn wir die ganze Nacht suchen müssten." Die Schritte entfernten sich und bald war wieder alles ruhig. Schnell verließen die sechs die Büsche und gingen zur Schule zurück.

„Hört mal", fing Carina auf dem Weg an, „wir haben uns noch gar nicht bedankt. Also erst mal vielen Dank und wie habt ihr uns eigentlich gefunden?" „In eurem Haus sind zwei, die sehen wie ihr aus, es fehlt aber Pierres und wahrscheinlich auch dein Muttermal. Von denen haben wir gehört, dass ihr nach „Wasilowgrad" gebracht worden seid und dort haben wir euch gesucht. Ein bisschen Glück hatten wir natürlich auch."

In der Schule angekommen gingen Hernando und Juan in ihren Aufenthaltsraum, während Nina und Caren Pierre und Carina begleiteten. Kurz vor der Wohnhöhle trennten sie sich und während Pierre und Carina zurückblieben, um sich von der Seite anzuschleichen, gingen Nina und Caren direkt weiter. Die vermeintlichen Pierre und Carina saßen vor der Hütte. „Schön, dass ihr uns mal wieder besuchen kommt", rief „Pierre". „Setzt euch und erzählt, was gibt es Neues? Habt ihr schon erfahren, wann die Neuen kommen?" „Wieso, ist mit denen was?" „Nein, nicht das ich wüsste", bemerkte „Carina", wurde dabei aber etwas rot. Sie wollte es zwar verbergen, es gelang ihr jedoch nicht. Nun näherten sich die echten Pierre und Carina leise von hinten. Pierre hatte einen alten Armeerevolver in der Hand. Schweigend setzten sich die beiden dazu. Das unechte Paar wollte aufspringen, aber Pierre zeigte nur auf die Pistole und so blieben sie apathisch sitzen. „Raus mit der Sprache!", fauchte Pierre, „warum hat man uns entführt und euch an unsere Stelle gesetzt?" Die beiden kniffen die Lippen zusammen und schwiegen. „Auch gut, ich zähle bis drei, wenn dann keiner etwas gesagt hat schieße ich dem Mann ins Bein. Dann zähle ich wieder bis drei und der nächste Schuss trifft das Bein der Frau usw. Also redet. Eins, zwei !" „Halt", schrie der Mann, „wir sagen alles. Die Firma Carimail hat uns angeworben. Wir bekamen von den Leuten Gesichtsmasken und wurden ins Sternenzelt gebracht. Hier sollten wir in dieser Hütte als Pierre und Carina leben und versuchen, zwei Mädchen auszuhorchen. Der big Boss hat hier etwas mit einer Maschine vor und wir sollten herauskriegen, ob die Mädchen davon wüssten und ob sie Verbindung mit ihrem Vater hätten. Leider ist uns das nicht gelungen, die beiden waren zu clever. Wie habt ihr den Betrug gemerkt?", wandte er sich an Nina und Caren. „Ihnen fehlen eine Narbe und ein Muttermal, deshalb wussten wir, Sie waren nicht echt. Außerdem hatten wir Sie im Louvre in Paris gesehen, aber dort kannten Sie uns nicht." Wieso haben Sie die Gesichtsmasken von Pierre und Carina im Louvre getragen?" „Na ja, wir sollten uns an das Tragen der Masken gewöhnen und unser Besuch dort war eine gute Gelegenheit."

„Jetzt macht reinen Tisch"!, raunzte Pierre, „wohin sollten Sie Ihre Meldung schicken?" „In der Höhle steht ein Funkgerät." „Wie lautet der Code?", warf Caren ein. „Carina 2", ließ sich die Frau vernehmen. „Leider war nichts zu melden."

Pierre sah mit dem alten Armeerevolver wirklich Furcht erregend aus und so brachten die vier das falsche Paar in die Schule, direkt zum Direktor. Nina und Caren bogen vorher zu ihrem Aufenthaltsraum ab, der Direktor musste ja nicht alles wissen. Von Pierre erfuhren sie später, dass der Direktor das Paar sofort zur Erde zurückgeschickt hatte. Allerdings wurde vorher die Polizei verständigt, die sollten sich um die zwei kümmern.

Die Mail von Paps

Am nächsten Tag war wieder Schulalltag, zuerst das Fach Roboterkunde. Jeder brachte seinen Roboter aus dem letzten Schuljahr mit. In dieser Stunde wurden die Roboter auf Fehler untersucht. Bei Moni und Rani, den beiden Robotern von Nina und Caren, war alles in Ordnung. Deshalb konnten die beiden Mädchen den Unterricht vorzeitig verlassen. Diese zusätzliche Zeit wollten die beiden nutzen, sie wollten sehen, ob ihnen Paps schon den Artikel aus Amerika zugemailt hatte. Vorher holten sie aber noch die Zottis aus der Felsenhöhle und brachten sie zu Pierre und Carina zurück. Paps hatte tatsächlich schon gemailt und Caren und Nina begannen zu lesen:
Der Artikel war ca. eine Woche alt, er lautete:
Kaum zu glauben!
Im kleinen Ort Pieterstown in Kentucky/ USA kam es zu einem unerklärlichen Verhalten der Einwohner. Es begann damit, dass alle sich daran beteiligten, die Stadtgrenzen zu markieren. Auf freiem Feld oder im Wald wurde ein kleiner Erdwall, ca. 20 cm hoch, aufgeschüttet und anschließend mit weißem Farbpulver kenntlich gemacht. Verlief die Stadtgrenze über eine Straße, wurde eine durchgehende weiße Linie gezogen. Nachdem diese „Eingrenzung" erfolgt war, kam es zu seltsamen Szenen in der Stadt. Keiner schloss mehr seine Haustür ab, niemand fuhr mehr mit dem Auto oder dem Motorrad, alle benutzten ein Fahrrad, sogar die ältesten Bewohner. Außerdem ging niemand mehr außerhalb der Stadt zur Arbeit, keiner wollte oder durfte die Stadtgrenze überschreiten. In den Restaurants ließen sich die Besitzer oder Pächter das Essen nicht bezahlen. Die Menschen brachten Geld ins Rathaus mit der Bitte, es für die Sanierung von Schulen, Straßen und öffentlichen Gebäuden auszugeben. Wie in früheren Zeiten trafen sich viele Bewohner der Stadt auf dem Rathausplatz am Brunnen. Sie brachten Stühle mit und unterhielten sich. Kein Kino, keine Disco hatte geöffnet und

niemanden schien das zu stören, auch die Jugendlichen hatten kein Verlangen danach. Noch kurioser war, dass sich alle Menschen, die in die Stadt kamen ohne Ausnahme, diesen Maßnahmen sofort anschlossen, selbst wenn sie nur auf der Durchreise waren. Irgendwie schien die ganze Stadt eine Gehirnwäsche bekommen zu haben. Die Regierung schickte zwei Lastwagen Soldaten, doch die schlossen sich sofort den Bewohnern an. Reporter wagten sich nur bis zur Stadtgrenze vor und filmten oder fotografierten von erhöhten Standpunkten die Vorgänge in der Stadt. Niemand konnte sich das eigenartige Verhalten erklären. Gestern nun, nach genau 10 Tagen, hatte der Spuk ein Ende. In Pieterstown kam es zu einer Massenhysterie. Keiner der Einwohner hatte eine Erklärung für diese Ereignisse. Etwa 70% der Bewohner klagten über Kopfschmerzen und konnten oder wollten sich an nichts erinnern. Allerdings versuchten viele, ihr Geld von der Stadt zurück zu bekommen. Das hatten sie anscheinend noch gewusst.

Die Medien vermuten eine Beeinflussung der Menschen von außen, wissen aber nicht, wie so etwas passieren konnte. Tausende von besorgten Menschen riefen bei der Polizei oder den Medien an und verlangten Schutz vor diesen Beeinflussungen.

Der Artikel endete mit der Bemerkung: „ Bisher kam es in keiner anderen Stadt zu ähnlichen Vorkommnissen. "

„Ob die Maschine in „Wasilowgrad" etwas damit zu tun hat?", fragte Caren. „Ich glaube schon", ließ sich Nina hören. „Das sollten wir Paps mitteilen."

Schnell mailten sie. Sie berichteten von ihren Erlebnissen in Wasilowgrad, von der eigenartigen Maschine und von der Befreiung von Pierre und Carina.

Am nächsten Morgen verkündete der der Rektor: „Heute ist am Nachmittag schulfrei, die Neuen werden morgen kommen. Jeder von euch suche sich bitte einen neuen Schüler oder eine neue Schülerin aus, um die er oder sie sich besonders in der nächsten Zeit kümmert. Natürlich wohnen und schlafen unsere Neuen in einem eigenen Trakt. Helft ihnen, sich einzugewöhnen." Schulfrei, das war natürlich der Hit und so gingen alle nach dem Frühstück lachend nach oben.

Für Nina und Caren war es klar, sie wollten sich besonders um Julie und Sevilley kümmern. Katherine und Beatrice hatten sich für ein Mädchenpaar aus Belgien entschieden. Sie hießen Cäcilie und Chantal und Carmen und Maria wollten Karin und Kira, zwei Mädchen von der Insel Sylt helfen.

Picknick auf der Wiese und neuer Ärger

Am Mittag kamen Hernando und Juan und luden Nina und Caren zu einem kleinen Picknick auf der Wiese ein. Alle vier strahlten und machten sich gut gelaunt auf den Weg.

Wie selbstverständlich hatte Hernando die Hand von Nina genommen und Juan die von Caren. Dabei hatten sie sich nicht angesehen, sonst hätte jeder gemerkt, dass sie ein wenig rot geworden waren. Endlich waren sie auf ihrer Wiese angekommen und mussten erst einmal die Zottis streicheln. Die hätten die Kinder fast umgerannt, so freuten sie sich. Doch bald legten sie sich auf den Boden neben die mitgebrachten Decken und dösten vor sich hin. Zuerst kam zwischen den Vieren keine rechte Unterhaltung auf, irgendwie schienen alle ein wenig verlegen zu sein. Doch dann waren es nur noch Zwiegespräche. Immer wieder berührten sich die Hände von Caren und Juan und Nina und Hernando. Nina hatte sich zurückgelegt. Sie wusste selbst nicht, worauf sie wartete. Dann beugte sich auf einmal Hernando über sie und seine Lippen berührten vorsichtig ihre. Nina hatte noch nie einen Kuss bekommen, doch ohne zu wissen, ob sie es richtig machte, küsste sie zurück. Für beide schien die Zeit still zu stehen – es wurde ein langer Kuss. Auch Juan hatte sich über Caren gebeugt und sie vorsichtig geküsst und auch sie fand es herrlich und küsste zurück. So verging eine ziemlich lange Zeit. Plötzlich fingen die Zottis an zu knurren. Die vier fuhren auseinander. Die Hunde spähten aufmerksam zu einem kleinen Weg. Dort kamen zwei Männer vorbei, die in Richtung Hütte gingen.

„Nina, reiß dich los, wir müssen wissen, was da vor sich geht." Schnell sprangen sie auf, winkten Hernando und Juan zu und rannten zur Schule zurück. „Gut, dass keiner im Aufenthaltsraum ist, los in den Geheimgang." Dabei hatte Caren schon ein Tuch über die Kamera gelegt, die Tür zum Geheimgang geöffnet und Nina hineingeschubst. Beide rannten so schnell es ging zur Hütte.

Bald waren sie an der Tür angelangt, die in den großen Schrank führte. Vorsichtig öffneten sie sie, wobei ein leises Zischen nicht zu vermeiden war. Atemlos blieben sie stehen, doch anscheinend hatte niemand das Geräusch gehört. Als sie sich jetzt der Schranktür näherten, konnten sie das Gespräch der beiden Männer hören. „War das nötig, wir wissen doch schon, was wir machen sollen." „Vielleicht hat sich was geändert, sehen wir uns an, ob es bei morgen Nacht bleibt." Anscheinend lasen die Männer jetzt irgendwelche Funksprüche. „Siehst du", sagte der eine Mann, „ die haben es um drei Wochen verschoben, der Termin ist heute in drei Wochen. Warum wohl? Es ist doch egal, wann es ist und ob es um zwölf oder um eins losgeht" Danach hörte man einige Zeit nichts mehr. Fünf Minuten später ertönte die kleine Melodie, die beiden Männer hatten die Hütte verlassen. Obwohl es Nina und Caren in den Fingern juckte, eisern blieben sie noch 10 Minuten im Schrank. Man konnte ja nie wissen…

Schließlich öffneten sie vorsichtig die Schranktür und kletterten hinaus. Es war niemand mehr in der Hütte. Schnell rannte sie zum Funkgerät und erlebten eine neue Überraschung, die Funksprüche konnten nur durch die Eingabe eines Codes gelesen werden. Verzweifelt überlegten sie. Endlich flüsterte Caren: „Lass uns den Code von „Wasilowgrad" versuchen, den uns Paps geschickt hat." Nina war einverstanden und so tippte Caren ein „always 731". Ein leises Klicken war zu hören, dann konnte man die Funksprüche lesen. „Glück gehabt", grinste Nina.

Die Funksprüche lauteten:

„Bringt „B" zum Einsatz, aber erst in drei Wochen. Die Uhrzeit ist 1 Uhr nachts. Seht zu, dass alle Neuen aus der Klasse dabei sind. Vergesst den Lehrer nicht."

„Was ist „B" und um welchen Lehrer geht es?" Die beiden sahen sich stirnrunzelnd an, aber keine von ihnen fand eine Antwort.

Der zweite Funkspruch lautete:

„Ist der Andockplatz für das große Raumschiff fertig, er muss in drei Wochen zur Verfügung stehen."

Während Nina noch überlegte, druckte Caren schon die beiden

Funksprüche aus. Dann sahen sie sich um. Da jetzt sicher Kinder im Aufenthaltsraum waren, war es nicht sinnvoll, den Geheimgang zu benutzen. Nina kontrollierte noch einmal den Schrank. Die Tür zum Geheimgang war geschlossen. Caren holte ihren kleinen goldenen Schlüssel aus der Tasche und steckte ihn in das Schlüsselloch der Eingangstür. Dann trafen sich ihre Blicke. „Hoffentlich geht das gut!" Die kleine Melodie ertönte und die Tür sprang auf. Vorsichtig lugten beide nach draußen, aber sie hatten Glück, vor der Tür blieb alles ruhig. Erleichtert machten sie sich auf den Rückweg.

„Was war das eigentlich mit dir und Hernando?", fragte Caren. „Ich nehme an, das gleiche wie mit dir und Juan", antwortete Nina und fing an zu lachen. „Bist du verliebt"? „Kann schon sein und du?" „Kann schon sein", wiederholte Caren die Worte ihrer Schwester. Beide lachten und damit war alles gesagt.

Kurz vor der Schule entdeckten sie ihre Katze Cindy. Sie lief mit erhobenem Schwanz auf sie zu und ließ sich nur zu gern streicheln. Da Caren und Nina nicht wussten, wie Cindy zu ihnen in den Aufenthaltsraum kam, wollten sie sie beobachten. Die Katze ging zielstrebig auf eine Ecke der Schule zu und war plötzlich verschwunden. Neugierig geworden untersuchten die beiden Schwestern die Stelle und fanden eine gut getarnte kleine Tür, halb von Erde und Steinen bedeckt. Durch ein Loch war Cindy in die Schule gelangt. „Die Tür sollten wir uns irgendwann genauer ansehen", bemerkte Caren.

Die Neuen sind da

Am nächsten Morgen trafen die Neuen ein, aus jedem Erdteil eine neue Klasse mit je 20 Kindern. Wieder waren alle eineiige Zwillinge und hatten am 10. Februar Geburtstag. Da alle wussten, dass die Neuen die Ankunft im Sternenzelt erst einmal realisieren mussten, ließ man sie in Ruhe auspacken. Im Laufe des Vormittags versammelten sich alle, die Neuen und die Alten, im Speisesaal. Auch der Speisesaal war vergrößert worden. Jetzt standen pro Klasse zwei Tische nebeneinander. Julie und Sevilley begrüßten Nina und Caren. „Seid ihr auch so hierher gekommen?" „Sicher, aber ihr gewöhnt euch daran."
Es gab viel zu berichten und als Caren und Nina erzählten, dass sie sich besonders um sie kümmern würden, waren die zwei schnell beruhigt. Inzwischen waren auch Katherine und Beatrice mit Cäcilie und Chantal und Carmen und Maria mit Karin und Kira zu ihnen gestoßen und schon kurze Zeit später unterhielten sich die zwölf Mädchen angeregt. Alle hatten zufällig eine gute Wahl getroffen, denn es stellte sich heraus, dass die Gruppe gut zueinander passte. Die Neuen erhielten jetzt ihren Stundenplan, die Älteren hatten frei. Nina und Caren trafen sich mit ihren Freunden auf der Wiese. Wieder lagen sie nebeneinander und stellten fest, Küssen war doch eine tolle Sache. Nach einer Stunde trennten sie sich. Hernando und Juan trafen sich mit Freunden in der Schule, während Caren und Nina zur Hütte wollten.
Unterwegs kam ihnen Zotti entgegen. Er schien aufgeregt zu sein. Er lief immer wieder in Richtung der Höhle von Pierre und Carina, drehte um und kam ihnen wieder entgegen. Offensichtlich wollte er, dass sie mitkommen. Schließlich folgten sie ihm. Als sie sich der Höhle näherten, fing Zotti wütend an zu knurren. Irgendetwas war nicht in Ordnung. Immer auf Deckung bedacht schlichen Caren und Nina näher, verdeckt durch hohe Büsche. Plötzlich traten zwei Männer aus der Höhle und

entfernten sich lachend. Nina und Caren hatten die zwei noch nie gesehen.

Als die beiden verschwunden waren, näherten sie sich zögernd der Höhle. Am Eingang blieben sie stehen, konnten aber nichts entdecken. Kurze Zeit später hörten sie Stimmen, dann standen Pierre und Carina vor ihnen. Caren legte den Finger auf die Lippen und winkte den beiden zu, ihnen zu folgen. Erst als sie weit genug von der Höhle weg waren hielten sie an. Pierre und Carina waren ihnen leise gefolgt. „Zwei Männer sind vor fünf Minuten lachend aus eurer Höhle gekommen. Wir wissen zwar nicht, was sie gemacht haben, aber sicher nichts Gutes.

„Bleibt ihr hier", ordnete Pierre an „ich werde nachsehen, was los ist." Pierre blieb lange in der Höhle verschwunden. Schließlich tauchte er wieder auf. „Ich kann nichts finden, kommt, suchen wir gemeinsam. Aber bitte nichts sagen, wir wissen nicht, ob jemand mithören kann."

Alle gingen in die Höhle und sahen sich um. Aber auch jetzt blieb die Suche erfolglos. Schließlich holte Nina Zotti rein. Der ging zielstrebig in die rechte Ecke und blieb knurrend stehen. Nun wurde diese Ecke besonders unter die Lupe genommen Endlich entdeckte Caren hinter einer Vase, kaum zu sehen, einen kleinen Apparat. Er sah wie ein DVD –Player aus und hatte oben einen Aufsatz, der Caren und Nina sofort an die komische Kanone erinnerte, die sie in „Wasilowgrad" gesehen hatten. Schnell brachte Pierre das Gerät nach draußen. Dann entfernte er die Batterien, dadurch konnte das Gerät wenigstens nicht mehr arbeiten. Caren erzählte Pierre und Carina von der kleinen Stadt in den USA und den Vorkommnissen da und vermutete: „Vielleicht haben die jetzt kleinere Geräte und wollen euch beeinflussen." Pierre und Carina waren ziemlich entsetzt und Pierre wollte das Gerät zerschlagen. Aber Nina meinte: „Besser ist, wir heben es auf, vielleicht kann es uns irgendwann noch einmal nützlich sein.". Kurze Zeit später verabschiedeten sie sich und nahmen das Gerät mit. „Was hältst du davon, wenn wir den Apparat in die leere Felsenhöhle mit den Decken bringen?"

meinte Caren. Nina war einverstanden und so versteckten sie das Gerät dort. Danach kehrten sie in die Schule zurück. Als niemand im Aufenthaltsraum war, manipulierte Caren die Kamera, die alles aus dem Raum aufzeichnete, …sicher war sicher.

Die Tage vergingen wie im Fluge und die Neuen lebten sich langsam ein. An einem der nächsten Tage durften auch die Neuen in das Ballonomobil steigen und den überwältigenden Anblick unserer Erde genießen. Drei Tage später, an einem Morgen, beim Frühstück sagte der Direktor: „Heute und morgen sollen unsere alten Schüler den Neuen zeigen, was sie gelernt haben. Es werden immer zwei Zweierraumschiffe starten und zu unserer Station fliegen. Wir haben sie nach eurem Vorschlag „Estrellita" genannte. Die Füchse fangen nach dem Frühstück an, dann kommen die Anacondas, die Löwen, dann die Tiger und zum Schluss die Koalas. Ihr könnt ja die Reihenfolge der Starts auslosen." Leider waren Nina und Caren die Letzten aus ihrer Klasse. Da für jeden Flug eine bestimmte Zeit angesetzt war, hatten Caren und Nina fast vier Stunden Zeit, bis sie an der Reihe waren. „Lass uns zur Hütte gehen", regte Caren an. „Gut, aber wir können ja Sevilley und Julie mitnehmen, die müssen wir sowieso in einige Geheimnisse einweihen."

Kurze Zeit später machten sich die vier Mädchen auf den Weg und Nina und Caren erzählten ihnen von einigen Erlebnissen des letzten Jahres. „Wüssten unseren Eltern etwas davon, hätten wir sicher nicht diese Schule besuchen dürfen, bemerkte Julie. „Wisst ihr, bei uns ist nur unser Paps informiert und bei unseren Freundinnen auch nur die Väter. Ohne die Hilfe von Paps und den beiden anderen hätten wir es hier nicht geschafft. Unser Paps meinte, sie könnten uns hier besser schützen als auf der Erde. Wenn unsere Mam oder Opa und Oma etwas davon ahnen würden, wären wir auch nicht hier. Ihr dürft deshalb nichts von all dem erwähnen, wenn ihr mit euren Eltern sprecht, das müsst ihr uns hoch und heilig versprechen." Julie und Sevilley waren einverstanden, nichts zu verraten. „So, jetzt zeigen wir euch ein paar unserer Geheimnisse."

Kurze Zeit später erreichten sie die versteckte Hütte im Wald. Caren legte den Finger auf den Mund und alle vier näherten sich ihr vorsichtig. Nichts war zu hören oder zu sehen. Volle fünf Minuten warteten sie, dann holte Caren ihren goldenen Schlüssel aus der Tasche und steckte ihn in das dreieckige Loch. Die kleine Melodie ertönte und die Tür sprang auf. Vorsichtig traten sie ein. Sie hatten Glück, die Hütte war leer. Zuerst vergewisserten sich Nina und Caren, ob sich alle vier in dem Schrank in der Ecke verstecken konnten. Zum Glück war er groß genug. Dann gaben sie den Code „always 731 ein und sahen nach neuen Funksprüchen. Es gab keine. Neugierig fragten Julie und Sevilley: „Was soll das alles, nun erzählt endlich, was hier los ist." Und so blieb Nina und Caren nichts anderes übrig, als in groben Zügen von ihren Erlebnissen des letzten Jahres und was inzwischen schon wieder passiert war zu berichten. Die beiden staunten nicht schlecht und Sevilley rief: „Wir wären wohl besser zu Hause geblieben." Aber Julie konterte: „Bei dir piept`s wohl, ich finde es hier toll und wenn du etwas zu Mama oder Papa sagst, dann bist du die längste Zeit meine Schwester gewesen." Kurze Zeit später beruhigte sich auch Sevilley wieder, obwohl ihr die Angst noch immer im Gesicht stand

Da es in der Hütte nichts Neues gab, kehrten die vier Mädchen zur Schule zurück. Heute wollte die Zeit gar nicht vergehen. Endlich waren sie an der Reihe, sie konnten zur „Estrellita" starten. Julie stieg zu Caren in das Zweierraumschiff und Sevilley zu Nina. Der Kurs war bereits eingegeben, 30 Nord/120 Ost, und so konnte gestartet werden. Der Flug verlief ohne Komplikationen. Caren besprach sich mit Nina: „Los, hau rein, mal sehen wie schnell die Schiffe sind!" Beide beschleunigten voll und stellten fest, dass die Zweierraumschiffe mindestens doppelt so schnell waren wie die Einerschiffe. Dadurch dauerte der Flug nur schlappe 15 Minuten. Beide dockten an. Da der Code zum Öffnen der kleinen Raumstation anscheinend eingegeben worden war, konnten sie sofort durch die Schleuse in das Innere gelangen. Während sich Julie und Sevilley neugierig umblickten, sahen sich Caren und Nina genauer die Schleuse an, die zur Wartung der Raumschiffe eingerichtet worden war. Eigentlich war alles da, aber wie konnten sie die kleinen Roboter zum Arbeiten bringen? „Dabei muss uns Paps helfen." „Ich glaube, du hast die gleiche Idee wie ich", flüsterte Caren. „Du kannst dich sicher noch an das Raumschiff erinnern, mit dem Hernando und Juan entführt und umgebracht werden sollten." „Genau darüber habe ich auch nachgedacht. Du weißt doch sicher noch, wo wir das Raumschiff gelassen haben." „Aber sicher, ich habe alles in mein „Buch der Heimlichkeiten" eingetragen." „Ich auch." Verschmitzt lächelnd sahen sich beide an und Nina bemerkte: „Wir sind eben echte Zwillinge." „Kannst du dich noch erinnern", sinnierte Caren weiter, „es war das einzige Zweierraumschiff, in dem man hintereinander saß und das noch für Luft und alles andere abgetrennte Kabinen hatte. Jetzt sitzt man ja nebeneinander. Ich hoffe, es geht in die Schleuse und kann repariert werden."

„Von diesen Plänen sagen wir aber Sevilley nichts, sie scheint, anders als Julie, ein Angsthase zu sein.

Ohne Zwischenfall kehrten die beiden Raumschiffe zum Sternenzelt zurück, diesmal mit gedrosselter Geschwindigkeit.

Kaum in der Schule angekommen, wurden sie von Frau Baumgarten, der einen Direktorin, angesprochen: „Wir sollten uns, wie im letzten Jahr, mal wieder zusammensetzen. Vielleicht habe ich auch ein paar Neuigkeiten für euch. Wie wäre es morgen nach dem Frühstück in meinem Zimmer"? „Gern Frau Baumgarten, aber besser nicht in Ihrem Zimmer, es muss ja niemand wissen." Und so verabredeten sie sich für 9.00 Uhr im kleinen Konferenzraum neben dem Speisesaal.

Nach dem Abendbrot holte Nina auf einmal tief Luft. „Sag mal, sind die drei Wochen nicht bald vorbei, von denen in dem einen Funkspruch die Rede war?" „Kann sein, lass uns nachsehen." Caren und Nina gingen in ihren Schlafraum. Die Funksprüche hatte Caren in ihrem „Buch der Geheimnisse" versteckt. Sie holte sie heraus und sahen sie sich genauer an.

„Gott sei Dank der Termin ist erst in fünf Tagen. Wenn wir nur wüssten, was da passieren soll." Aber so sehr sie sich auch den Kopf zermarterten, sie kamen zu keiner Lösung. Am Morgen trafen sie sich nach dem Frühstück, wie vereinbart, mit Frau Baumgarten, ihrer Direktorin, im kleinen Konferenzraum. Sie erzählten von den Funksprüchen und dass sie nicht weiter wüssten. Frau Baumgarten blieb lange Zeit stumm. Dann sagte sie: „Ihr wisst ja, dass ich mit Wasilow verwandt bin. Ab und zu bekomme ich eine Mail von ihm. Gestern schrieb er, dass er sich ein wenig mehr um unsere Station kümmern wolle, dass er sie wohl etwas vernachlässigt hätte und dass es ihm Leid täte. Ich kann mir keinen Reim darauf machen und auch das, was ihr mir gesagt habt, verstehe ich nicht. Wasilow ließ durchblicken, dass er das Sternenzelt vielleicht in den nächsten Monaten besuchen wolle."

„Das ist auch für uns neu", erwiderte Caren, „aber es löst unser Problem nicht." „Ich weiß, ich weiß, ich spreche mal mit allen Lehrern über unsere Erstklässler, vielleicht hat einer von ihnen etwas geplant, von dem ich nichts weiß."

Nicht gerade beruhigt gingen Nina und Caren in den Unterricht.

Ein neues Fach

Ausgerechnet heute stand das Fach „Benehmen" auf dem Plan. Gott sei Dank hatten sie nicht wieder gemeinsam mit den Anacondas Unterricht. Mit gemischten Gefühlen betraten sie den Klassenraum. „Ich weiß doch, wie ich mich benehmen muss", maulte Caren. Sie wurden durch Frau Naumann begrüßt, die sich als neue Lehrerin u.a. für Benehmen vorstellte.

Frau Naumann war schlank, ca. 1,70 m groß, hatte lange blonde Haare und legte anscheinend großen Wert auf ihr Äußeres. Sie war passend geschminkt und trug einen dunklen Hosenanzug, der ihr gut stand. „Geht bitte durch den Raum und unterhaltet euch möglichst mit allen aus eurer Klasse." Die Kinder fanden das albern, aber sie versuchten es. Viel kam dabei allerdings nicht heraus, und nach kurzer Zeit brachen die Unterhaltungen ab. Frau Naumann lächelte und sagte: „Das habe ich mir gedacht, also beschäftigen wir uns zuerst mit dem so genannten „Small – Talk". Ihr müsst lernen, euch in jeder Situation zurecht zu finden. Dazu gehört nun mal der „Small – Talk", eine oberflächliche Unterhaltung, die keine heiklen Themen berührt, also keine Unterhaltung über Politik, Geld, Liebe oder Kirche. Bei all diesen Themen kann man leicht anecken." „Und worüber dürfen wir reden"? „Z.B. über Musik, Freundschaft, Essen, Kino und vieles mehr. Versucht es noch einmal und ich höre überall mal zu." Diesmal klappte es schon besser und die Kinder merkten, dass das Fach vielleicht doch nicht so schlecht war. Am Ende der Stunde gab Frau Naumann einen Ausblick auf die nächsten Stunden: „In 14 Tagen werdet ihr lernen, wie man richtig isst." „Ich glaube, das können wir, warf Maria ein. „Warten wir es ab", war die Antwort.

Im Roboterunterricht sollten die Programme der Roboter verfeinert werden. Dazu sollte jeder Roboter mit Funk ausgestattet werden. Bei Moni und Rani war das nicht mehr nötig, denn dank der Programme von Paps war das längst geschehen, die beiden konnten ihre Roboter per Handy aktivieren und sie überall hin bestellen. Paps hatte Nina und Caren außerdem ein Schutzprogramm für ihre Roboter geschickt. Dieses Programm bauten sie jetzt ein. Sollte ein Fremder sich an den Robotern zu schaffen machen, würde der sein blaues Wunder erleben. Neben einem schrillen Ton, der zu hören war, konnten die Roboter empfindliche elektrische Schläge austeilen. Bald waren sie mit der Programmierung fertig und da ihre Roboter schon so viel konnten, durften Nina und Caren den Unterricht vorzeitig verlassen. Erfreut holten sie einen Laptop aus ihrem Versteck, dem „Buch der Heimlichkeiten" und gingen zu ihrer Wiese. Natürlich hielten sie alle Vorsichtsmaßnahmen ein. Paps hatte bereits eine Mail gesandt:

„Wir können leider von hier aus nichts machen, die Sendefrequenzen, mit denen wir etwas erreichen könnten, bezüglich der Maschine sind ausnahmslos gestört. Ihr müsst noch einmal in die Höhle des Löwen. Nur innerhalb von „Wasilowgrad" besteht die Möglichkeit, die „Gedankenkanone" oder wie das Ding auch heißen mag abzustellen oder zu sabotieren. Ihr müsst an einen der Hauptcomputer herankommen und einen sehr komplizierten Code eingeben, nämlich FAXZT 583021 PR 243. Wenn ihr diesen Code eingegeben habt, tippt ihr den Satz ein „alles auf Null, dann löschen-löschen-löschen. Zum Schluss „Widerruf nur unter ...und jetzt denkt ihr euch einen schwierigen Code aus und tippt ihn ein. Danach gesperrt für always 31, danke, Ende. Wenn ihr das geschafft habt, sind die Maschine und eventuell angeschlossenen Maschinen absolut unbrauchbar. Und nun viel Glück, ich umarme Euch, Paps

Das alte Raumschiff und eine fast durchsichtige Erscheinung

„Wir sollten ein paar Sicherungen für uns einbauen", begann Nina ein Gespräch mit ihrer Schwester. „Wie meinst du das"? Na ja, du erinnerst dich doch noch an das Raumschiff, in dem Hernando und Juan entführt werden sollten." „Ich weiß, das haben wir in der Nähe der Stelle im All geparkt." „Wenn wir das Schiff zurückholen könnten und es zur „Estrellita" brächten, könnte es von den Robotern repariert werden und wir parken es dann etwas abseits von der Station." „Aber dazu brauchen wir Hilfe, allein schaffen wir das nicht." „Ich habe eine Idee, erinnerst du dich noch an den Ingenieur, den wir beim Überfall mit befreit haben. Er hat damals gesagt: „ Wenn ihr mal Hilfe braucht, helfe ich euch gern." „Nicht schlecht, versuchen können wir es ja mal."

Als sie am nächsten Tag etwas Zeit hatten, gingen sie zu den Räumen, bei denen es hieß „Für Schüler verboten". Trotzdem kamen sie hinein, denn viele der Ingenieure kannten sie noch von ihrer Befreiung. Schließlich sahen sie den Mann, den sie suchten. Er war wieder leitender Ingenieur. „Was macht ihr denn hier?", fragte er. „Können wir mit Ihnen reden"? „Ja, sicher, kommt in mein Büro." Hier angekommen erklärten Caren und Nina ihm: „Wir brauchen Hilfe und hoffen, dass wir die hier finden.." „Ich helfe euch gern, ihr habt noch etwas gut bei mir." Und so erklärten Nina und Caren ihren Plan: „Wir haben im letzten Schuljahr zwei Jungen zurückgeholt, die entführt worden waren. Dabei haben wir ihr defektes Raumschiff geparkt. Wir wissen, wo es ist und möchten es mit Ihrer Hilfe zurückholen und zur kleinen Station schaffen. Dort könnten die Roboter es reparieren und wir holen es dann ab. Wir haben uns das so vorgestellt. Sie fliegen mit uns mit, wir bringen das Schiff zur „Estrellita" und Sie helfen uns, dass die Roboter arbeiten. Das Ganze muss aber geheim bleiben." Der Ingenieur lächelte und sagte: „Wenn es weiter nichts ist, ihr könnt übrigens Dieter zu mir sagen, aber wie kommen wir zu dritt dorthin und wieder zum Sternenzelt zurück?" „Ganz einfach, Nina und Sie sitzen im Zweierschiff vorn und ich quetsche mich auf den Notsitz für Roboter. Wichtig ist nur, dass niemand etwas davon erfährt." Der Ingenieur kratzte sich am Kopf und meinte: „Für euch tue ich alles, ich werde mir die Genehmigung für einen Inspektionsflug zur Station holen. Wie weit ist denn das Raumschiff von uns entfernt?" „Ein paar Stunden schon." Dann müssen wir möglichst sofort nach dem Abendessen fliegen, ihr müsst einen Weg finden, dass euch niemand in dieser Nacht vermisst." „Das schaffen wir", antwortete Nina. „Ich lasse euch eine Nachricht zukommen, sobald der Inspektionsflug genehmigt ist." Hoch erfreut verabschiedeten sich Nina und Caren. Schon am nächsten Tag lag neben ihrem Teller am Frühstückstisch die kurze Mitteilung „ Einladung zum gemütlichen Kaffeeklatsch, heute, 19.00 Uhr." Die Freundinnen waren zwar neugierig, aber erfuhren trotzdem nichts.

Caren und Nina fieberten dem Abend entgegen. Der Tag zog sich wie Kaugummi hin. Am Mittag schien beiden schlecht zu werden. Sie täuschten Bauchschmerzen und Kopfschmerzen vor und zogen sich zurück. Zwar kamen sie noch kurz zum Abendessen, aber besser ging es ihnen wohl nicht, denn sie wollten sich sofort wieder hinlegen. Sie knüllten ihr Bettzeug so zusammen, damit man sie in ihren Betten vermuten konnte und schlichen zur Rampe. Dieter, der Ingenieur, wartete schon auf sie und hatte bereits einen Raumanzug mit Rückenantrieb an. Außerdem wurden von ihm mehrere Drahtseile ins Innere des Schiffes geschafft. Zwei weitere Anzüge standen auch für Caren und Nina zur Verfügung. Schnell schlüpften sie hinein. Wie verabredet setzte sich Caren auf den Notsitz für Roboter, der eigentlich ein schrankartiges Gebilde war, und die beiden anderen auf die Sitze. Beim Start wurde Caren ganz schön durchgeschüttelt, es war eben kein richtiger Sitz.

Nina hatte noch einmal die genauen Koordinaten aufgeschrieben, das Abenteuer konnte beginnen.

Der Ingenieur ließ sie sich geben und flog danach das Schiff mit Höchstgeschwindigkeit. Natürlich waren sie jetzt wesentlich schneller als mit den Raumschiffen vom letzten Jahr und so erreichten sie nach ca. vier Stunden das havarierte Schiff. Es lag noch genauso da, wie sie es verlassen hatten. Caren blieb im Raumschiff, sie hatte schließlich am unbequemsten gesessen. Der Ingenieur nahm die Stahlseile mit. Zusammen mit Nina näherte er sich dem Raumschiff. Zwar gab es keine richtige Vorrichtung zum Abschleppen des Schiffes, aber er fand trotzdem eine Möglichkeit, zwei Stahlseile an der Spitze zu befestigen. Nachdem die Seile auch hinten an ihrem Raumschiff befestigt waren, bestieg Caren das Schiff. Lenken konnte man es ja noch, nur der Antrieb und das Bremssystem waren unbrauchbar. Und dann ging es los, zuerst ganz langsam, aber bald hatten alle Routine und es konnte schneller geflogen werden. Nach ca. einer Stunde sah Caren neben ihrem Raumschiff etwas völlig Unmögliches. Neben ihrem Raumschiff flog eine „nebelhafte Gestalt ". Caren sah genauer hin, womit hatte sie nur Ähnlichkeit? Sie dachte an ihre Kinderbücher und dann fiel es ihr ein, es sah ein wenig wie ein Gespenst aus. Dieses „Etwas" flog mindestens fünf Minuten neben ihr her, dann war es plötzlich verschwunden. Caren schüttelte den Kopf, vielleicht war es doch nur eine Halluzination oder ein Traum? Aber irgendwo hatte sie diese „Gestalt" schon einmal gesehen. Und dann fiel es ihr wie Schuppen von den Augen, so ähnlich hatte die Gestalt in ihrem blauen Stein ausgesehen.

Nach fast fünf Stunden kam „Estrellita", die kleine Raumstation, in Sicht. Dieter, der Ingenieur, bremste vorsichtig ab, und das Raumschiff von Caren stieß an das vordere Schiff an. Nun bremste er stärker und kam schließlich vor der Reparaturschleuse zum Stehen. Er stieg aus und koppelte das Raumschiff ab. Nina setzte sich hinter Carens Schiff. In der Zwischenzeit war der Ingenieur in der Station verschwunden und kurze Zeit später öffnete sich die Schleuse. Nun schob Nina das havarierte Raumschiff vorsichtig hinein. Während sich das Schott wieder schloss, dockte sie an der Station an und begab sich auch ins Innere. Dort standen Caren und der Ingenieur. „Und wie bringen wir jetzt die Roboter zum Arbeiten?", fragte Nina. „Ganz einfach, ich gebe ihnen den Auftrag, das Raumschiff zu reparieren." „Und wie?" „Mit meinem persönlichen Code. Falls ihr ihn einmal braucht, er lautet „Dieter 53", mein Vorname und mein Geburtsjahr. Wenn ihr den Code benutzen wollt, sagt mir vorher Bescheid, damit ich keinen Ärger bekomme. Ansonsten, falls ihr mal wieder Hilfe braucht, kommt getrost zu mir." „Können die Roboter etwas einbauen, dass man von außen und innen einen Code eingeben muss, um raus – oder rein zu kommen?", fragte Caren. Der Ingenieur tippte den Wunsch ein und sagte; „Ich glaube, das lässt sich machen. Das Raumschiff wird übrigens schon morgen Abend fertig sein. Am besten, ihr fliegt heimlich um 22.00 Uhr zur Station und holt das Schiff ab. Ich werde euch ein Zweierschiff an der Rampe bereitstellen. Gebt meinen Code bei den Robotern ein und ihr bekommt das Schiff frei. Danach solltet ihr den Satz „Danke, alles löschen" eingeben, dann hat diese Reparatur nie existiert." Kurze Zeit später traten sie den Rückflug an, diesmal saß Nina auf dem Notsitz. Ohne Schwierigkeiten kamen sie wieder im Sternenzelt an und nachdem sich Caren und Nina noch einmal bedankt hatten, schlichen sie sich in ihren Schlafraum, inzwischen war es fast 6.00 Uhr. Caren fragte Nina noch: „Hast du eigentlich die Gestalt gesehen, die ein paar Minuten neben meinem Schiff geflogen ist, sie sah aus wie dieses kleine Gespenst in unseren Steinen?" „Nein, ich habe nichts gesehen, aber auch nicht darauf geachtet." Anscheinend hatte niemand ihr Verschwinden bemerkt und so schliefen sie traumlos bis zum Morgen.

Weil sie verschlafen hatten, erschienen sie erst ziemlich spät zum Frühstück. Ihre Freundinnen hatten sie schlafen lassen in der Annahme, sie wären noch krank. So blieb ihnen wenig Zeit bis zum Unterrichtsbeginn, trotzdem waren sie bester Laune.

Nach dem Mittagessen gingen sie auf ihre Wiese und waren in kürzester Zeit fest eingeschlafen. Sie wurden von freudigem

Gebell geweckt, sonst hätten sie den Nachmittagsunterricht verpasst. Doch nun waren sie ausgeruht und wieder voller Tatendrang. Zwar machten ihnen noch immer die ominösen Funksprüche zu schaffen, aber sie hatten einfach keine Idee, was der eine Funkspruch genau bedeuten könnte.

Mit Spannung warteten sie auf den Abend. Selbst Hernando und Juan konnten sie heute nicht überreden, etwas gemeinsam zu unternehmen. Schließlich gab es Abendbrot und endlich Zeit, das Raumschiff abzuholen.

Pünktlich um 22.00 Uhr waren sie am Andockplatz und tatsächlich lag dort startklar ein Zweierraumschiff und daneben zwei Raumanzüge mit dem kleinen Rückenantrieb. Argwöhnisch guckten sich die zwei noch einmal um, aber alles schien in bester Ordnung zu sein. Leise schoben sie das Schiff auf die Rampe und stiegen ein. Das Schott konnte von innen geöffnet werden, und so konnten sie kurze Zeit später starten. Da sie fast mit Höchstgeschwindigkeit flogen, erreichten sie 20 Minuten später bereits die kleine Station. Sie dockten an, gaben den Code zum Öffnen ein, „Sino 6813" und waren in der Station. Da die Roboter nicht mehr arbeiteten, war das Schiff wohl fertig. Sie gaben den Code des Ingenieurs „Dieter53" auf einem Computer bei den Robotern ein. Auf dem Monitor erschien der Satz „Guten Tag Dieter, das Raumschiff ist fertig. Wenn du das Schiff starten willst, tippe "Ich will starten" ein, den Rest erledigen wir für dich." Der Code für das Öffnen und Schließen des Raumschiffes ist AZ 43 2 18 19 4." „Dann wollen wir mal", sagte Caren. „Ich steige ein und du tippst bitte erst ein „Ich will starten" und zum Schluss „Danke, alles löschen" Wir treffen uns dann draußen. Wo wollen wir das Schiff parken?" „Die Koordinaten der Station vom Sternenzelt waren 30 Nord, 120 Ost und für den Rückflug 210 Süd, 300 West." „Hm, Vorschlag: 70 Nord, 100 Ost, damit sind wir weit vom Schuss, falls mal jemand zu weit fliegt und an „Estrellita" vorbei rauscht." „Einverstanden, ich fliege vor und nach ca. 10 Minuten halten wir an und parken das Schiff."

Damit stieg Caren in das reparierte Schiff und wartete. Nina tippte in den Computer „Ich will starten" und dann „Danke, alles löschen". Danach zog sie sich zurück, ging zur Schleuse und stieg in das andere Raumschiff. Kurze Zeit später öffnete sich das Schott und Caren flog mit dem Raumschiff los. Die Roboter hatten gute Arbeit geleistet, das Schiff gehorchte allen Befehlen. Caren tippte den Kurs ein 70 Nord, 100 Ost. Sie flog eine mittlere Geschwindigkeit und bremste nach 10 Minuten ab. Schon kurz darauf kam das Raumschiff von Nina in Sicht. Beide steckten noch in dem Raumanzug mit dem Antrieb. Caren parkte das Schiff und gab den Code ein AZ 43 2 18 19 4. Danach bewegte sie sich zum Schiff ihrer Schwester. Die hatte schon das Dach zurück geklappt und Caren stieg ein. Auf einer kleinen Karte vermerkte sie genau die Stelle, wo das Schiff geparkt war. Nina hatte schon ihr Raumschiff gedreht und flog Richtung Sternenzelt. Da sie mit Höchstgeschwindigkeit flog, tauchte schon bald ihr Ziel auf. Bei ihrer Landung war niemand zu sehen. Unbehelligt kamen sie in ihren Schlafraum. Ihre Freundinnen waren noch wach und so berichteten sie kurz von ihrem aufregenden Erlebnis. Ein bisschen beleidigt waren die vier schon, weil sie mal wieder nicht mit dabei waren, aber Caren und Nina gaben zu bedenken, dass sie sonst vielleicht aufgefallen wären.

Der ominöse Tag

„Übermorgen ist der Tag, der im Funkspruch genannt war", murmelte Caren, dann war sie eingeschlafen. In den beiden nächsten Tagen wurde im Unterricht viel verlangt, sodass sie nicht recht zum Nachdenken kamen. Ein Gespräch mit Pierre und Carina und auch mit Frau Baumgarten brachte keine Klarheit, was an dem ominösen Tag passieren sollte. „Lassen wir uns überraschen", meinte Caren und die beiden gingen an dem Abend frustriert schlafen.

Der Morgen begann mit einer Überraschung, die komplette Klasse E2, also die Klasse ihrer Freundinnen, erschien nicht zum Frühstück. Die Direktorin ging in die Schlafräume der Kinder und kam mit zwei Zetteln zurück. Sie ging an den Tisch von Nina und Caren und bat die beiden und Carmen und Maria mitzukommen. Im Konferenzraum trafen kurze Zeit später der Direktor, Herr Baumgarten und weitere Lehrer und Lehrerinnen ein. Nina, Caren und ihre Freundinnen fühlten sich nicht wohl in ihrer Haut und sahen die Lehrer nervös an. „Hier ist ein Schreiben von Julie und Sevilley für euch", begann Frau Baumgarten. Sie gab ihnen den Brief und fragte: „Könnt ihr euch einen Reim darauf machen"? Nina und Caren lasen:

„Hi, Nina, hi Caren,
wir sind mit Herrn Montoja für 14 Tage mit dem Ballonomobil unterwegs. Es wird ein toller Ausflug werden. Gestern Abend hat er uns davon erzählt. Es sollte eine Überraschung werden und wir durften niemandem etwas davon erzählen, denn er hat den Ausflug nicht genehmigen lassen. Wir freuen uns sehr auf das Abenteuer. Da wir davon erst so spät erfahren haben, konnten wir euch vorher nichts sagen.
Bis dann, Julie und Sevilley".

In dem Brief an Carmen und Maria stand der gleiche Text, als ob er diktiert worden wäre. Die vier Mädchen sahen sich ratlos an und auch die Lehrer hatten keine Erklärung dafür. Dann kamen

zwei Lehrer in den Raum gestürzt und berichteten, dass weder von Herrn Montoja noch vom Ballonomobil eine Spur zu sehen wäre, die Klasse und Herr Montoja waren verschwunden. „Kann man das Ballonomobil nicht mit dem „Astrophon" erreichen?", fragte Caren. „Versuchen wir es", ordnete Herr Baumgarten an. Ein Lehrer verließ den Raum, kam aber schon kurze Zeit später wieder und berichtete: „ Ich bekomme keine Verbindung, anscheinend ist das „Astrophon" ausgeschaltet." Die vier Mädchen wurden zurück in den Speiseraum geschickt und die Lehrer zogen sich zur Beratung zurück. An Unterricht war nicht zu denken. Natürlich mussten die vier berichten, was los war und die Kinder standen in kleinen Gruppen zusammen und diskutierten. Zu den sechs Freundinnen gesellten sich noch Hernando und Juan, aber niemand hatte eine Idee. Schließlich verabschiedeten sich Nina und Caren von den anderen und suchten Pierre und Carina auf. In der Hütte war nur Pierre, denn Carina war bei der Konferenz. Auch Pierre zuckte nur mit den Achseln: „Ich kenne Herrn Montoja, so etwas würde er nie machen, da muss etwas anderes dahinter stecken." Aber was? Plötzlich fiel Caren etwas ein: „In dem Funkspruch in der Hütte hieß es doch „bringt B. zum Einsatz" dann ist B. das Ballonomobil und der Lehrer Herr Montoja. Daran hätten wir denken können." Ziemlich frustriert wollten Nina und Caren zur Schule zurückkehren, blieben dann aber auf ihrer Wiese und beratschlagten weiter. „Ich hole den Laptop, sagte Caren, „wir müssen mit Paps reden. Bleib du solange hier, ich beeile mich." Eine Viertelstunde später war sie wieder da. Gemeinsam mailten sie Paps an und baten um seine Meinung.
Erst nach fast 30 Minuten war eine Antwort von Paps da:
„Leider wissen wir nicht, was geschehen ist. Aber irgendwie scheint die Sache mit der „Beeinflussungsmaschine" zu tun zu haben. Aber auch hier weiß niemand Bescheid. Tut mir sehr leid, aber im Augenblick kann ich euch nicht helfen. Ich umarme euch, Paps."
Ziemlich geknickt gingen Nina und Caren zur Schule zurück.

Hier wurden sie schon von Frau Baumgarten erwartet. Sie nahm die zwei beiseite und ging mit ihnen in einen kleinen Raum. Hier gab sie ihnen die Abschrift eines Funkspruchs zu lesen. Der Funkspruch war an Frau Baumgarten gerichtet. Er lautete:

„ Liebe Christina, das mit eurer Klasse ist keine Entführung. Ich probiere nur etwas aus. Alle sind freiwillig mitgeflogen und einer eurer Lehrer ist auch dabei. Sie sollen sich nur bei uns ein wenig erholen und sind in vier Wochen wohlbehalten wieder zurück. Grüße an Dich, Sebastian"

„Habt ihr eine Idee, warum Herr Montoja mit den Kindern das gemacht hat. Er war auch dazu gar nicht berechtigt, und wenn den Kindern nun etwas passiert, nicht auszudenken." Frau Baumgarten war ganz verzweifelt.

„Ich glaube, wir haben eine Idee", meldete sich Nina, „aber dazu müssen wir erst etwas nachprüfen." Damit zog sie Caren mit nach draußen. „Im Flur sagte sie zu Caren: „Kannst du dich an die Mail von Paps erinnern, er gab uns einen Tipp, wie wir die „Gedankenbeeinflussungsmaschine" oder wie das Ding heißen mag, außer Betrieb setzen können. Ich glaube, Wasilow hat Herrn Montoja und die Kinder damit weggelockt. Gut, er wird ihnen nichts tun, aber vielleicht probiert er damit nur etwas aus und schlägt dann zu." Caren stimmte ihr zu und meinte: „Wir müssen wohl noch einmal in die Höhle des Löwen nach „Wasilowgrad".

Die „Beeinflussungsmaschine"

Da an diesem Tag kein Unterricht mehr war, holten sie Laptop, Taschenlampen, Kompass. und die kleine Kamera, dazu packte Nina noch die großen Brillen ein, man konnte ja nie wissen. Dann wollten sie losziehen. Bevor sie losgingen, wurden die blauen Steine in ihren Taschen plötzlich warm. Erstaunt holten sie sie heraus. In beiden Steinen war das gleiche Bild zu sehen, ohne Zweifel war es „Wang –Ho". Welch eine Überraschung, was sollte das denn bedeuten? Schließlich fiel Caren etwas ein: „Hatte uns nicht Wang – Ho ein kleines blaues Buch gegeben und uns gesagt, bei Gefahr sollten wir hineinsehen und an ihn denken?" „Stimmt", Caren holte das Buch und beide nahmen außerdem noch die Amulette mit, die er ihnen geschenkt hatte. So ausgerüstet machten sie sich auf den Weg. Auf einem Zettel hatte sich Caren die Anweisungen von Paps bezüglich der „Gedankenkanone" notiert und jetzt setzten sie sich noch einmal hin, um sich einen schwierigen Code zu überlegen. Lange Zeit hatten sie keine brauchbare Idee, doch dann schlug Caren vor: „Wie wäre es mit einer Zahl, dann eine Reihe von Buchstaben und dann wieder eine Zahl." „O.k. wir nehmen 314 und eine 6 daran, weil wir sechs sind. Dann AXPOGLR und danach 467, dann heißt der ganze Code 3146 AXPOGLR 467, den kann keiner knacken weil darin kein System liegt. Caren schrieb den Code gewissenhaft auf. Jetzt waren sie gerüstet, es konnte losgehen.
Sie kamen ziemlich schnell voran. Dabei prüften sie nach, ob die „Maracho – Büsche" noch ihre Freunde waren. Beide gingen auf die stacheligen Büsche zu, wobei Caren leise auf sie einredete. Auch jetzt war es wieder wie beim letzten Mal, die Büsche begannen sich zu wiegen und wieder erklang der leise melodische Ton. Beide konnten in den Wald der „Maracho – Büsche hineingehen, ohne dass die riesigen Dornen ihnen etwas taten.

Schließlich erreichten sie wieder den versteckten Eingang. Sie drückten auf die bestimmte Stelle beim schwarzen Stein mit den großen Buchstaben „WXR" der obere Teil des Steines verschwand nach unten und ein Monitor mit dem Befehl „Passwort eingeben" erschien. Nina tippte „always 731" ein und auf dem Monitor erschien „Guten Tag, Swasi, was kann ich für dich tun?" Nina tippte ein „Markiere auf der Karte von XXR 724 den Raum, wo der Hauptcomputer steht"! Sofort sahen sie wieder der Plan von „Wasilowgrad", im Stockwerk U 2 war der Raum 7 angekreuzt, also musste der Raum eine Etage unter der Oberfläche sein. Jetzt hieß es, sehr vorsichtig sein, denn auf dem gleichen Stockwerk stand die komische Maschine, die sie außer Gefecht setzen wollten. Wieder fotografierte Caren den Plan. Nina tippte jetzt ein „Öffne die Tür". Der Stein drehte sich zur Seite und die Tür wurde sichtbar. Nina gab an der Tür noch einmal „always 731" ein. Die Tür verschwand in der Wand. Beide nahmen Anlauf und sprangen gekonnt über die Fallgrube. Jetzt waren sie wieder im Inneren von "Wasilowgrad". Den Gang kannten sie schon. Er führte etwas nach unten und endete in dem breiten Gang, in dem der Elektrozug fuhr. Vorsichtshalber setzten sie die Brillen auf, falls der Gang gesichert war. Aber es gab keine weitere Sicherung und so kamen sie ungehindert zu dem breiten Gang. Nach dem Plan waren sie in U 3, also dem 3. Stockwerk unter der Oberfläche. Sie mussten also ein Stockwerk höher und dann den Raum 7 suchen. Nach einiger Zeit kam zwar wieder ein kleiner Zug vorbei, aber so viel Glück wie das letzte Mal hatten sie sicher nicht. Diesmal sprangen sie nicht auf. Aber als sie losgehen wollten, sah Caren eine Kamera, die den gesamten Gang aufnahm. Schnell zog sie Nina zurück und zeigte hastig nach oben. Aber wie sollten sie ungesehen daran vorbeikommen und vielleicht gab es ja noch andere Kameras. Leise beratschlagten sie und entschlossen sich, doch wieder auf den nächsten Zug aufzuspringen. Um aber weit von der Kamera zu sein, gingen sie in die entgegengesetzte Richtung um eine Ecke und als wieder ein kleiner Zug in Sicht kam, er hatte drei

Waggons alle in leuchtendem Rot, sprangen sie auf den letzten Wagen auf und deckten sich sofort mit Planen, die dort lagen, zu. Nach einiger Zeit lugten sie unter der Plane vor. Sie erkannten das hell erleuchtete Büro, in dem sie schon einmal gewesen waren. Kurz nach dem Büro sprangen sie ab und brachten sich sofort hinter der letzten Säule in Sicherheit. Alles blieb ruhig, bisher waren sie nicht entdeckt worden. Den Weg zu den Fahrstühlen kannten sie noch. Sie steckten den kleinen goldenen Schlüssel in das Schlüsselloch. Kurze Zeit später ging die Tür des Fahrstuhls auf. Puh, niemand war darin. Sie stiegen hastig ein und drückten den Knopf für das 2. Stockwerk. Wieder hatten sie das Gefühl, dass der Fahrstuhl selbst für zwei Personen zu eng war und dass es eine Ewigkeit dauerte, bis er endlich wieder hielt. Als sich die Tür öffnete, hielten die zwei den Atem an. Aber noch einmal war ihnen das Glück hold, niemand war zu sehen. So, im richtigen Stockwerk waren sie, aber wo war der Raum Nummer 7? Plötzlich hörten sie laute Stimmen: „Lass uns Feierabend machen, ich habe für heute die Nase voll. Musste uns Pedro so zusammenstauchen, es wird doch sowieso niemand versuchen, hier reinzukommen". „Ich habe auch genug, jeden Tag diese dämlichen Übungen, …es könnte ja sein…. so ein Quatsch!" rief ein anderer. Nina und Caren machten sich hinter den Säulen so klein wie möglich und sahen sich entsetzt an. Das konnte ja heiter werden, wenn noch mehr solcher Trupps unterwegs waren.

Kurze Zeit später war alles wieder ruhig und die beiden sahen sich die Karte ganz genau an. Der angekreuzte Raum lag fast in ihrer Nähe, nur drei Räume weiter. Vorsichtig gingen sie los, immer darauf bedacht, nicht von einer Kamera erfasst zu werden oder auf einen Trupp Leute zu treffen. Endlich erreichten sie ihr Ziel. Aber so einfach schien ihre Aufgabe nicht zu sein. Der Raum war hell erleuchtet und sechs Leute standen oder saßen darin. Da blieb ihnen keine andere Möglichkeit, sie mussten warten. Ein Stück vor dem Raum gab es eine Art Nische, ziemlich verstaubt, mit allerlei Gerümpel und alten Werkzeugen.

Dort hinein setzten sie sich. Die Zeit verging, vier von den sechs Leuten hatten den Raum schon verlassen. Das Warten machte die beiden fürchterlich müde und schließlich waren sie eingeschlafen. Gut, dass keine von ihnen schnarchte, das hätte sie verraten können. Beide erwachten plötzlich durch ein metallenes Geräusch. Der letzte Mann hatte mit lautem Knall die Tür zugezogen. Mit seinem kleinen goldenen Schlüssel schloss er sie ab und machte sich ziemlich unmelodisch pfeifend davon. Regungslos blieben Nina und Caren sitzen. 10 weitere Minuten vergingen. Erst jetzt standen sie auf und gingen zu dem Büro. Mit ihrem kleinen goldenen Schlüssel öffneten sie die Tür und stellten den Computer an. Wieder erschien der Befehl „Passwort eingeben!" Eilig tippte Caren „always 731" ein. Auf dem Bildschirm erschien „Guten Tag Swasi, was kann ich für dich tun?" Caren tippte ein „FAXZT 583021 PR 243 alles auf Null löschen-löschen-löschen Widerruf nur unter 3146 AXPOGLR 467" und dann „gesperrt für always 731 danke, Ende" Auf dem Bildschirm erschien „Alle Anordnungen werden ausgeführt"..
„Los, jetzt sehen wir uns den Raum mit der „Beeinflussungsmaschine" an." Sie riefen den Raum A 6 auf. Hier schien ein wildes Chaos zu herrschen. An der Maschine gingen in schneller Folge rote Lichter an und aus. Eine rote Lampe leuchtete durchgehend an der Wand. Mindestens 20 Menschen wuselten durch den Raum und als Nina den Ton dazu schaltete, hörten sie, dass sich viele anschrien. Auf einmal stürzte ein alter Bekannter in den Raum, es war Pedro mit dem Pferdeschwanz. „Was ist hier los"!, brüllte er. Ein Mann zeigte auf die Maschine und antwortete: „Es hat vor kurzem angefangen, die Maschine spielt verrückt und gehorcht nicht mehr unseren Befehlen."
Doch was jetzt folgte kam auch überraschend für Nina und Caren. Aus dem Lautsprecher ertönte plötzlich eine männliche Stimme: „Achtung, Plattform räumen, Plattform räumen, Selbstvernichtung von PPCT in fünf Minuten, 16 Sekunden, Selbstvernichtung von PPCT in fünf Minuten, 16 Sekunden.

Achtung, Plattform räumen, Plattform räumen"! Dabei ertönte ein lang gezogener Heulton und dann wieder: „Achtung, Plattform räumen".... Nina und Caren sahen sich mit großen Augen an. Die Männer und Frauen in dem Raum, in der die Maschine stand, rannten panisch zum Ausgang und drängten nach draußen und dazwischen immer wieder der Heulton und die Ansage: „Achtung, Plattform räumen, Plattform räumen, Selbstvernichtung von PPCT in drei Minuten, 2 Sekunden, Achtung, Plattform räumen"! Schließlich hatten alle Menschen den Raum verlassen. Alle Türen schlossen sich und dahinter gingen Stahlwände nach unten. Der Raum war jetzt hermetisch abgeriegelt. Staunend beobachteten Nina und Caren die Szene. Der „Selbstzerstörungs – Countdown lief weiter und erreichte schließlich Null. In diesem Augenblick brach die Maschine in unzählige Einzelteile auseinander. Diese Teile wirkten wie Geschosse, richteten aber dank der Abschirmung keinen großen Schaden an. Nach kurzer Zeit war der Zauber vorbei und da kein Feuer ausgebrochen war, gingen die Stahlwände geräuschlos wieder hoch und die Türen öffneten sich. Menschen strömten in das Innere, aber hier war nichts mehr zu retten, die Maschine war unwiderruflich zerstört. Nina und Caren konnten es nicht fassen, sie hatten es geschafft. Dann fingen sie an zu grinsen, es hatte also Dank Paps Hilfe mal wieder geklappt. Caren sah auf ihre Armbanduhr, es war genau 16.00 Uhr. „Jetzt aber nichts wie weg!" Der alte Fluchtweg zurück zu dem geheimen Eingang war ihnen versperrt. Dort wimmelte es von Leuten. Sie mussten einen anderen Weg finden. Nachdem sie sich im Programm des Computers abgemeldet und ihn ausgestellt hatten, gingen sie zur Tür und lugten vorsichtig hinaus. Hier war noch niemand zu sehen, aber das konnte sich schnell ändern. Hastig verließen sie das Büro. Sie schlossen mit dem goldenen Schlüssel ab und bewegten sich erst einmal vom Büro weg, diesmal entgegengesetzt von ihrem Fluchttunnel. Als sie weit genug entfernt waren, setzten sie sich hin und atmeten tief durch. Aber wie kamen sie heil aus „Wasilowgrad" heraus?

Schließlich setzten sie sich wieder in Bewegung. Auf dem Plan hatten sie gesehen, dass in ihrer Richtung ein weiterer geheimer Ausgang lag. Um dort hin zu gelangen mussten sie einem langen Gang folgen und danach durch 7 Zimmer gehen. Diese Räume lagen hintereinander. Beide verstanden sich ohne Worte: „Wer nicht wagt, der nicht gewinnt."
Zur Vorsicht hatten sie ihre Brillen aufgesetzt, falls es Lichtschranken gab. Außerdem waren sicher noch Kameras da. Aber nichts geschah, es gab keine Kameras und die Brillen brauchten sie auch nicht mehr. Guten Mutes marschierten sie weiter.
Da, was war das??? Im Gang ging ein rotes Licht an und eine quäkende Stimme war zu hören: „ Achtung, fremde Personen im Gang 7", und kurz darauf „die Personen sind festzusetzen. Keine Gewalt, ich will die Fremden lebend"! Nina und Caren waren starr vor Entsetzen, irgendwo hatten sie eine Lichtschranke übersehen. „Los, schnell weiter"!, rief Caren und rannte los. Nach kurzem Lauf erreichten sie das erste von den sieben Zimmern, durch das sie mussten. Sie öffneten es mit ihrem kleinen goldenen Schlüssel, schlossen es hinter sich wieder und rannten weiter. Das nächste Zimmer war erreicht, schnell hinein und wieder abschließen, das dritte Zimmer. Sie hörten die Verfolger näher kommen, sie hatten wohl eine andere Art, die Zimmer zu öffnen. Endlich kamen sie zum siebten Zimmer. Jetzt waren ihnen die Verfolger schon bedenklich nahe gekommen. Schnell hinein, hier musste irgendwo ein Ausgang sein. Aber sie konnten nichts finden, aus dem Zimmer gab es kein Entkommen. Schon kurz darauf standen die Verfolger vor der Tür. „Die haben sich selber reingelegt", hörten sie eine Stimme, „los verrammeln wir die Tür. Nina und Caren waren entsetzt, war es das, oder hatten sie noch eine Chance zu entkommen? Die Verfolger standen vor der Tür und schienen auf jemanden zu warten. „Überlege, Nina, es muss uns etwas einfallen", flüsterte Caren. „Ich habe eine Idee", begann Nina, „Wang – Ho hat uns doch das kleine blaue Buch gegeben und gesagt, wenn wir mal nicht weiter

wüssten, sollten wir in das Buch gucken und fest an ihn denken, dann könne er uns helfen." Caren schöpfte wieder neue Hoffnung: „Los, versuchen wir es." Sie holte das kleine Buch aus der Tasche und öffnete es mit zittrigen Fingern. Der Inhalt war für sie enttäuschend, in dem Buch lag eine kreisrunde grüne Scheibe. Auf ihr waren viele Zeichen eingeritzt, die von der Anordnung her einen sechseckigen Stern ergaben. Wie sollte das denn helfen! Aber unter der Scheibe lag ein Zettel, darauf stand: *„Helfer in der Not! Nehmt die Amulette, die ihr von mir bekommen habt, legt die grüne Scheibe dazwischen und drückt sie aneinander. Glaubt fest an mich und sprecht euren Wunsch aus."* Die beide holten ihre Amulette aus der Tasche, legten die grüne Scheibe dazwischen und drückten sie aneinander. Gleichzeitig sprach Caren ihren Wunsch aus: „Zeig uns einen Weg nach draußen und hilf uns zu entkommen." Kaum hatten sie den Wunsch ausgesprochen, da hörten sie urplötzlich hinter einer Wand ein lautes Geräusch, es klang, als ob Wasser rauschen würde. Dann bekam diese eine Art Blase, als ob sie zu ihnen gedrückt werden würde. Die Wölbung wurde immer größer und Caren rief: „Los, hier herüber, wir wissen nicht, was passiert!" Nina spurtete zu ihr und beide sahen, wie die Wand an einer Stelle immer weiter ins Zimmer gedrückt wurde. Plötzlich ein lauter Knall, sie hatte nachgegeben. Ein breiter Wasserstrahl schoss hervor und traf mit voller Wucht die Gegenseite. Das Wasser hatte so viel Kraft, dass die gegenüber liegende Wand zerbarst, ein Loch – vielleicht 1,50 m im Durchmesser – war entstanden. Durch das Loch schien das helle Tageslicht in den Raum. Fassungslos standen Nina und Caren in der Ecke, und als das Wasser teilweise nach draußen abgeflossen war, kletterten beide so schnell sie konnten durch das Loch ins Freie. Draußen sahen sie sich erst einmal um. Sie befanden sich inmitten von Maracho – Büschen. Caren führte beide zum nächsten Busch und redete leise auf ihn ein, und auch hier verhielten sich die Büsche freundlich. Sie fingen an, sich im Takt zu wiegen, wobei der leise melodische Ton zu hören war. Mit gebotener Eile drangen Nina und Caren immer tiefer in den Wald von Maracho – Büschen ein. Nachdem sie einige Minuten so gelaufen waren, setzten sie sich hin, um etwas auszuruhen. Erst jetzt fingen beide an zu zittern, sie hatten das Abenteuer mit knapper Not und unverletzt überstanden.

Eine Viertelstunde blieben sie so sitzen. „Wie konnte uns Wang – Ho bloß helfen"?, fragte Nina Caren. „Das kann ich dir auch nicht sagen, aber wichtig ist, er hat uns gerettet." Nach weiteren fünf Minuten, sie waren etwas ruhiger geworden, standen beide auf und machten sich auf den Heimweg. Dabei gingen sie nach der richtigen Marschzahl und blieben, solange es möglich war, verdeckt von Maracho – Büschen. Schließlich mussten sie die schützenden Büsche verlassen, um auf dem schnellsten Weg zur Schule zurückzukehren. Dort waren alle in heller Aufregung. Um 16.02 Uhr hatte die Schule einen Anruf via „Astrophon" von Herrn Montoja erhalten. Er lautete: „Ich bin mit der Klasse E 2 mit dem Ballonomobil unterwegs. Warum das so ist, kann ich nicht sagen. Die Kinder und ich sind wie aus einem bösen Traum erwacht. Alle sind o. k., nur etwas verstört. Natürlich versuche ich die Kinder zu beruhigen, ich werde ihnen einreden, dass wir einen tollen Ausflug machen und jetzt zum Sternenzelt zurückkehren werden. Ich habe den Ballon gestoppt. Jetzt brauche ich dringend die Koordinaten vom Sternenzelt um zurückzukehren. Unsere Position ist 90 Ost, 111 Süd."

Natürlich hatte Herr Montoja längst die Koordinaten erhalten und befand sich bereits auf dem Rückflug. Da die Entfernung aber sehr groß war, konnte er erst morgen wieder im Sternenzelt sein. Alle Lehrer und Schüler waren erleichtert, aber wieso waren die Kinder und Herr Montoja aus der Trance, in der sie sich ohne Zweifel befunden hatten, wieder erwacht? Als Nina und Caren von der Sache etwas erfuhren, mussten sie sofort an die „Gedankenmaschine" in Wasilowgrad denken. „Es war ungefähr 15.55 Uhr, als wir die Maschine außer Gefecht gesetzt haben", murmelte Caren nachdenklich, „sie hatte also doch etwas damit zu tun."

Am Abend mailten sie Paps ihren Erfolg und berichteten auch von der neuen Entwicklung mit dem „Ballonomobil".

Schon kurze Zeit später traf eine Antwort von Paps ein:

„Glückwunsch an euch zwei, es hat also geklappt. Jetzt weiß ich auch, warum Wasilow so getobt hat, er hat wohl eine Nachricht aus Wasilowgrad erhalten. Und damit sind seine fiesen Träume vom Ballonomobil geplatzt, genauso wie das, was er mit der Maschine sonst noch vorhatte.

Ich umarme euch, Paps"

Verrückte Roboter

Bester Stimmung kehrten sie in die Schule zurück. Aber als sie sich in Richtung Aufenthaltsraum bewegten, versperrten ihnen plötzlich drei Roboter den Weg. Sie blieben stehen, obwohl Nina sagte: „Geht zur Seite"! Caren sah Nina an. Was sollte das denn? Jetzt setzten sie sich sogar in Bewegung und gingen wie in einer Formation auf die beiden los. Nina und Caren wichen zurück. „Los"!, rief Nina, „an der nächsten Ecke gehe ich weiter rückwärts den Gang entlang und du verschwindest nach rechts." „Ich weiß schon, was ich machen muss", unterbrach sie Caren. An der nächsten Ecke verschwand Caren nach rechts, während Nina weiter dem Gang folgte. Fast schien es so, als wären sich die Roboter nicht sicher, was sie machen sollten, folgten dann aber geschlossen Nina. Darauf hatte Caren gewartet. Kaum waren die „Blechbüchsen" vorbei, da schlich sie sich an den letzten heran und drückte den runden Knopf auf der Rückseite, der Roboter war abgeschaltet. Die beiden anderen gingen weiter, sie konnten ja nur ihrem Programm folgen. Nun rannte Nina schneller und war den Robotern bald entkommen. Auf Umwegen kam sie zu Caren zurück. Diese hatte schon angefangen, den Roboter zu untersuchen. Eigenartigerweise hatte er keine Nummer, gehörte also nicht zu den Robotern, die jeden Tag das Essen brachten. Bei genauerem Hinsehen fanden die beiden ein großes A und die Nummer 4, also A4 auf der Vorderseite. Was konnte das nur bedeuten? Hatte jemand dafür gesorgt, dass die Hauptregeln für Roboter außer Gefecht gesetzt waren? Nina und Caren waren jetzt sehr beunruhigt. Der Roboter sah von außen genauso aus wie alle anderen, ihm fehlte nur die Nummer. „Was machen wir damit?", fragte Caren. „Wir können mal innen reinsehen. Als sie vorn die Brustverkleidung abnahmen, stellten sie fest, dass er ein paar völlig andere Schaltungen hatte. Sie wollten aber den Roboter nicht so ohne weiteres laufen lassen. Deshalb kappten sie im Inneren die Verbindung zum Computer und trugen ihn in das nächste Zimmer. Jetzt konnte er weder gefunden noch abgeholt werden, dass er eine Art GPS hatte, war nicht anzunehmen. Etwas verunsichert kamen sie in ihren Aufenthaltsraum und informierten die Freundinnen von dem eingetretenen Vorfall. Die konnten sich auch keinen Reim darauf machen. Am Morgen, noch vor dem Frühstück mailten sie Paps und berichteten von dem überraschenden Auftauchen fremder Roboter. Mehr konnten sie zurzeit nicht machen.

Erster Punktestand

Der Tag verging mit ziemlich langweiligem Unterricht. Nach dem Abendessen gab es ein großes Hallo, das Ballonomobil mit den Kindern war zurückgekehrt. Die waren recht fröhlich, denn Herr Montoja hatte fast die ganze Zeit mit ihnen gespielt, der Autopilot hatte das Ballonomobil zurückgeflogen und die Kinder hatten den Ernst der Lage gar nicht erkannt.

Die Lehrer zogen sich zu einer eingehenden Beratung zurück, hatten aber nach wie vor keine Erklärung für die Vorkommnisse. Natürlich konnten Nina und Caren nichts sagen, als sie aber später Frau Baumgarten sahen, machten sie doch ein paar Andeutungen und waren erfreut, als ihre Direktorin nicht fragte, woher sie wussten, dass so etwas nicht noch einmal passieren konnte.

Die ersten Klassenarbeiten wurden geschrieben und der erste Punktestand erschien auf der Tafel vor dem Essraum. Es war kaum verwunderlich, dass alle Klassen noch eng zusammen waren. Es gab drei verschiedene Punkteanzeigen, für die fünf Klassen der Neuankömmlinge, für die alten Klassen und eine gemeinsame Aufstellung.

Tabellenstand der Neuen:

Löwen   112 Punkte
Füchse   103 Punkte
Anakondas   99 Punkte
Pandas   98 Punkte
Tiger   95 Punkte

Tabellenstand der Älteren:

Pandas   118 Punkte
Füchse   113 Punkte
Tiger   111 Punkte
Anacondas   109 Punkte
Löwen   108 Punkte

Gemeinsame Tabelle:

1. Löwen   220 Punkte
2. Füchse   216 Punkte
3. Anacondas 208 Punkte
4./5. Tiger /Pandas je 206 Punkte

Damit war noch keine Vorentscheidung gefallen.

Paps hatte zurück gemailt und Nina und Caren etwas vertröstet, er musste erst einmal versuchen, die neue Situation zu checken.

Das fremde Raumschiff

In der nächsten Woche überraschte der Direktor der Schule die älteren Kinder mit der Ankündigung, dass immer zwei für drei Tage die Station „Estrellita" besuchen könnten. „Vielleicht", so meinte er, „könnt ihr euch in aller Ruhe Gedanken über die Inhalte des neuen Faches „Forschen" machen." Nina und Caren meldeten sich natürlich sofort für einen solchen Aufenthalt, aber mit Hintergedanken.

Da sie die Ersten waren, die sich gemeldet hatten, konnten sie schon zwei Tagen später zur „Estrellita" fliegen. Zwar wurden sie gefragt, ob sie ein Lehrer besuchen sollte, aber sie lehnten ab, sie wollten bei dem, was sie vorhatten, nicht gestört werden.

Die Stunden des nächsten Tages rasten dahin – wo war der Tag nur geblieben? Am Tag darauf flogen sie am Morgen nach dem Frühstück mit einem Zweierraumschiff zur „Estrellita". Natürlich nahmen sie ein „Astrophon" mit, falls sie Hilfe brauchten, und alle nötigen Code – Wörter auch. Da sie so schnell wie möglich da sein wollten, flogen sie fast die ganze Strecke mit Höchstgeschwindigkeit. Bald konnten sie andocken. Sie brachten eilig ihre Sachen in die Station und belegten zwei Schlafkojen nebeneinander. Dann meldeten sie sich kurz bei der Schule, damit sich niemand Sorgen machen musste. Schon eine Stunde später legten sie wieder ab, irgendetwas trieb sie zu dem von ihnen geparkten Raumschiff. Endlich kam es in Sicht. Aber was war das? Neben dem Raumschiff lag-befand-parkte ein fremdes Raumschiff. Es sah anders aus, war kreisförmig, ähnelte einer Diskusscheibe und hatte oben einen flachen geschwungenen Aufbau mit Bullaugen. Vorsichtig lenkte Nina, die gerade am Steuer saß, ihr Raumschiff daneben. Einige Zeit passierte nichts, dann kam aus der Mitte des unteren Teils des fremden Schiffes eine Art Treppe heraus und oben öffnete sich eine Tür. „Habt keine Angst, wir tun euch nichts", empfingen beide einen Gedanken. Unschlüssig sahen sich die beiden an, sollten sie es wagen? „Wie war das", flüsterte Caren, „du hast mal gesagt: Hab dich nicht so, sehen wir uns das Ganze an, also los, versuchen wir es." Diesmal war Nina die Vorsichtigere. Aber Caren überprüfte bereits ihren Raumanzug. Zögernd tat es ihr Nina gleich. Dann verließen beide ihr Raumschiff und flogen gemeinsam zu dem Fremdling hinüber. Schnell waren sie angekommen. Das Raumschiff schimmerte silbern, hatte an allen Seiten Scheinwerfer und an den Rändern ringsherum eine Art Positionsleuchten wie man sie von unseren Flugzeugen her kennt. Etwas ängstlich gingen die beiden die ausgefahrene Treppenstufen hinauf, die leicht schwankten. Was würde sie im Inneren erwarten? Jetzt waren sie an der Öffnung angekommen. Eine richtige Tür war das nicht, eher war ein Teil der Außenwand zur Seite geschoben. Nina sah Caren skeptisch an, was nun? Und dann hörten sie in Gedanken wieder die Stimme, sehr melodisch und vertrauenerweckend: „Habt keine Angst, wir tun euch nichts, ganz im Gegenteil, wir brauchen eure Hilfe. Bitte kommt in unser Raumschiff." Etwas erleichtert traten sie zögernd ein. Furchteinflößend war nur, dass die Treppe oder Leiter sofort wieder eingezogen wurde und die Tür sich schloss. Wenn das nicht gut ging, waren sie gefangen, vielleicht für immer und ewig !!!

Aber ihre Abenteuerlust war stärker, neugierig ließen sie ihre Blicke schweifen. An Teilen der Wände sahen sie kreisförmige Monitore. Bedienungsknöpfe gab es darunter eigenartigerweise nicht. Über den Monitoren lagen die Bullaugen, oder auch wieder nicht, die silberfarbenen Wände waren einfach hier durchsichtig. Diese Stellen fassten sich eigenartig an, wie, ja wie Seide oder so etwas. Immer Neues gab es zu entdecken, aber keine Wesen irgendwelcher Art - oder waren an Bord nur Roboter? Hoffentlich startete das Raumschiff nicht mit ihnen. In einer Ecke entdeckten sie eine eigenartige Maschine, sie sah aus – ja wie? Nina und Caren sahen sich an. „Woran erinnert dich das"?, begann Caren, „Ich würde sagen, es sieht wie eine Waschmaschine aus, aber mit vielen, vielen Knöpfen und

Druckpunkten." Nina stellte sich davor und plötzlich begannen Lämpchen zu flackern und die ganze Maschine schien in Bewegung zu geraten. Entsetzt sprang sie zurück.

„Sag mal, Nina, hast du gesehen, dass es hier kein Cockpit wie bei uns gibt, wo sitzt der Pilot und wie wird das Schiff gesteuert"? „Ist mir auch schon aufgefallen." Bisher hatten sie nirgendwo etwas von den Wesen des Raumschiffes gesehen. Plötzlich schwebten wie aus dem Nichts zwei beinahe durchsichtige Gestalten, vielleicht 1.30 m groß auf sie zu und Caren rief: „ Das sind sie, so eine Gestalt flog neben dem Raumschiff her, und das sind auch die Gestalten aus dem blauen Stein." Nina meinte: „Du hast sie nicht schlecht beschrieben, sie sehen wirklich wie kleine Schlossgespenster aus einem Kinderbuch aus." Am Kopf hatten sie zwei große Augen, größer als menschliche und etwas hervorstehend. Sie erinnerten ein wenig an die Augen einer Biene. Ansonsten war das Gesicht glatt, soweit man das sehen konnte, keine Nase, kein Mund oder doch ein Mund, wie ein Smilie. Die Gestalten waren mit einem nebelartigen Gewand bekleidet, das die beiden an ein weit geschnittenes Nachthemd erinnerte und hatten allem Anschein nach weder Arme noch Beine. Die beiden schwebenden Gestalten verharrten etwa 1 m vor Nina und Caren und wieder spürten sie einen Gedanken, er musste von einer der Gestalten kommen: „Seid gegrüßt und habt keine Angst. Ihr könnt euren Raumanzug ruhig ablegen, wir haben für eine Atmosphäre im Schiff gesorgt, die euch nicht schaden kann." Vorsichtig nahmen erst Caren und dann Nina ihren Helm ab. Sie konnten tatsächlich atmen wie auf der Erde. Eine der Gestalten fuhr fort: „Wir kommen von einer fernen Galaxie, vom Stern „Sandabia". Unser Stern liegt in einer Falte der Milchstraße, wie ihr diesen Teil der Galaxis nennt. Wir haben euch schon länger beobachtet, wussten aber nicht, wie wir euch treffen konnten. Wir brauchen dringend Hilfe und glauben, ihr könntet uns helfen, wieder zu unserem Stern zu gelangen. Deshalb habt ihr die blauen Steine gefunden und unser Bild darin gesehen . Wir sind PX 3207 und PX 3208, andere Namen haben wir nicht." „Seid ihr männlich oder weiblich?", fragte Caren, die ihre Angst längst verloren hatte. „So etwas gibt es bei uns nicht, alle sind gleich." „ PX 3207 und PX 3208 klingt für uns nicht so gut. Können wir euch Lu und La nennen"? „In Ordnung, also ich bin Lu und das ist La. Wir sind noch sehr jung, nach eurer Zeitrechnung erst 170 Jahre alt. Aus diesem Grund können wir unsere Logbuchaufzeichnungen nicht lesen, sie sind in einer Sprache abgefasst, die sehr alt ist und von den Menschen stammt. Ihr müsst wissen, vor langer, langer Zeit landeten auf unserem Stern viele riesige Raumschiffe. Es waren Menschen an Bord, Männer, Frauen und Kinder. Sie waren sehr freundlich und baten uns, ob sie auf einem Teil unseres Sternes bleiben könnten. Die Ureinwohner unseres Sternes stimmten zu, zumal die Menschen eine Technologie mitbrachten, die unserer weit überlegen war. Wir lernten viel von ihnen und sie von uns. Sie sehen noch heute so ähnlich aus wie ihr, können aber genauso unsichtbar sein wie wir und sich auch durch die Luft bewegen, ohne Hilfsmittel. Auf unserem Stern war und ist es immer friedlich. Wir leben mit den Menschen zusammen, haben einen gemeinsamen Ältestenrat und nähern uns immer weiter an. Vielleicht könnt ihr uns helfen, das Logbuch zu lesen und uns sagen, wie wir zu unserem Heimatplaneten zurückkommen." „Wieso seid ihr eigentlich hier bei uns?", wollte Nina wissen. „Ach, wenn wir ein bestimmtes Alter erreicht haben, müssen wir für einige Zeit mit einem Raumschiff unterwegs sein, na ja, um erwachsen zu werden. Wir waren auch auf eurer Erde, sind aber in ein extrem starkes Magnetfeld geraten. Dieses Magnetfeld hat den Rückreise- Code, den wir eingegeben hatten, vernichtet. Jetzt suchen wir schon ziemlich lange nach einer Möglichkeit zurück zu kommen." „Könnt ihr mit eurem Raumschiff schnell fliegen?", wollte Caren wissen. Na ja, sobald wir den Code haben brauchen wir nach eurer Rechnung vielleicht 14 Tage zurück." „Dann seid ihr ja schneller als das Licht", stellte Nina fest. „Ja, ich glaube schon." „ Schwebt ihr immer oder könnt ihr euch auch anders fortbewegen"? Wir haben auch Beine und Arme wenn du das meinst." Dabei kamen unter dem nebelartigen Gewand jeweils zwei Beine und Füße wie beim Menschen zum Vorschein und am Oberkörper zwei Arme mit Händen. „Aber wir nutzen sie nur wenn es nötig ist, schweben ist einfacher. Wir haben ein Problem vielleicht könnt ihr versuchen, uns zu helfen, in der Karabo –Maschine dort hinten sind alle Anweisungen gespeichert." „Ihr müsst aber die Maschine in Gang setzen." La und Lu schwebten zur Maschine und berührten ein paar Druckpunkte. Sofort begann in der Maschine etwas zu arbeiten. Ein kreisrunder Monitor fuhr im oberen Teil aus und die Maschine druckte mehrere Seiten mit buchstabenähnlichen Gebilden, insgesamt waren es drei Seiten, nicht ganz Din A4 groß. Da bestimmte „Buchstaben" größer erschienen, konnte da vielleicht ein neuer Satz beginnen.

Nina und Caren sahen sich die Seiten an, wurden aber nicht klug daraus. „Wir nehmen die Seiten mit und versuchen sie in der Station zu entschlüsseln." „Können wir mitkommen?", kam ein Gedanke von einer der beiden Gestalten. „Sicher", antwortete Caren, „ aber wie könnt ihr bei uns atmen?" „Kein Problem, wir kommen mit jeder Atmosphäre klar."

Und so kam es, dass die beiden Mädchen zu ihrem Raumschiff zurückkehrten und Lu und La sie begleiteten. Sie betraten mit ihnen das Schiff. „Könnt ihr denn eures so einfach zurücklassen"? „Natürlich, außerdem hast du ja einen von uns schon im Weltall gesehen, als er neben deinem Schiff herflog. Wir können also jeder Zeit auf diesem Weg zurückkehren."

Einige Zeit später dockte Caren an der Station an und die vier so unterschiedlichen Wesen betraten „Estrellita".

Nina und Caren setzten sich an den Computer und scannten die drei Seiten ein, eingeben konnten sie die Zeichen nicht. Danach versuchten sie es mit einem Entschlüsselungsprogramm, jedoch ohne Erfolg. Aber sie hatten ja noch ihre Laptops. Schnell mailten sie Paps. Sie schilderten ihr unglaubliches Erlebnis und schickten ihm die erste Seite mit den Zeichen. „Hilf uns", schrieben sie, wir möchten den Außerirdischen gern helfen.".

Die Antwort dauerte gar nicht so lange.

„Mensch, ihr erlebt vielleicht Sachen, aber ich glaube, wir, Gerard Eduardo und ich können euch tatsächlich helfen. Die Zeichen sind anscheinend mit den Zeichen der alten Sumerer verwandt, jedenfalls erinnern sie etwas daran. Gerard hat früher einmal alte Schriften studiert, von ihm stammt die Idee. Wir schicken euch als Anhang das Alphabet der alten Sumerer mit, sollte es stimmen, könnt ihr anhand dieses Alphabets den Text übersetzen. Macht ein Bild von den Fremden und ihrem Raumschiff, das würde ich gern sehen. Ich umarme euch, Paps. "

Kaum war die Antwort da, machten sich Nina und Caren an die Arbeit. Sie hatten schließlich schon mal einen Code geknackt. Schnell merkten sie, dass von Lu und La keine Hilfe zu erwarten war. Tatsächlich konnten sie die Zeichen dem Alphabet der Sumerer so in etwa zuordnen. Stunden um Stunden saßen sie daran. Zwischendurch meldete sich der Hunger. „Müsst ihr nichts essen?", fragten sie La und Lu. „Doch, natürlich, wir brauchen Lebenssaft." Dabei holten sie eine Art Flasche aus – ja woher – jedenfalls war die Flasche plötzlich da. Sie sahen sie an, ein dickflüssiger Strahl eines Saftes kam heraus und verschwand im „Gesicht" der Fremdlinge. „Wollt ihr auch mal versuchen?", La hielt ihnen die „Flasche" hin. „Warum nicht", meinte Caren und beide wollten sie an den Mund setzen. „Nicht so", dachte La und schien dabei zu lachen, so sah es jedenfalls aus. Sie nahmen ihnen die Flasche aus der Hand. Lu und La schwebten ca. 30 cm vor den Gesichtern von Nina und Caren und „dachten": „Jetzt öffnet euren Mund." Nina und Caren öffneten ihn und aus den Flaschen kam jeweils ein kleiner Strahl einer Flüssigkeit heraus und landete in ihrem Mund. Beide bewegten sie hin und her. Das Zeug schmeckte herrlich, es war kalt und süß und erinnerte etwas an Lakritz. Sie schluckten den Saft herunter und augenblicklich merkten sie eine belebende Wirkung. Anscheinend hatte die Flüssigkeit Einfluss auf alle Sinnesorgane, es war als könnten sie 10 x so gut sehen und hören. Beide grinsten sich an, sie hatten wohl das Gleiche gespürt. Jetzt konzentrierten sie sich wieder auf ihre Aufgabe.

Lange saßen sie an der Zuordnung der Zeichen, aber schließlich ergaben diese drei Seiten einen Sinn für sie:

Der Text lautete:

„Wir, vor Urzeiten aus den Vorvölkern der Sumerer auf der Erde hervorgegangen, leben seit langer Zeit auf dem Planeten „Sandabia".

Bei uns gibt es weder Krieg noch Streit, alle haben die gleichen Rechte und Pflichten. Unsere Bewohner, Menschen wie „Sandos" müssen im Alter von 170 Jahren mit einem Raumschiff in Richtung Erde aufbrechen. Damit treten sie ins Alter der Erwachsenen ein. Sollte aus irgendeinem Grunde und dieser Fall ist prophezeit worden, der Rückkehr - Code für eines der Schiffe verloren gehen. Hier ist die Hilfe:

„Tramsammal 4562 adion corfo detradas 0875, torde wernasi 5107 grofbesa tandi 1874 samare trudosa wod 333."

Fremde, die ihr unserem Volk helft, ihr seid immer auf unserem Stern willkommen. Wir werden euch erkennen."

Mit dem Code konnten Nina und Caren natürlich nichts anfangen, doch Lu und La strahlten, wenn das bei ihren Gesichtern möglich war.

„Das ist der Code, den wir verloren haben, jetzt können wir zu unserem Stern zurückkehren." Aber Nina und Caren wollten sie nicht so schnell gehen lassen. Erst einmal nahm Caren die Kamera und fotografierte die beiden, dann sagte sie: „Für uns ist das natürlich alles neu, aber wäre es möglich, dass wir mit euch ein Stück mitfliegen könnten?" Die beiden Fremdlinge waren einverstanden und so kehrten alle zum fremden Raumschiff zurück. Bevor sie eintraten machte Nina ein paar Bilder von dem Schiff von außen und dann auch einige im Inneren. La und Lu drückten bestimmte Stellen an der rechten Wand des Raumschiffes und aus dem Nichts erschienen vier Cockpit – Sessel. Sie standen nebeneinander, Nina und Caren setzten sich. Auch die beiden Gestalten schwebten herbei und ließen sich auf je einem Sessel nieder. „Müssen wir uns anschnallen"?, fragte Nina. „Besser für euch", erreichte sie ein Gedanke. Aus dem Nichts tauchten plötzlich Gurte zum Anschnallen auf. Nina und Caren mussten sie nur berühren, und sogleich legten sie sich von selbst an. „Wir werde nicht zu schnell starten." Doch im Augenblick des Starts wurden Nina und Caren unglaublich stark in ihre Sessel gedrückt und der Druck verstärkte sich noch, war aber zu ertragen. Das Raumschiff hatte angefangen sich zu drehen, erst langsam, dann immer schneller, dann schoss es wie eine Rakete los. Nach kurzer Zeit hatten sich Nina und Caren an das Fliegen gewöhnt, es war einfach toll. „Wie schnell fliegen wir?", wollte Caren wissen. „Nach euren Geschwindigkeiten im Augenblick 200 000 km in der Stunde. Wenn wir wollen, können wir aber wesentlich schneller fliegen." Die Außerirdischen beschleunigten etwas stärker. „Jetzt sind es 1 Million km in der Stunde. Sobald wir zu unserem Stern zurückkommen sind wir Erwachsene, dann können wir mit den schnelleren Schiffen fliegen. Wenn man damit schneller fliegen will, verformen sie sich und vorn kommt eine Spitze hervor, damit sind wir mindestens 10 x so schnell. So, wir drehen um und fliegen euch zurück."

Schon nach kurzer Zeit lagen sie wieder neben den beiden anderen Raumschiffen.

Bevor sich die Fremden auf den Heimflug machten, schenkten sie Nina und Caren noch etwas. „Hier ist für jede von euch eine Flasche mit Lebenssaft. Trinkt ihn aber nur, wenn ihr ihn braucht. Wenn ihr z.B. in großer Gefahr seid, wird er euch helfen und hier ist für jede von euch ein Medaillon." Vor Nina und Caren entstand, woher auch immer, ein rundes Medaillon, das an einer golden glänzenden Kette hing.   „Es ist jeweils auf euren Lebensimpuls eingestellt, also nur ihr könnt es aktivieren. Wenn ihr uns dringend braucht oder uns mal besuchen wollt – ihr habt die Einladung gelesen - müsst ihr das Medaillon öffnen und auf die Sonne, die darin abgebildet ist, drücken. Wir melden uns dann so schnell wie möglich oder kommen zu euch, falls ihr uns

um Hilfe ruft. Mit dem schnelleren Schiff brauchen wir ungefähr einen Tag nach eurer Rechnung. Übrigens haben wir euer Raumschiff, das hier geparkt ist mit euren Lebensimpulsen versehen. Nur ihr könnt es jetzt sehen, für alle anderen bleibt es unsichtbar. Zum Schluss noch etwas." Die beiden Gestalten schwebten zu Nina und Caren und berührten sie leicht an der Stirn. „Wofür war das?", fragte Caren. „Probiert es aus, ihr könnt jetzt Dinge durch Gedanken beeinflussen. Auf euren Wunsch kommen Dinge zu euch, ihr könnt Dinge irgendwo hinschicken oder Gegenstände bewegen, das ist eine Art Telepathie, die jeder von uns kann. Aber jetzt möchten wir zu unserem Stern zurückkehren. Noch einmal viele Dank für eure Hilfe."
Nina und Caren verließen das Raumschiff und kehrten in ihres zurück. Als sie eingestiegen waren, konnten sie sehen, wie das fremde Schiff anfing sich zu drehen und dann mit atemberaubender Geschwindigkeit verschwand.
Nina und Caren waren ziemlich durcheinander. „Das müssen wir erst mal verarbeiten", meinte Nina und Caren nickte. Jetzt merkten sie auch wie müde sie waren. „Mensch, es ist ja schon 5.00 Uhr morgens." Zur „Estrellita" zurückgekehrt, dockten sie an, gingen in die Station und waren nach kurzer Zeit tief und fest eingeschlafen.
Am nächsten Tag schliefen sie bis zum Mittag. Der Tag davor hatte zu sehr geschlaucht. Sie ließen noch einmal alle Erlebnisse Revue passieren. „Was meinst du, Nina, wollen wir den Stern mal irgendwann besuchen?" „Dazu brauchen wir aber ein Raumschiff von denen, unsere packen das nicht. Erzählen wir von dem tollen Abenteuer unseren Freundinnen– beweisen könnten wir alles – oder behalten wir das lieber für uns?" „Besser wir sagen nichts." Und so war dieses Thema abgehakt. „Aber Paps muss Bescheid wissen. Sie berichteten ihm von ihren Erlebnissen und schickten Bilder von Lu und La und dem Raumschiff mit. Viel Lust zu Überlegungen zum Fach „Forschen" hatten beide nicht, aber da waren ja noch fast zwei Tage Zeit.

„Wir sollten uns hier selbst versorgen können, was fehlt uns dazu?"

„Das Klima gibt alles her. Wir könnten Obstbäume, Bananen und Gemüse anpflanzen. Wenn wir für die Roboter ein neues Programm schreiben, können die die ganze Feld –und Erntearbeit erledigen." „Dann brauchen wir aber ein paar Bienenvölker, vielleicht auch Hummeln und vor allem Schmetterlinge." „Nicht schlecht unsere Ideen. Aber dazu muss genügend Wasser da sein. Wie kommen wir überhaupt an unser Wasser"? Darauf wussten beide keine Antwort. „Ich habe noch eine andere Idee, wir könnten doch auf irgendeiner Weise unsere Roboter verbessern. Wie wäre es, wenn sie so eine Art Gehirn kriegten und sich selbständig weiter entwickeln würden", dachte Nina laut nach. „Nicht übel", stimmte ihr Caren zu. Nachdem sie ihre Gedanken ausführlich aufgeschrieben hatten, blieb noch ein ganzer freier Tag, herrlich !!!

„Sag mal, Caren, was machen wir mit den falschen Robotern. Zum ersten Mal konnte uns Paps bisher nicht helfen." „Lass ihm Zeit, er findet eine Lösung. Wir können inzwischen ausprobieren, was das mit den Gegenständen, die wir vielleicht bewegen können, auf sich hat." „Müssen wir etwas sagen oder reichen dazu Gedanken"? „Versuchen wir es." Nina sagte laut: „ Die Tür zum Reparaturraum für die Roboter soll sich öffnen"! Augenblicklich ging die Tür auf. Caren formulierte einen Gedanken: „Die Tür zum Reparaturraum der Roboter soll sich schließen", und kurze Zeit später war die Tür wieder zu. „Klasse", bemerkte sie, „es scheint auch gedanklich zu klappen." Gegenstände, die sie sehen konnten, kamen angeflogen oder stellten sich von selbst auf einen Tisch. Nun versuchten sie, etwas aus einem verschlossenen Raum zu holen, aber jetzt passierte gar nichts, das ging also nicht, man musste die Gegenstände sehen können. „Trotzdem, nicht schlecht."

Schließlich waren die drei Tage vorbei. Gegen Abend flogen sie zum Sternenzelt zurück. Dort wurden sie schon von Herrn Montoja erwartet. „Habt ihr einen Bericht für das neue Fach fertig?" „Ja, haben wir", und er nahm die Arbeit in Empfang.

Ihre Freundinnen waren neugierig, was sie auf der „Estrellita" erlebt hatten, aber Nina und Caren verhielten sich ziemlich einsilbig und so verloren ihre Freundinnen bald die Lust am Fragen.

Am nächsten Tag flogen Beatrice und Catherine zum kleinen Stützpunkt, während die anderen manch eintönige Unterrichtsstunde über sich ergehen lassen mussten. So verging die Zeit, die fremden kleinen Roboter, die sie so in Angst versetzt hatten, waren bisher nicht wieder aufgetaucht.

Schulalltag

Am Samstagmorgen hielt der Direktor eine kleine Ansprache: „ In ein paar Wochen ist Weihnachten. Die Klassen aus den verschiedenen Erdteilen können sicher wieder etwas dazu beisteuern. Im März und April finden unsere großen Wusch – Turniere statt. Ab nächste Woche beginnt das Training dafür. Jeder soll zeigen, was er kann und die Klasse wählt gemeinsam die Mannschaft aus. Für unsere neuen findet das Turnier im März nach den Regeln des Vorjahres statt, für die anderen haben wir die Regeln geändert. Sie spielen erst Anfang April. Von jedem Erdteil gehen zwei Mannschaften an den Start, wobei die Neuen unter sich kämpfen und die Älteren auch. Am Montag um 15.00 Uhr werden für unsere Neuen die alten Regeln vorgestellt und danach für die Älteren die neuen. Natürlich sind vor Weihnachten auch noch einige Klassenarbeiten fällig. Außerdem haben wir uns überlegt, dass es vielleicht gut wäre jeden zweiten Samstag zum Discoabend hier im Speisesaal einzuladen. Von 20.00 – 22.00 Uhr kann sich hier jeder bewegen oder reden oder, oder.... Heute Abend geht es los. Natürlich weiß ich nicht, wer tanzen kann und wer nicht. Deshalb könnt ihr an den Samstagen zwischen den Discos an einem Tanzkurs teilnehmen, das ist aber freiwillig, genauso wie der Disco-Abend."
Die anstehenden Arbeiten waren zwar nicht so toll, aber der Ausblick auf die Disco war klasse. Ob zum Tanzkursus jemand gehen würde????
Für Nina und Caren war alles für den Abend klar, sie würden mit Hernando und Juan hingehen, aber ihre Freundinnen, war da jemand? Sie mussten sich eingestehen: „Wir haben uns in letzter Zeit wenig um sie gekümmert." Am Nachmittag setzten sich die sechs Freundinnen zusammen. „Habt ihr jemanden, mit dem ihr zur Disco geht"? „Natürlich", antworteten Catherine und Beatrice. „Wen denn"? „Ach, die kennt ihr sicher nicht, es sind Benetto und Alex. Ihr habt sie mal kennen gelernt, als wir im

letzten Jahr bei den Anacondas eingeladen waren. Sie haben damals mit uns und zwei Mädchen aus Brasilien zusammengesessen und kommen aus Argentinien." „Und wie lange geht ihr schon mit den beiden"? „Seit hier das zweite Jahr begonnen hat." „Und was ist mit euch"?, wandten sie sich an Carmen und Maria. „Wir haben keine festen Freunde, haben uns aber für heute Abend mit William und Anthony aus England verabredet." Nina und Caren sahen sich an, von diesen Freundschaften hatten sie nichts gewusst.

Am Abend trafen sich so ziemlich alle in der Disco, auch die Jüngeren durften kommen. Dabei stellte sich schnell heraus, dass kaum jemand richtig zu zweit tanzen konnte. Jeder ging auf die Tanzfläche, tanzte oder stampfte dort aber für sich. Näher kam man sich bei der Tanzerei nicht und so war es nicht verwunderlich, dass sich unsere Freundinnen mit ihren Freunden draußen auf dem Flur trafen. Gemeinsam gingen sie in den verwaisten Aufenthaltsraum der Füchse. Alle stellten fest, ohne Tanzschule kamen sie wohl nicht weiter. Und so verabredeten sie sich für den nächsten Samstag. Nach und nach versiegten die gemeinsamen Gespräche, man unterhielt sich zu zweit und schließlich wurde es sehr still im Raum, aber nicht, weil sie sich nichts mehr zu sagen hatten, sondern weil alle anderweitig beschäftigt waren, sie küssten sich. Das fand erst sein Ende, als von draußen Geräusche zu hören waren, andere Kinder kamen zurück. Schnell verließen die sechs Paare den Raum und gingen in Richtung Disco. Hier war gerade noch der letzte Sound zu hören, danach war Schluss. Mit leicht verträumten Augen trennten sich alle und gingen in ihre Aufenthaltsräume zurück.

Am nächsten Morgen wurde keiner so richtig wach. „Lass uns zu Pierre gehen und danach in die Hütte, vielleicht gibt es was Neues", meinte Nina. Nach dem Frühstück zogen sie los, aber nicht, ohne Knochen für die Zottis. Pierre und Carina waren zu Hause. Die Zottis begrüßten Nina und Caren überschwänglich und stürzten sich auf die mitgebrachten Knochen. Pierre, Carina, Nina und Caren setzten sich gemeinsam vor die Tür, und Carina brachte für alle Getränke. Aber es wollte keine rechte Unterhaltung aufkommen, anscheinend hatten sich Pierre und Carina gezankt. Deshalb brachen die beiden Mädchen bald wieder auf, sie wollten zur Hütte gehen. Dort verschwanden gerade zwei oder mehr Personen im Inneren. Was war da los? Nina und Caren waren irritiert. Ohne sich weiter abzusprechen rannten sie auf dem schnellsten Weg zur Schule zurück. Sie stürmten in ihren Aufenthaltsraum, er war leer. Zuerst deckten sie die Kamera ab, dann liefen sie zur Geheimtür und öffneten sie. Nachdem sie sich wieder geschlossen hatte, rannten beide zur Hütte. Ziemlich atemlos kamen sie dort an, öffneten vorsichtig die Geheimtür und betraten den großen Schrank. Leise zischend schloss sich die Tür hinter ihnen. Hatte jemand etwas gehört? Aber alles blieb ruhig. Jetzt waren auch Stimmen zu hören: „Seien Sie vernünftig. Wir wollen nur die sechs Mädchen. Wenn wir sie nicht bekommen, jagen wir den ganzen Stern in die Luft. Nächsten Donnerstag landet auf der neuen Startbahn im Horrorpark ein größeres Raumschiff. Ihr übergebt uns die Mädchen und wir lassen euch in Ruhe." Das kommt überhaupt nicht in Frage", hörten sie die Stimme des Direktors, „Ich bin für alle verantwortlich. Nehmt mich von mir aus mit, aber den Kindern passiert nichts." Die Antwort war ein Lachen. „Ihr wollt wirklich das Leben von allen für diese sechs Mädchen riskieren"? „Ja, das werde ich und ich werde alles daran setzen, dass ihnen nichts passiert." „Lieber Direktor, wir haben ein neues Gefängnis, einen Raum neben dem „Mittelpunkt des Sternenzeltes". Nicht einmal Sie kennen den Ort und dort wird sie niemand finden. Irgendwie haben unsere bisherigen Gefangenen es immer wieder geschafft, uns zu entkommen. Vielleicht waren die Mädchen daran beteiligt, leider wissen wir es nicht. Das wird uns diesmal nicht passieren, denn niemand kann sie finden und das Schiff kommt schon in vier Tagen." Kurz darauf waren Geräusche wie von einem Kampf zu hören und nach weiteren 10 Minuten erklang die kleine Melodie, alle Personen hatten anscheinend die Hütte verlassen.

Nina und Caren sahen sich entsetzt an, schreckten denn die Leute von Wasilow vor nichts zurück und warum wollte man unbedingt sie und ihre Freundinnen haben? Lange überlegten die beiden und schließlich meinte Caren: „Lass uns zur Felsenhöhle mit den Monitoren gehen, wir müssen unbedingt verhindern, dass das große Raumschiff hier bei uns andocken kann und danach suchen wir den „Mittelpunkt des Sternenzeltes".

Paps Hilfe

Schnell verließen sie die Hütte und rannten zur Felsenhöhle. Nach längerem Zögern trauten sie sich hinein. Hier schien alles unberührt, bis auf zwei waren alle Monitore in Betrieb und zeigten verschiedene Bilder. Aber wie sollten sie die Andockstelle und den „Mittelpunkt" finden? Wieder und wieder gingen sie die Aufzeichnungen über versteckte Räume und Andockplätze durch. Schließlich versuchten sie, die restlichen zwei Monitore anzuschalten und jetzt hatten sie mehr Glück, auf einem Monitor war das Bild eines Raumes zu sehen, den sie noch nie gesehen hatten. In diesem Raum unterhielten sich zwei Männer, einer war ihr neuer Französischlehrer und den anderen kannten sie nicht. „Ist das nicht übertrieben, so einen Aufwand nur wegen der sechs Mädchen, die finden doch die neue Startbahn für das große Raumschiff sowieso nicht. Ja, wenn sie wüssten, dass sie den Platz im Horrorpark kennen, aber wie sollten sie und außerdem gibt es neue Passwörter, wobei ich das eine für völlig verrückt halte." „Wie heißt es denn?", wollte der andere wissen. „Ach, das finden die nie heraus, denn auch ihre Väter kennen es nicht. Wir haben uns den Spaß gemacht und jetzt halte dich fest, das neue Passwort für die Start – und Landebahn heißt „Ninacaren"." „Das finden sie wirklich nicht heraus", lachte der Französischlehrer, „manchmal liegt das Gute so nah." Nina und Caren sahen sich an und grinsten. Schnell richteten sie alles wieder so her, dass niemand von ihrer Anwesenheit etwas ahnen konnte und verließen die Felsenhöhle. In der Schule angekommen holten sie ihren Laptop und zogen sich auf ihre Wiese zurück. Dort mailten sie Paps an und berichteten von der neuesten Entwicklung. Gleichzeitig baten sie um Hilfe, sie mussten irgendwie die Start – und Landebahn unbrauchbar machen. Die Antwort von Paps ließ lange auf sich warten, endlich war sie da:

Sucht die Start – und Landebahn, den Ort kennt ihr ja

anscheinend, geht vorsichtig hinein und seht, was auf den Monitoren steht, aber eigentlich müsstet ihr mit „always 731" in das Programm kommen. Dann gebt den Code „Endzeit 2010" und eine Minutenzahl in jeden Computer ein. Danach verlasst schleunigst den Ort denn nach der von euch eingegebenen Minutenzahl wird die Start – und Landebahn durch eine Explosion zerstört werden, wir wissen wo und wie viel Sprengstoff dort gelagert ist und können ihn über die Computer aktivieren. Wer zu dieser Zeit dort ist, für den gibt es keine Rettung mehr, also allergrößte Gefahr. Es gibt aber noch eine zweite, elegantere Lösung, eine Landung unmöglich zu machen. Zuerst müsst ihr mich anmailen. Dann gebt ihr statt einer Minutenzahl ein „Gesperrt für alle Raumschiffe von Wasilow" Ich bereite für euch etwas vor, das wird aber ungefähr 30 Minuten dauern. Auf dem Monitor wird dann so eine Art Fenster aufgehen, da hinein drückt jede von euch den Daumenabdruck der rechten Hand. Danach schreibt ihr „Ende, danke" Jetzt kann niemand außer euch zweien und nur gemeinsam die Schotten oder wenn ihr wieder draußen seid die Außentüren öffnen, also kann auch niemand landen. In diesem Fall müsste das Raumschiff unverrichteterdinge zurückfliegen.
Ihr werdet es schaffen, ich umarme euch, Paps

Nina und Caren sahen sich an: „Gut, dass wir Paps haben, ohne ihn wären wir verloren.

Schnell brachten sie den Laptop zurück in ihren Schlafraum, dann hatte Caren eine Idee: „Komm mit, wir besuchen Dieter, den Ingenieur, vielleicht kann der uns bei der Suche nach dem „Mittelpunkt des Sternenzeltes" helfen", und da Sonntag war, mussten sie noch nicht einmal die Schule schwänzen. Sie unterrichteten noch hastig ihre Freundinnen von der neuen Gefahr und baten sie, ganz besonders vorsichtig zu sein, dann waren sie verschwunden.

Auch diesmal wurden sie nicht aufgehalten, obwohl das Betreten dieses Traktes für Schüler verboten war. Einige Männer und

Frauen die dort unterwegs waren, winkten ihnen freundlich zu, sie hatten nicht vergessen, wem sie ihre damalige Rettung zu verdanken hatten.

Schließlich sahen sie Dieter, der ein hitziges Gespräch mit einem Mann führte, den sie nur von hinten sahen. Als Dieter sie sah, gab er ihnen mit einer schnellen Handbewegung zu verstehen, dass sie sich nicht zeigen sollten, und die beiden Mädchen reagierten sofort und duckten sich hinter einen Stapel von Kunststoffteilen. Kurze Zeit später kam der Fremde an ihnen vorbei, sie hatten ihn noch nie gesehen. Jetzt winkte Dieter ihnen freundlich zu und sie konnten ihn begrüßen. „Wer war das denn"?, erkundigte sich Nina. „Ach, der will hier das große Wort führen, ständig beschwert er sich über irgendetwas. Aber was kann ich diesmal für euch tun, doch nicht schon wieder eine Weltraumtour"? „Nein, nein, das nicht, aber wir brauchen trotzdem deine Hilfe. Im Inneren des Sternenzeltes soll es so eine Art „Mittelpunkt" geben. Diesen Raum müssen wir dringend finden." „Hm, ihr meint sicher den wichtigsten Raum im ganzen Sternenzelt. Darin ist die Steuerzentrale für Atemluft, Schwerkraft und Wasser. Natürlich weiß ich, wo er liegt, aber was wollt ihr dort"? „Daneben muss es einen weiteren Raum geben und der ist zu einem Gefängnis umgebaut worden, den suchen wir." O.k., ich glaube euch, wartet einen Moment, ich suche die passende Karte heraus." Kurze Zeit später war er wieder zurück. Nina und Caren sahen eine Karte auf einem Stück Papier. Hier waren rote, grüne, gelbe und lilafarbene Wege gekennzeichnet. Dieter erklärte: „Ihr seid jetzt hier"; und dabei machte er ein kleines Kreuz , „von hier führen verschiedene Wege zum Ziel, der rote ist der nächste, ich glaube aber, der wird irgendwie bewacht. Auch der grüne und der gelbe sind geschützt, ihr könnt nur den lilafarbenen benutzen, der ist, soweit ich weiß, nicht geschützt, aber auch der weiteste. Ich will gar nicht fragen, wieso ihr dorthin müsst, aber seid vorsichtig und gebt die Karte nicht aus der Hand, denn wenn ihr sie verliert, nicht auszudenken, nur ich kenne den Plan, sonst keiner."

Nina und Caren versprachen es, dann verabschiedeten sie sich und verließen aúf schnellstem Wege die für Schüler verbotenen Räume.

Inzwischen war es Abend geworden. Sollten sie heute noch versuchen, die Landebahn zu finden? „Was du heute kannst besorgen", begann Caren... „Ja, du hast Recht", antwortete Nina, „aber lass uns wenigstens noch zu Abend essen."

Danach verzogen sie sich in ihren Schlafraum und schrieben sich alle Vorschläge von Paps gewissenhaft auf. Bewaffnet mit Laptop, Kompass, Taschenlampe, den Brillen, um versteckte Strahlen zu sehen und einem kleinen Messer machten sie sich leise auf den Weg. Fast am Horrorpark angekommen rief Nina die Nummer 4689 an und befahl dem Roboter, der davor Wache stand, „lass zwei Mädchen in den Park, mache davon keine Meldung"! Als sie zum Tor kamen, rührte sich der Roboter nicht und sie konnten den Park unbehelligt betreten.

Was hatten die beiden Männer zum Standort gesagt... „die kennen den Ort", also musste es der gleiche sein, wie der von der ersten, der zerstörten Start – und Landebahn. Den Weg dorthin kannten sie, die Schwierigkeit würde sein, den Eingang zu finden. Am Ort angekommen begannen sie zu suchen, konnten aber nichts entdecken. Doch dann hatte Caren eine Idee. Sie nahm den kleinen goldenen Schlüssel heraus, legte ihn auf ihre Handfläche und dachte: „Schlüssel, such das passende Schlüsselloch", und plötzlich, wie von Geisterhand, flog der Schlüssel langsam durch die Luft. Immer weiter und weiter und Nina und Caren folgten ihm vorsichtig. In fast 50 m Entfernung flog der Schlüssel auf einen kleinen Felsen zu und blieb zum Erstaunen der beiden Mädchen in der Luft stehen. Caren nahm ihn wieder an sich und beide untersuchten den Felsen genauer. Tatsächlich gab es hier ein dreieckiges Schlüsselloch und der Schlüssel passte hinein. „Hier hätten wir sicher nicht gesucht, da haben uns Lu und La toll geholfen", bemerkte Nina. Caren drehte den Schlüssel um, die ihnen bekannte Melodie ertönte und der Felsen bewegte sich ein wenig zur Seite. Es erschien ein kleiner

Monitor und darauf der Befehl „Passwort eingeben". Schnell tippte Nina ein „Ninacaren" und auf dem Monitor erschien der Satz „Die Tür öffnet sich für 2 Minuten". Nina und Caren sahen sich entsetzt an, es gab keine Tür. Caren zog den Schlüssel ab und rief: „Los zurück dorthin, wo mal der Eingang war"! Beide rannten los und schon von weitem sahen sie an einem anderen Felsen, dort, wo sie vorher gesucht hatten, eine offene Tür. Atemlos schlüpften sie hindurch und kurze Zeit später hatte sich die Tür geschlossen. Im Gang dahinter waren plötzlich Lichter aufgeflammt. Caren untersuchte vorsichtshalber die Tür nach draußen und hatte schon bald das passende Schlüsselloch gefunden.

Beide setzten die Brillen auf, aber anscheinend hatte niemand damit gerechnet, dass jemand die versteckte Start – und Landebahn finden könnte. Der Gang war nur etwa 15 m lang und mündete in einen fast quadratischen Raum. An der rechten Seite gab es eine Holzwand, so etwas hatten die beiden schon bei der ersten Landebahn gesehen. Ohne Probleme konnten sie diese Wand zur Seite schieben. Dahinter standen drei Computer mit ihren Monitoren. Aber zuerst mailten sie an Paps"

Hi, Paps, wir sind jetzt im Inneren der Start – und Landebahn, hilf uns bitte.

Dann schalteten sie die Monitore an. Dort erschien jetzt auf jedem Monitor der Befehl „Passwort eingeben". Nina gab „always 731" ein und auf den Bildschirmen war jetzt zu lesen „Guten Tag, Swasi, was kann ich für dich tun"? Nina gab den Code ein „Endzeit 2010". Sofort leuchtete auf allen drei Bildschirmen auf: „In Bereitschaft" Wenn Paps alles vorbereitet hatte, mussten sie nur noch eine halbe Stunde warten. Endlich ging zu ihrer Freude auf jedem Monitor eine Art Fenster auf - Paps hatte gute Arbeit geleistet. Nina tippte ein: „Gesperrt für alle Raumschiffe von Wasilow". Auf dem Bildschirm erschien: „Willst du das wirklich"? Nina tippte ein: „Ja". Dann drückten beide ihren rechten Daumen jeweils auf die Stelle auf dem Monitor. Sofort danach waren die Fenster wieder verschwunden und Nina schrieb: „Ende, danke" Kurze Zeit danach waren alle drei Bildschirme dunkel und die beiden zogen die Wand wieder vor.

„Jetzt nichts wie raus!" befahl Caren und beide spurteten zum Ausgang.

Ohne Schwierigkeiten kamen sie nach draußen und rannten zu der Stelle, wo sie den goldenen Schlüssel eingesetzt hatten. Caren steckte ihn ins Schlüsselloch und drehte ihn um. Noch immer war der Felsen etwas zur Seite gerückt. Nina tippte auch hier ein: „Ende, danke", das Felsenstück rutschte auf seine alte Stelle zurück und nichts erinnerte mehr an einen Monitor oder ein Schlüsselloch. Natürlich hätten die zwei gern die Gesichter der Leute gesehen, wenn alle Bemühungen zum Öffnen der Tür umsonst waren, aber das ging natürlich nicht und so kehrten sie zufrieden mit sich zur Schule zurück. Dort war inzwischen zum Glück nichts passiert. Sie setzten sich mit ihren Freundinnen zusammen und berichteten von der letzten Entwicklung. Dann beschlossen sie: „Wir bleiben für die nächsten Tage zusammen, wenn jemand versucht, uns zu kidnappen, dann bekommt er es mit uns allen zu tun. In vier Tagen soll das Raumschiff andocken, bis dahin müssen wir besonders auf der Hut sein."

Der Mittelpunkt des Sternenzeltes

Trotzdem mussten bestimmte Dinge erledigt werden und so kam es, dass die sechs am nächsten Abend gemeinsam zur Hütte gingen, vielleicht waren neue Funksprüche eingegangen.

Die Tür öffnete sich, während die kleine Melodie erklang. In der Hütte war niemand und so sahen sich Nina und Caren nach neuen Funksprüchen um. Nachdem sie „always 731" eingegeben hatten, konnten sie die Funksprüche lesen, es waren zwei:

„Treffen Donnerstag gegen 22.00 Uhr ein, bereitet alles vor." und „Schafft die sechs am Mittwoch in den bekannten Raum, passt auf, dass sie euch diesmal nicht entkommen, setzt A 1 – A 6 dabei ein."

Caren überlegte: „Waren das wieder fremde Roboter?

Da es sonst nichts Neues gab, verließen die sechs die Hütte wieder. „Lasst uns zu Pierre und Carina gehen", schlug Carmen vor und alle waren einverstanden. Freudig wurden sie von den Zottis begrüßt und noch jemand war da und schien sich mit den Hunden zu verstehen, Cindy, ihre Katze. „Die ist schon ein paar Tage hier und mit den Zottis unterwegs. Eigentlich sollen sich ja Hund und Katze nicht gut vertragen, aber hier ist das anders, Cindy hat wohl Anschluss gesucht. Wenn sie hier bleiben will, kann sie das ruhig, uns stört sie nicht." Und so kam es, dass Cindy nur noch selten bei den Kindern in der Schule auftauchte, Katzen haben eben ihren eigenen Kopf.

Die Kinder erzählten von den neuen Gefahren, die aufgetaucht waren und Pierre meinte: „ Den Raum, den ihr als „Mittelpunkt des Sternenzeltes" bezeichnet habt, kenne ich auch und ich weiß sogar den Weg dorthin. Ihr hättet mich ruhig mal fragen können."

Da er ein wenig beleidigt zu sein schien, versicherte ihm Nina: „Tut uns leid, beim nächsten Mal kommen wir sofort zu dir."

Obwohl alle sechs zusammen bleiben wollten, hatten Caren und Nina noch andere Pläne sie mussten unbedingt den „Mittelpunkt des Sternenzeltes" und das vorbereitete „Gefängniszimmer" finden. Deshalb zogen sie allein, trotz aller Einwände der Freundinnen, am nächsten Tag nach dem Abendessen los. Sie trösteten sich und die anderen damit, dass es erst übermorgen ernst werden könnte. Mit ihren Hilfsmitteln- Laptop, Kompass, Brillen und Taschenlampen – wollten sie losziehen, Caren bestand aber darauf, auch das Buch von Wang – Ho für alle Fälle mitzunehmen. Vorher sahen sie sich den lilafarbenen Weg, den sie einschlagen wollten, genau an. Er begann zwar im „ für Schüler verbotenen Teil" der Schule, bog aber kurz danach ab, dort musste eine Tür zu einem Gang sein. Ungehindert kamen sie an die von ihnen gesuchte Stelle, aber hier gab es keinen Eingang und schon gar keine Tür, ein Weiterkommen schien unmöglich. Verzweifelt beratschlagten sie, was zu tun war. Da machten sich ihre Steine plötzlich bemerkbar, sie wurden sehr heiß. Beide nahmen sie aus den Hosentaschen. Im Stein war ein kleiner enger Gang zu sehen und ein Pfeil zeigte nach rückwärts. Sie kehrten um und gingen langsam zurück, dabei beobachteten sie die Steine. Nach etwa 40 m waren auf den Steinen wie aus dem Nichts zwei kleine gekreuzte Balken zu sehen. Beide hielten an und sahen sich um. Aber auch jetzt war nichts zu sehen und so schlichen beide an jeweils einer Wand weiter. Doch die Kreuze wurden jetzt schwächer, die Richtung konnte nicht stimmen. Also kehrten sie wieder um und begannen erneut an der Stelle zu suchen, an der die Kreuze besonders klar waren und plötzlich bemerkten sie eine rötliche Verfärbung in Form eines Quadrates an der einen unteren Wandseite und als sie dieses Stück Wand abklopften, klang es irgendwie hohl. Zentimeter um Zentimeter tasteten sie dieses rötliche Quadrat ab und endlich fanden sie rechts unten eine kleine Erhöhung und als sie hier drückten, öffnete sich mit leisem Quietschen eine in die Wand eingefügte Tür nach innen. In dem stockdunklen Gang dahinter roch es moderig. „ Hier war seit Jahren keiner mehr", meinte Caren. Zögernd traten sie ein. Es erstaunte sie nicht, dass sich die Tür hinter ihnen wieder schloss. Mit ihren Taschenlampen leuchtend folgten sie dem Gang, der nur etwa 1m breit war und sich nach

139

unten schlängelte.

Aus Vorsicht setzten sie ihre Brillen auf, aber hier gab es keine Sicherungen, sie waren unnötig. Immer weiter folgten sie dem dunklen Gang und ständig ging es weiter abwärts. Nach ca. 15 Minuten standen sie wieder vor einer Wand, hier war der Gang zu Ende. „Es muss hier irgendwo weiter gehen, die Steine hätten uns sicher nicht geholfen, wenn hier nichts wäre." Lange suchten sie mit Hilfe der Taschenlampen die Wand ab, vielleicht gab es auch hier ein Quadrat und tatsächlich fanden sie eines. Es hatte keine Farbe mehr, die war wohl im Laufe der Zeit abgeblättert und auch hier gab es eine kleine Erhöhung. Da von der anderen Seite nichts zu hören war, drückte Nina auf diese Erhöhung. Mit leisem Quietschen öffnete sich ebenfalls eine unsichtbare Tür nach innen. Atemlos blieben beide stehen, aber draußen war nichts zu hören und dunkel war es auch. Vorsichtig verließen sie den Gang, aber sie standen nicht, wie angenommen, in einem breiteren Gang, sondern in einem rechteckigen Raum, vielleicht 3 x 4 m groß. Der Raum sah kahl aus, an den Wänden befanden sich noch Reste von roter Farbe. Einziges Mobilar waren ein alter wurmstichiger Schreibtisch und ein Bürostuhl. Auf dem Schreibtisch stand ein älterer Computer mit einem sehr kleinen Monitor, überhaupt sah alles alt und irgendwie beinahe weggeworfen aus. Ob hier überhaupt noch jemand arbeitete? Nina und Caren konnte das nur recht sein. Zuerst stellten sie den Computer an und sofort tauchte wieder auf: „Passwort eingeben", an das System angeschlossen war er also. „Versuchen wir es mit unserer Geheimwaffe." Nina gab „always 731" und sofort erschien der Satz: „Guten Tag, Swasi, was kann ich für dich tun?" Nina tippte ein: „Zeig mir die Karte von diesem Zimmer und den Räumen der Umgebung!" Im Nu erschien auf dem kleinen Bildschirm eine Karte, wobei die Stelle, an der sie sich befanden, mit einem Kreuz gekennzeichnet war. Unmittelbar daneben gab es drei weitere Räume, zwei etwa gleich groß, der dritte bestimmt fünfmal so groß. Er war als Kommandozentrale ausgewiesen, sollte das etwa der „Mittelpunkt des Sternenzeltes" sein von dem aus alles gesteuert wurde? Natürlich beschlossen die zwei: „Das Heiligtum sehen wir uns an." Eigenartig war nur, dass sich weit und breit kein Mensch hier aufhielt, irgendjemand musste doch verantwortlich sein, solch ein Raum konnte nicht unbewacht sein. Nachdem Nina: „Danke, Ende" eingetippt hatte und der Bildschirm wieder dunkel war, öffneten sie zögernd und ein wenig ängstlich einen Spalt der Tür. Draußen schien alles ruhig zu sein. Sie setzten ihre Brillen auf und sahen gerade noch rechtzeitig eine Lichtschranke vor einer Tür an der rechten Seite, und plötzlich verstand Caren: „Mensch, was für ein Glück, wir sind im Inneren eines gesicherten Komplexes herausgekommen, von dem Geheimgang scheint niemand etwas zu ahnen." „Du hast Recht, wir sind drin und keiner kann uns stören, es sei denn, er kommt herein." Aufatmend inspizierten sie die drei Zimmer. Eines sollte wohl ihr Gefängnis werden. Es war verschlossen, aber ein kleiner Schlüssel steckte im Schlüsselloch. In dem Raum standen ein Tisch, vier Stühle und eine Bank. Außerdem gab es mehrere Luftmatratzen, die noch aufgeblasen werden mussten, und einen Stapel Decken – nicht gerade komfortabel. Schnell verließen sie das Zimmer und wandten sich dem größten Raum zu. Er war nicht besonders gesichert, nun ja, abgeschlossen schon, aber auch hier steckte ein Schlüssel von außen. Vorsichtig drehten sie ihn um und öffneten die Tür, es war ein Raum vollgestopft mit Maschinen, die sie natürlich nicht kannten. Offensichtlich hatten sie das Herz des Sternenzeltes gefunden. Hier konnten sie nichts weiter machen und so beschlossen sie, sich den letzten Raum anzusehen. Leider kamen sie nicht mehr dazu, denn der mit Strahlen abgeschirmten Tür näherten sich von der anderen Seite dumpfe Schritte, gleich musste sie aufspringen. Sie liefen hastig zu ihrem Gang zurück, denn das Aufschließen und die Besichtigung des letzten Raumes hätte zu lange gedauert. Beide rannten zurück und huschten in das erste, kahle Zimmer, in dem der Gang so unvermittelt geendet hatte. Nina spurtete sofort weiter und suchte fieberhaft das Quadrat und die kleine Erhöhung zum Öffnen der Tür. Als sie sie endlich gefunden und gedrückt hatte, ging die Tür, nach endlos scheinenden Sekunden, mit leisem Quietschen nach innen auf. Caren winkte ihr hastig zu, sie solle noch ein wenig warten, und so stellte sich Nina in die Tür, damit sie nicht zugehen konnte, und Caren presste ihr Ohr an die andere Tür und lauschte. Auf der anderen Seite waren Geräusche zu hören und dann eine männliche Stimme: „So ein Blödsinn mit der Lichtschranke, an uns kommt doch sowieso keiner vorbei." „Lass man gut sein, machen wir unseren Rundgang. Das Zimmer für die Mädchen ist doch fertig?" „Natürlich, heute Abend kann es losgehen oder spätestens morgen." Caren hatte genug gehört, man sollte sein Glück nicht überfordern, und so verschwanden beide Mädchen wieder in dem dunklen, modrigen Gang. Als sich die Tür hinter ihnen geschlossen hatte, machten sie sich auf den Heimweg. Schweigend gingen sie nebeneinander her, jeder in Gedanken versunken, und bald waren sie am anderen Ende des Ganges angelangt. Nachdem sie die Tür vorsichtig geöffnet hatten – niemand war in Sicht – huschten sie schnell durch die anderen Gänge und waren endlich bei ihren Freundinnen angekommen. Die hatten sie schon ungeduldig erwartet und als sie hörten, dass ihre Gefangennahme schon heute Abend oder spätestens morgen erfolgen sollte, waren sie ziemlich geschockt. „Was machen wir jetzt?", wollte Carmen wissen. „Da es heute schon spät ist und wir hier in unserem Zimmer sind, wird wohl kaum noch etwas passieren. Wir stellen am besten einen Stuhl mit der Lehne unter die Türklinke, dann kann keiner hinein und morgen bleiben wir den ganzen Tag zusammen, dann haben die es mit uns allen zu tun." „Was meinen die damit, setzt A 1 – A 6 ein, was soll das sein?" „Wir hatten schon mal etwas mit Robotern zu tun, die genauso aussahen wie unsere Roboter, die immer das Essen bringen, aber die hatten vorn keine Nummer, sondern ein großes A. Diese Roboter verhielten sich eigenartig, ja richtig feindlich uns gegenüber. Einen dieser Roboter konnten wir abstellen, wir haben die Anschlüsse zur Batterie gekappt und ihn in einen separaten Raum gebracht, da müsste er noch stehen. Doch genug, lasst uns schlafen gehen."

Angriff der fremden Roboter

Am nächsten Tag war ganz normaler Unterricht. Zum Glück hatten die sechs nur Fächer, die sie gemeinsam besuchten. Natürlich waren sie ausgesprochen nervös und strahlten wohl auch diese Nervosität aus und so waren sie meist allein, andere Kinder setzten sich bald von ihnen ab.

Am Abendbrottisch saßen die sechs schweigend und in Gedanken versunken. Als alle schon gegangen waren, blieben sie noch immer sitzen, denn sie glaubten, hier im Speisesaal wären sie sicher. Doch plötzlich sprang eine der Türen auf und sechs Roboter kamen herein. Sie hatten vorn auf der Brust ein großes A und eine Nummer. Die sechs sahen sich unsicher an. Schnell ergriff Caren die Initiative und rief: „Carmen und Maria, ihr tragt bitte den Tisch dort hinten durch die andere Tür in den Gang. Dort kippt ihr ihn um, so dass die Tischplatte nach vorn zeigt und die Beine zu euch. Der Tisch müsste ungefähr so breit wie der Gang sein. Wir teilen uns und laufen so durch den Raum, dass die Roboter sich auch aufteilen müssen. Auf mein Signal spurten wir alle durch die vordere Tür nach draußen, rennen zu Carmen und Maria, springen über den Tisch und nehmen dahinter Aufstellung. Wir heben den Tisch an den Beinen an und gehen damit auf die Roboter los. Eigentlich müssten wir sie damit wegdrängen können." Da keiner eine bessere Idee hatte, wurde es so gemacht. Carmen und Maria rannten zum hinteren Eingang, nahmen den Tisch und brachten ihn in den Flur. Dort kippten sie ihn um und warteten auf die anderen. Der Tisch war tatsächlich so breit, dass rechts und links nur jeweils etwa 20 cm Spielraum zur Wand blieb. Im Speisesaal verteilten sich die vier Mädchen und notgedrungen mussten die Roboter sich auch aufteilen. Jede von den Mädchen schaffte es, dass zumindest immer ein Tisch zwischen ihnen und den Robotern stand. Dann rief Caren: „Achtung, jetzt!" und die vier rannten auf verschiedenen Wegen zum vorderen Eingang. Nina war die letzte und machte noch schnell die Tür zu. Dann flitzten alle zu dem Tisch und sprangen hinüber. Nun fassten sie die Tischbeine und hoben den Tisch gleichmäßig an. Schon kurze Zeit später standen die Roboter vor der Tischplatte. Die Mädchen drückten mit aller Kraft, aber es war wohl eine „Patt –Situation", weder konnten die Mädchen die Roboter zurückdrängen, noch die Roboter die Mädchen. Plötzlich, nachdem es hinter der Barrikade kurze Zeit vollkommen ruhig gewesen war, nahmen zwei der Roboter Anlauf und wollten über den Tisch springen. „Nina, jetzt!" schrie Caren. Beide hatten sich gedanklich kurz verständigt und setzten ihre neuen Kräfte ein. Der Tisch bewegte sich nach oben, wobei die anderen Mädchen vor Schreck losließen. Die Roboter konnten ihre Bewegung nicht mehr abbremsen, knallten mit voller Wucht gegen die Tischplatte und fielen rücklings auf die anderen vier Roboter. Es gab ein heilloses Durcheinander und alle Roboter lagen auf dem Boden. „Tempo!" schrie Nina und duckte sich unter dem Tisch durch, der noch immer in halber Höhe verharrte. Auch die anderen flitzten hinterher und da sie wussten, wo man einen Roboter abstellen konnte, waren diese schnell außer Gefecht gesetzt. Das reichte Caren aber noch nicht. „Los, öffnet vorn die Klappe und trennt die Verbindungen." Sie waren alle wirklich gut und nach kurzer Zeit war die Gefahr gebannt. Gemeinsam schafften sie die Roboter in den Raum, wo schon der eine Roboter stand. „Weiß der Himmel, bei meinem brennt noch ein rotes Licht auf der Brust!" schrie Beatrice plötzlich. Die Mädchen drehten sich um, Caren und Nina sprangen zu dem Roboter und rissen noch einmal das Fach vorn auf. „Da ist noch eine Verbindung, die haben wir übersehen." Blitzschnell hatte Nina die Verbindung gelöst und das rote Licht erlosch. „Puh, was machen wir jetzt? Sicher wissen die Leute, die die Roboter geschickt haben, wo sie sind." Caren hatte schon ihr Handy in der Hand und wählte die Nummer für das Haus, dann 21, 22, 23, 24, 25, 26 und gab den Befehl: „Kommt zum Speisesaal!" Als sie sich   zu ihren Freundinnen umsahen bemerkten sie, dass der Tisch noch immer in der Luft schwebte

144

und die anderen ihn gebannt anstarrten. Doch Nina und Caren holten ihn schnell wieder auf den Boden zurück. Natürlich wollten die anderen wissen; „Wie habt ihr das gemacht?" Aber Nina und Caren sagten nur; „Das haben wir mal irgendwo gelernt."

Jetzt bogen die sechs kleinen Roboter um die Ecke zum Speisesaal und Nina befahl: „Jeder von euch nimmt einen Roboter und folgt mir." Die Roboter griffen sich je eine „Blechbüchse" und folgten Nina, die sie in den Raum führte, in dem sie mal nach einer geheimen Tür gesucht hatten. „Stellt sie dort in die Ecke!" befahl sie, „ und dann geht dorthin zurück, wo ihr hergekommen seid!" Die kleinen Roboter stellten ihre Last in die Ecke und verließen den Raum. Caren schnappte sich den Roboter, den sie schon früher in einen Raum geschafft hatten und brachte ihn zu den anderen. Die Freundinnen waren der Prozession schweigend gefolgt. „Hier findet die keiner."

Hinterher waren alle stolz, dass sie den feigen Angriff abgewehrt hatten, aber wieso verstießen diese Roboter gegen das erste Gesetz, den Menschen niemals Schaden zuzufügen? Doch darauf wussten selbst Nina und Caren keine Antwort.

Wahrscheinlich hatten sie für heute und für die nächste Zeit Ruhe vor weiteren Angriffen und so verschwanden die sechs gut gelaunt in ihrem Schlafraum.

Am nächsten Morgen erschien allen die Sache vom Abend zuvor wie ein böser Traum.

Der erste Disco – Abend

Noch vor dem Frühstück besuchten Nina und Caren die Hütte im Wald, es mussten doch Funksprüche da sein. An der Hütte blieb alles ruhig und so öffnete Caren vorsichtig die Tür. Innen sah es aus wie immer, aber es waren Funksprüche gekommen und nach der Eingabe von „always 731" konnten sie sie lesen:
„Was war los, wir konnten gestern nicht landen, die Landebahn blieb verschlossen! Wasilow ist sehr ungehalten!" und
„Falls ihr die Mädchen noch nicht habt, blast die Sache ab, sorgt erst dafür, dass wir landen können. Vielleicht war der Zeitpunkt auch schlecht gewählt, also bis auf Weiteres keine Aktivitäten."
Sie druckten die Funksprüche aus und beseitigten alle Spuren ihrer Anwesenheit. „Lass uns durch den Geheimgang zurückgehen", sagte Caren, „wir müssen uns beeilen, die anderen frühstücken schon." Gerade waren sie im Schrank verschwunden, als die kleine Melodie neue Besucher ankündigte. Nina und Caren lugten durch den Spalt an der Schranktür. Es waren Pedro mit dem Pferdeschwanz und Ihr Französischlehrer. Ohne zu Reden holten sie die Funksprüche herein.
„Da haben wir ja noch mal Glück gehabt. Gut, dass Wasilow die Geschichte mit den verschwundenen Robotern nicht kennt."
„Und dabei soll es auch bleiben", fiel Pedro dem anderen ins Wort. „Wo können diese verflixten Dinger nur geblieben sein? Leider hatte nur der eine die Möglichkeit eine Positionsmeldung abzuschicken, alle anderen besaßen diese Einrichtung nicht und die Verbindung brach sofort ab."
Kurz darauf verließen die beiden Männer die Hütte und auch Nina und Caren liefen schnell in dem Gang zur Schule zurück. Da niemand im Aufenthaltsraum war, manipulierten sie noch schnell die Kamera, denn noch immer war der Gegenseite die Existenz des Geheimganges unbekannt, und rannten dann zum Speisesaal. „Kommt ihr auch noch mal?" wollten ihre Freundinnen wissen, aber dabei blieb es auch.

Samstag war für Schüler, die es lernen wollten, ein Tanzkurs angeboten worden und alle dachten, es wären höchstens 20 Kinder da.

Aber viele hatten bemerkt, dass sie eigentlich nicht tanzen konnten und so waren ca. 50 – 60 Kinder erschienen, fast alles nur ältere Schüler. Eine ganze Reihe von ihnen fühlte sich nicht so wohl, aber als die Musik einsetzte, ging es besser. Carina Mantolini hatte Pierre überredet, mit ihr diesen Kurs zu leiten. Zuerst mussten Grundschritte geübt werden – Disco-Fox – Carina und Pierre tanzten vor, dann stellten sich die Paare gegenüber und los ging es. Nina mit Hernando und Caren mit Juan stellten sofort fest, dass sie ausgezeichnet miteinander harmonierten. Tanz ist den Südamerikanern wohl mit in die Wiege gelegt worden und Nina und Caren konnten gut mithalten. Es klappte alles gut, bis zum Schluss öfter die Partner gewechselt werden mussten. Und auf einmal standen sich Nina und Robert und Caren und Julius aus Kanada gegenüber. Mit denen wollten Nina und Caren auf keinen Fall tanzen und den Jungen ging es wohl ähnlich. Aber drücken ging nicht und so tanzten die zwei Paare sehr, sehr auf Abstand bedacht und berührten sich nur mit äußerst spitzen Fingern. Starke Abneigung oder vielleicht Hass kann man nicht so schnell abstreifen. Trotzdem mussten alle vier im Geheimen anerkennen, die Partner tanzten wirklich nicht schlecht und so stellten die vier, sehr zu ihrem Erstaunen, fest, dass am Schluss des Tanzes der Abstand zwischen ihnen längst nicht mehr so groß war. wie vorher.

Irgendwann ging auch dieser Übungsabend zu Ende, wobei die letzten 20 Minuten freies Tanzen war. Nina und Hernando sowie Caren und Juan sahen sich verliebt an und alle dachten insgeheim, das könnte ewig so weiter gehen. Ein heimlicher Abschiedskuss – dann war endgültig Schluss. Alle waren sich einig, das war ein gelungener Abend.

Nina, Caren und ihre Freundinnen hatten für einige Zeit ihre Sorgen vergessen, beschwingt betraten sie ihren Aufenthaltsraum. Aber was war hier geschehen? Die Möbel, alles kreuz und quer im Zimmer verstreut und auch ihre Schlafräume waren durchwühlt worden. „Hoffentlich sind unsere Laptops noch da“, flüsterte Nina Caren zu und nach kurzer Zeit: „Gott sei Dank, bei mir ist noch alles vorhanden.“ Auch bei Caren war noch alles da, ihre Vorsichtsmaßnahmen bezüglich der Laptops hatten sich ausgezahlt. Dank Paps war niemand in ihr „Buch der Heimlichkeiten“ hineingekommen, denn es war mit einem Doppelcode geschützt. Man musste einen bestimmten Satz sagen und danach einen achtstelligen Zahlencode eingeben. Ninas Satz hieß „alles ist gut, so wie es ist“ und der von Caren „ich möchte vieles ändern“, ihre Zahlencodes, die sie unabhängig voneinander ausgewählt hatten, lauteten für beide 68321944. Das „Buch der Heimlichkeiten“ arbeitete so, wenn man es mit Gewalt öffnete, waren nur leere Blätter zu sehen. Als nun jede ihr „Buch der Heimlichkeiten“ aufmachte, war alles noch in Ordnung, auch ihr schmaler Laptop steckte noch darin. Aber wer hatte Ihre Räume verwüstet, und hatten die Einbrecher nach ihren Laptops gesucht? Die Kinder benachrichtigten Frau Süß, ihre verantwortliche Lehrerin, und die war entsetzt über das, was der oder die Unbekannten angerichtet hatten. Gemeinsam brachten alle die Sachen und die Räume wieder in Ordnung. Nina und Caren waren sich darüber klar, diese Aktion hatte ihnen gegolten.

Alte und neue Regeln für das Wusch – Spiel

Am Montag wurden alle zusammengerufen, die etwas über das neue „Wusch -Spiel" erfahren wollten. Die Neuen kannten das Spiel noch nicht, während es für die Älteren neue Spielregeln gab.
Herr Obel stand bereit und erklärte den neuen Schülern das Spiel und die Regeln genauer:
„ Diese Regeln gelten nur für unseren Neuen", bemerkte er noch einmal. „Jede Klasse stellt eine Mannschaft. Sie besteht aus fünf Spielern, einem Torwart, zwei Verteidigern, und zwei Angreifern, dazu kommen zwei Roboter. Alle, Menschen wie Roboter, fliegen in extra dafür umgebauten Einerschiffen, den sogenannten Wuschis. Die Roboter werden durch zwei Kinder von außen über Konsolen gesteuert und dürfen nur in der eigenen Spielfeldhälfte zur Verteidigung eingesetzt werden. Nähern sich zwei Raumschiffe auf 30 cm an, werden sie automatisch getrennt und fliegen auf ihre Ausgangspositionen zurück. Das Spielfeld ist 90 m x 40 m groß. Der Wusch, ein tennisballgroßes, frei schwebendes leuchtendes „Etwas" muss mit den Seitenflossen oder der Schwanzflosse geschlagen oder transportiert werden. Das Tor ist eine Kugel mit einem Durchmesser von 3 m. Sie ist auf einer Plattform befestigt, 50 Zentimeter über dem Boden und steht in jedem Spielfeld 20 m von der Auslinie in der Mitte, dort wo sonst ein Fußballtor steht. Der Wusch muss diese Kugel berühren. Dieses „Tor" zählt dann zwei Punkte. Da die Kugel frei steht, kann von allen Seiten ein „Tor" erzielt werden. Ein Torwart in einem kleinen Raumschiff versucht, den Wusch abzuwehren. Gespielt werden 2 x 15 Minuten, steht zu diesem Zeitpunkt die Partie unentschieden, wird sie um 2 x 5 Minuten verlängert. Hat sich am Unentschieden danach nichts geändert, bekommt jede Mannschaft zwei Wuschbälle, vergleichbar mit einem Elfmeter beim Fußball. Der Wusch wird auf den „Neunmeterpunkt" gelegt. Er kann mit der Schwanzflosse vom

149

Spieler auf die Torkugel geschossen werden oder er kann ihn mit den Seitenflossen treiben und darf die Kugel innerhalb von einer Minute dreimal umkreisen. Dabei dreht er sich in die Schussposition und schießt den Wusch mit der Schwanzflosse auf die Torkugel, wobei er die Entfernung wählen kann. Gibt es noch immer keinen Sieger, werden abwechselnd Wuschbälle geschossen, bis ein Sieger feststeht, ein Unentschieden gibt es in diesem Spiel nicht. Ach, noch eines, ein „Tor" aus einem Wuschball zählt nur einen Punkt. Jede Klasse wählt ihre Mannschaft selbst aus, nachdem einige Zeit trainiert worden ist. Die Siegermannschaft bekommt 50 Punkte, die zweite Mannschaft 30, die dritte 20 und die vierte und fünfte Mannschaft je 10 Punkte. Also auch die letzte Mannschaft bekommt noch 10 Punkte.

So, das wäre es für unsere Neuen, für die Älteren haben wir neue Regeln entwickelt.

Nina und Caren warteten ungeduldig auf diese neuen Regeln, sie waren im letzten Jahr Angreifer gewesen und wollten natürlich gern wieder auf dieser Position spielen.

„Und nun zu den neuen Regeln", begann Herr Obel, „wir haben die kleinen Raumschiffe umgebaut und hoffen, dass die Spiele noch spannender als im Vorjahr werden. In diesem Jahr dürft ihr nämlich die gegnerischen Schiffe rammen, d.h. ihr könnt eure Gegner zur Seite drücken. Dabei ist es egal, ob ihr den Wusch gerade treibt oder eurem Mitspieler freien Raum verschaffen wollt. Natürlich müsst ihr diese härtere Variante erst trainieren. Die Schiffe haben jetzt überall eine 20 cm breite Umrandung aus Kunststoff, eindrückbar bis zu einem gewissen Grad. Außerdem habt ihr unter dem Wuschi, dem kleinen Raumschiff, eine weitere drehbare Flosse, um den Wusch zu schlagen oder zu treiben. Dazu gibt es jetzt um die gegnerische Kugel, die ihr treffen müsst, einen Strafraum, mit einem Durchmesser von 11 m. Dieser Strafraum darf mit den Raumschiffen nicht durchflogen werden. Wenn ihr diesen Raum trotzdem durchfliegt, egal ob den gegnerischen oder den eigenen, wird der

Antrieb automatisch gestoppt und der Wuschi wird in eine Parkbox an der Seite abgestellt. Erst nach einer Minute in der Parkbox springt der Antrieb wieder an und ihr könnt wieder in das Geschehen eingreifen. Das zu den neuen Regeln, habt ihr noch Fragen dazu?"

„Was passiert", meldete sich Nina, „ wenn sich die Raumschiffe mit großer Kraft rammen"? „Wir haben eine Sicherung eingebaut, falls die Geschwindigkeit beim Rammen zu groß wird, schaltet der Antrieb automatisch einen Gang zurück." Weitere Wortmeldungen gab es nicht, alle mussten erst die neuen Regeln verdauen, und so war die Unterrichtung beendet.

„Ach ja, eins habe ich noch vergessen", bemerkte Herr Obel, „ der Turniersieger in eurer Altersstufe bekommt 150 Punkte, der zweite 100, der dritte 80, der vierte 60 und der letzte 20 Punkte. Außerdem haben wir uns noch etwas einfallen lassen, damit das Spiel noch intensiver wird, es gibt jetzt auch ein Unentschieden. Der Sieg bringt wie bisher zwei Punkte, ein Unentschieden einen. Dadurch fallen die nachträglichen Wusch – Bälle weg."

Am Montag der nächsten Woche begann das Training für die Wuschmeisterschaft. Die kleinen Raumschiffe sahen jetzt etwas bulliger aus. Zwar ähnelten sie noch immer einer Gurke, die sich nach hinten verjüngte, aber eigentlich waren die Schiffe hässlicher als im Jahr davor. Besonders die zusätzliche Flosse unterhalb des Schiffes gab ihm ein ungewohntes Aussehen und ob sie irgendwie nützlich sein sollte, wusste niemand zu sagen.

In den Schiffen waren jetzt besondere Anschnallgurte, damit niemand verletzt werden sollte. Gleichzeitig war der Innenraum mit weichem Schaumstoff ausgekleidet worden. Erste Rammversuche wurden gemacht und dabei stellte sich heraus, dass die Kinder durch die Bank zu vorsichtig waren. Schließlich meinte Nina zu Caren: „Komm, wir müssen heftiger zusammenstoßen." Sie nahmen größeren Anlauf und knallten zusammen, langsam bekamen sie Spaß an der Sache. Endlich wollten sie testen, wie sich die volle Geschwindigkeit auswirkte. Doch kurz vor dem Crash stoppte das Schiff fühlbar ab. Es kam zwar zum Zusammenstoß, der relativ heftig ausfiel, aber niemand wurde verletzt. Bei der Zusammenstellung der Mannschaft ergab sich, dass sie gegenüber dem Vorjahr unverändert blieb. Zur Mannschaft gehörten weiterhin Nina und Caren als Angreifer, Carmen und Urs als Verteidiger, Anthony blieb Torwart. Außerdem steuerten William und Catherine die Verteidigungsroboter von außen. Beatrice und Svenja standen wie im letzten Jahr als Ersatz zur Verfügung, dazu kamen noch Gina und Till, falls William oder Catherine für die Verteidigungsroboter ausfallen sollten.

Trainiert wurde jetzt einmal die Woche und sofort zeigte sich, dass man keine Angst vor einem Crash haben durfte, sonst war die Partie von vornherein verloren. Die Devise musste lauten: Augen zu und durch!!!

Von Woche zu Woche wurden Nina und Caren sicherer in den neuen Wuschis. Mehrere Wochen probierten sie den Einsatz der neuen unteren Flosse. Da sie beweglich nach allen Seiten war, konnte man auch den Wusch im rechten Winkel zur Seite spielen, eine neue Variante für das Spiel.

Eifersucht

„Wir sollten uns mehr um Julie und Sevilley kümmern, wir haben es versprochen", sagte Nina an einem der nächsten Tage. „Vielleicht kommen sie in ihre Wusch-Mannschaft und wir können ihnen ein paar Tipps geben. Als sie die beiden beim nächsten Mal sahen, sprachen sie sie darauf an und erlebten eine Überraschung. Während Julie meinte: „Das wäre klasse" maulte Sevilley:„ Lasst uns bloß zufrieden, wir brauchen euch nicht, sonst kümmert ihr euch ja auch nicht um uns." „Das stimmt doch gar nicht", warf Caren ein, „ihr habt nur meistens anderen Unterricht als wir. Außerdem wollten wir mal wieder eine Fete bei uns machen, habt ihr Lust"? „Ich schon", erwiderte Julie, „aber Sevilley wohl nicht. Sie ist in einer Clique mit der ich nichts anfangen kann. Aber sie muss wissen, was sie macht. Ich komme jedenfalls gern zu eurer Fete." Damit trennten sich die vier und Nina und Caren beschlossen, diese Clique mal unter die Lupe zu nehmen.
Da die Abschlussarbeiten vor Weihnachten nahten, musste wieder mehr gepaukt werden. Trotzdem liefen die Tanzkurse und die Tanzabende alle 14 Tage weiter und hier gab es den ersten Krach zwischen Nina, Caren und ihren Freunden Hernando und Juan. An einem Tanzabend standen plötzlich Robert und Julian vor ihnen und forderten sie zum Tanzen auf. Beide wollten nicht unhöflich sein und so tanzten die vier, allerdings ohne sich anzusehen. „Du tanzt wirklich gut", flüsterte Robert auf einmal. Nina wurde ein wenig rot und erwiderte: „Du tanzt auch nicht schlecht." Danach genossen beide den Tanz und eigenartigerweise ging es Caren und Julian genauso. Kaum waren die beide weg, kamen Hernando und Juan mit finsteren Gesichtern auf sie zu: „Na, hat euch der Tanz gefallen, ihr saht richtig glücklich aus." „Bei euch piept`s wohl", giftete Caren zurück. „ Ihr könnt ja den ganzen Abend mit denen tanzen", keilte Hernando zurück. „Das werden wir auch, wenn ihr nicht

sofort mit diesem Blödsinn aufhört." „Na dann viel Spaß", und damit schoben die beiden ab. Nina und Caren sahen sich sprachlos an. Dann fauchte Nina: „Was ist denn in die zwei gefahren, die spinnen doch"! Unsicher sahen sie sich an: „Was hatten sie denn gemacht"? Und so lernten sie auch die andere Variante des Verliebtseins kennen, die Eifersucht.

„Das lassen wir uns nicht bieten", rief Caren beleidigt, „ los, es ist gerade Damenwahl, den zeigen wir es." Gemeinsam schlenderten sie zu Robert und Julian und forderten sie zum Tanzen auf. Etwas erstaunt waren die beiden Jungen schon, aber natürlich wollten sie mit Nina und Caren tanzen und jetzt war die Entfernung der vier beim Tanzen wirklich nicht mehr groß.

Kurze Zeit später gingen Nina und Caren in ihren Aufenthaltsraum. „Wenn Hernando und Juan sich nicht für diesen Blödsinn entschuldigen, dann können sie uns gestohlen bleiben", moserte Nina noch immer sauer.

In den nächsten Tagen gingen die vier sich aus dem Weg und je länger es dauerte, umso knurriger und ärgerlicher wurden Nina und Caren. Was bildeten sich die beiden eigentlich ein! Doch nach und nach verrauchte ihr Ärger und sie dachten immer häufiger an die zwei. Denen schien es ähnlich zu gehen und als Nina und Caren wieder einmal auf ihrer Wiese lagen, standen plötzlich Hernando und Juan vor ihnen und Juan fragte: „Dürfen wir uns setzen"? „Von uns aus", gab Caren ziemlich schnippisch zurück. So leicht wollten sie es ihnen nicht machen. Doch dann sagte Juan: „Tut uns leid, war wohl blöd von uns." „Das könnt ihr laut sagen", gab Nina zurück, rutschte aber bereitwillig etwas zur Seite, damit Hernando sich setzen konnte. Auch Juan nahm Platz, doch es wollte kein richtiges Gespräch aufkommen. Alle vier waren unsicher, so eine Situation kannten sie noch nicht. Schließlich war es Caren, die das Eis brach. Sie rollte sich zu Juan rüber und gab ihm einfach einen Kuss auf die Wange, und das war das Startzeichen, sich wieder zu vertragen. Es blieb natürlich nicht bei dem einen Kuss, und als sie zur Schule zurück gingen, war alles wieder in Butter. Alle atmeten erleichtert auf und Nina regte an: „Wir sollten heute Abend bei uns im Aufenthaltsraum eine kleine Party feiern und schelmisch fügte sie hinzu: „Wenn ihr wollte könnt ihr ja Robert und Julian mitbringen." Davon wollten die zwei aber nichts wissen und schoben grinsend ab.

Schnell waren die anderen aus ihrer Klasse mit dem Abend einverstanden und Carmen meinte: „Wurde aber auch Zeit, dass ihr euch wieder vertragen habt." Ich denke, wir sollten auch Julie und Sevilley einladen", regte Nina an.

Nach dem Abendessen trafen sich alle aus der Klasse wieder in ihrem Aufenthaltsraum. Alle Klassenkameraden hatten es fertig gebracht, ihre Freunde oder Freundinnen einzuladen. Auch Julie war gekommen und brachte einen Freund mit. „Sevilley wollte nicht kommen, „die hat heute Abend ein Treffen mit ihrer Clique", berichtete sie.

Nina und Caren ließen durch die kleinen Roboter allerlei zu essen und zu trinken bringen und so wurde es eine gelungene Party. Am Ende sagten alle: „Das machen wir öfter."

Tischmanieren

Einige Tage später stand „Richtiges Essen, aber wie?" auf dem Stundenplan. Jeder aus der Klasse glaubte: „Das kann ich", und so trafen sich alle mehr oder weniger amüsiert im Speisesaal. Dort stand Frau Naumann, wieder perfekt gestylt, diesmal hatte sie einen roten Hosenanzug an. Auf einem Tisch standen viele große tiefe und flache Teller, dazu Frühstücksteller, Gabeln, Löffel – große und kleine– und verschiedene Gläser. Zuerst führte Frau Naumann die Kinder in eine Ecke des Speisesaals. Hier war eingedeckt worden für ein großes Abendessen. „Schaut euch alles genau an, das sollt ihr später selbst zusammen stellen." Etwas irritiert sahen sich alle den „Aufbau" an: Auf einem großen flachen Teller stand ein tiefer Teller und darauf lag eine weiße gefaltete Stoffserviette. Daneben lag jede Menge Besteck, fein säuberlich links und rechts vom Teller aufgereiht. Ganz außen rechts lag ein großer Löffel, daneben zum Teller hin ein Messer des Fischbestecks und ein gewöhnliches Messer. Links neben dem Teller von außen die Gabel des Fischbestecks und eine andere Gabel, über dem Teller ein kleiner Löffel und eine kleine Gabel. An der rechten Seite des Tellers, diagonal von rechts unten nach links oben standen verschiedene Gläser. Nina und Caren wussten, dass es Weißwein – und Rotweingläser waren und dazu ein Glas für Wasser, an erster Stelle aber stand ein Sektglas. Links vom großen Teller stand ein kleiner Teller für Salat.

„Seht euch dieses Gedeck genau an und merkt euch alles. Das Besteck wird von außen nach innen benutzt. Ihr seht, am weitesten außen liegt ein Löffel. Was könnte das bedeuten"? „Es gibt zuerst Suppe", wurde ihr geantwortet. „Richtig und dann"? „Das ist ein Fischbesteck, also gibt es Fisch", bemerkte Nina. „Gut und dann"? „Danach ein Fleischgericht." „Das ist richtig. Was meint ihr zu den Gläsern"? Bei Nina und Caren hatte es öfter große Abendessen gegeben, deshalb kannten sie sich aus.

„Zuerst gib es Sekt, dann Weißwein und zum Schluss Rotwein, außerdem noch Wasser." „Toll", ließ sich Frau Naumann hören, „ und wie ihr seht gibt es Nachtisch, dafür sind der kleine Löffel und die kleine Gabel da. Bleibt noch der Teller links." „Der ist für Salat", warf Carmen ein. „Ich hätte nicht geglaubt, dass ihr so viel wisst", freute sich Frau Naumann. „ Jetzt stellt jeder von euch vorn im Saal sein Gedeck zusammen. Wer nicht weiter weiß, darf hier zum Tisch zurück kehren und sich alles noch einmal genau ansehen." Nach 10 Minuten waren alle fertig und Frau Naumann konnte kontrollieren. Viele der Kinder hatten öfter den Tisch in der Ecke besucht, Nina und Caren schafften es auch so. „Was macht ihr", fragte Frau Naumann, „wenn alles einfach gedeckt ist, also nur Teller und ein Glas und kein Besteck dabei"? Aus Spaß meinte Beatrice: „Dann essen wir mit den Fingern." Zu aller Überraschung stimmte ihr Frau Naumann zu. „Es gibt Situationen, da müsst ihr mit den Fingern essen, z.B. bei einem Räuberessen. Ich will euch nur dazu bringen, dass ihr gute Tischmanieren habt, euch aber auch gleichzeitig jeder Situation anpassen könnt. Nach einer Reihe weiterer Fragen war die Unterrichtsstunde zu Ende und alle hatten gemerkt, dass solche Stunden auch nicht übel waren.

Das neue Fach „Forschen"

Zwei Wochen später, alle Arbeiten waren geschrieben, hing der neue Punktestand aus:

1	1. Anacondas, Löwen und Füchse je	216 Punkte
	4. Pandas	211 Punkte
	5. Tiger	210 Punkte
2	1.Pandas	2o6 Punkte
	2. Füchse, Löwen je	203 Punkte
	4. Tiger	202 Punkte
	5. Anacondas	200 Punkte

Gesamtergebnis

	1. Füchse/Löwen	419 Punkte
	3. Pandas	417 Punkte
	4. Anacondas	416 Punkte
	5. Tiger	412 Punkte

Das war für die Füchse zwar erfreulich, aber zum Sieg reichte es noch lange nicht, vielleicht entschieden die Wusch Turniere, wer dieses Jahr gewinnen würde.

Am nächsten Morgen wurden die einzelnen Gruppen zur ersten Sitzung im Fach „Forschen" eingeladen. Nina und Caren hatten zwei Vorschläge abgegeben und kamen in die Gruppe „Roboter". Daneben gab es noch 6 andere Gruppen, Ballonomobil, neue Pflanzen, Sonne, Wasser, neue Fächer und Freizeit. Bisher konnte sich niemand so recht vorstellen, was in dem Fach Forschen passieren sollte.

Am Nachmittag ging es los. In der Gruppe von Nina und Caren waren u.a. auch Robert und Julian von den Anacondas und Julie und Sevilley. Hernando und Juan waren woanders. Die Gruppe von Nina und Caren hatte 28 Mitglieder, 14 Jungen und 14

Mädchen, die verantwortlichen Lehrer waren Herr Montoja und Herr Neuwein. Nina und Caren rollten mit den Augen, ausgerechnet der, von dem sie wussten, dass er Wasilow half. Sie mussten auf jeden Fall verhindern, dass Herr Neuwein interessante Neuerungen bei der Verbesserung der Roboter an Wasilow weitergab. Das konnte ja heiter werden, wahrscheinlich musste Paps da wieder helfen. In der ersten Stunde sollte jeder seine Vorschläge aufschreiben, die dann diskutiert wurden. Nina und Caren schlugen vor, den Robotern einen von den neuen superschnellen Minicomputern einzubauen und dafür eine Software zu entwickeln, womit die Roboter selbständig lernen und sich weiter entwickeln könnten. Den Vorschlag fanden alle gut. Natürlich gab es auch welche, die ziemlich absurd waren, z.B. Flügel für Roboter erfinden, damit sie fliegen könnten oder einen 3 m großen Roboter bauen, der schwere Lasten schleppen sollte. Der Vorschlag von Robert und Julian fand große Zustimmung, einen Art Leitroboter zu entwickeln, der anderen Robotern Anweisungen geben konnte. Alle bis auf Nina und Caren waren mit der ersten Stunde sehr zufrieden, wobei ihre Sorgen in Richtung Wasilow gingen.

Einmal pro Woche sollten diese Arbeitsgemeinschaften stattfinden und am Ende des Jahres ihre Ergebnisse vorlegen oder vorzeigen.

Gegen Abend mailten Nina und Caren Paps die Neuigkeiten und ihre Sorgen bezüglich Herrn Neuwein. Paps mailte zurück:

Wir werden versuchen, für euch ein Softwareprogramm zu entwickeln, damit eure Roboter selbständig lernen können. Dabei versuchen wir, eine Sicherung einzubauen, damit nur ihr damit arbeiten könnt. Hoffentlich bekommt euer Lehrer nichts davon mit, seht vor allem zu, dass die Sache mit dem „Leitroboter" nicht in falsche Hände gerät.

Ich umarme euch, Paps

Der nächste Tag verging schleppend, irgendwie hatte niemand so recht Lust auf Schule. Es gibt solche Tage, da sollte man lieber im Bett bleiben.

Was ist mit Sevilley?

Nach dem Abendessen gingen Nina und Caren zum Training der Wusch- Mannschaft der Jüngeren. Wieder erlebten sie eine Überraschung, denn nur Julie war in der Mannschaft, in der Verteidigung. „Sevilley sollte auch in die Mannschaft", erzählte Julie, „aber sie wollte nicht. Ich weiß auch nicht was mit ihr los ist, sie hat sich dieser Clique angeschlossen, sie nennen sich „Die Besonderen". Seit der Zeit hat sie sich sehr verändert. Sie spricht kaum noch mit mir, glaubt, sie wäre tatsächlich etwas Besonderes und behandelt mich, wie eine Fremde." „Seit wann ist das so"? „Seit ungefähr acht Wochen." „Wer gehört denn alles zu dem Club"? „Meistens Kinder aus unserem Jahrgang, aber auch ein paar Ältere. Aber Sevilley macht daraus ein großes Geheimnis. Die Gruppe trifft sich ein – bis zweimal die Woche am Abend. Gestern sagte sie nur, sie müsste noch zum Wäldchen und ich glaube, das ist irgendwo bei den Maracho – Büschen." Nina und Caren sahen sich erstaunt an, was war da nun wieder los und steckten da vielleicht auch Wasilows Leute dahinter? „Wir werden uns darum kümmern", versprachen sie. Dann sahen sie sich das Training der Wusch - Mannschaft an und stellten sehr schnell fest, dass der neue Lehrer, Herr Neuwein anscheinend nicht viel Ahnung vom „Wusch - Spiel" hatte. Z.B war wohl noch nie intensiv mit den Wuschis, den kleinen Raumschiffen, trainiert worden. Hier konnten sie wertvolle Tipps geben und am Ende der Übungsstunde fühlten sich die Neuen schon viel wohler in ihren Raumschiffen. Da den jüngeren Schülern bekannt war, dass Nina und Caren im Vorjahr die Schulmeisterschaft im Wusch gewonnen hatten, fielen ihre Ratschläge auf fruchtbaren Boden, zumal sie versprachen wieder zu kommen, um zu helfen. Langsam wurde es Zeit, etwas für Weihnachten vorzubereiten. Doch woher die Ideen nehmen und so traf sich die komplette Klasse E1 schließlich, um ein Programm aufzustellen. Viele neue Ideen zum letzten Jahr hatten sie nicht und so kam erst einmal nicht viel dabei heraus.

Auch in diesem Jahr war die Teilnahme von Kindern, die einen anderen Glauben hatten, freiwillig. Doch wieder zeigte sich, dass alle mitmachen wollten. Aus allen fünf Erdteilen sollten Beiträge beigesteuert werden. Den jüngeren Jahrgängen überließ man die gängigen Darbietungen, z.b. wollten die Füchse der E2 Szenen aus der Weihnachtsgeschichte spielen und Gedichte aufsagen. So mussten sich die Älteren etwas Neues einfallen lassen. Schließlich hatte Caren die rettende Idee: „Wir führen eine „Weihnachts-Magie-Show" auf und plötzlich sprudelten die Vorschläge. Dabei kam heraus, dass der Vater von Gina und Theresa aus Italien Zauberkünstler war und seit Jahren auftrat. Sie wollten sich sofort mit ihrem Vater in Verbindung setzen und ihn um Hilfe für ein paar Zaubertricks bitten. Damit war ihr Beitrag zur Weihnachtsfeier klar, zumal jeder Beitrag nur etwa 10 – 12 Minuten dauern sollte. Wenn jede Klasse sich daran hielt war es bei 10 Klassen ein Programm von etwa zwei Stunden. Erleichtert trennten sich die Kinder und Gina wollte noch am gleichen Abend bei ihrem Vater anrufen.

Am nächsten Tag erzählte ihnen Julie, dass am Abend wieder ein Treffen der „Besonderen" stattfinden würde und als sich Sevilley kurz vor acht Uhr auf den Weg machte, folgten ihr Nina und Caren unbemerkt.

Sevilley ging schnurstracks in Richtung Wasilowgrad auf den Wald zu. Natürlich wollten sie ihr einen größeren Vorsprung lassen. Als sie dann aber versuchten, sie einzuholen, war sie auf einmal verschwunden.

Vielleicht hatte die Gegenseite erfahren haben, dass diese Treffen nicht mehr geheim waren.

Als Nina und Caren am nächsten Tag Sevilley trafen, verhielt sie sich völlig normal und so blieb es auch, es gab keine weiteren Treffen mehr. Nina und Caren fanden das zwar eigenartig, konnten sich aber keinen Reim darauf machen.

Erste Ergebnisse im Fach „Forschen"

Die Arbeit im Fach Forschen ging voran und schließlich war die Gruppe soweit, dass ein Roboter anderen Robotern Befehle erteilen konnte und diese ausgeführt wurde. Jetzt setzten sich Nina und Caren mit Paps in Verbindung, denn sie mussten unbedingt verhindern, dass dieses Wissen an die Leute von Wasilow gelangte. Paps hatte wohl schon einiges vorbereitet und bald konnte er ihnen eine Software schicken, die die Roboter auf eine besondere Art miteinander verband. Die Kinder hatten in dem Fach gut gearbeitet und so gab es Roboter, die auf bestimmte Arbeiten spezialisiert waren, z.B. konnten einige sich besonders schnell bewegen, andere hatten die Fähigkeiten, die Aufgaben mehrerer Roboter zu koordinieren und einer war der „Anführer", die anderen Roboter hörten auf ihn und führten seine Anordnungen aus. Die Software von Paps war anders und besser. Wenn Roboter einen Befehl bekamen, der nur von mehreren ausgeführt werden konnte, dann kamen alle in einem Art Mittelpunkt zusammen, bestimmte Möglichkeiten der Ausführung wurden anscheinend durchgegangen und die Gruppe der Roboter entschied sich für einen Anführer, der das Sagen hatte. Bei einer neuen Gelegenheit konnte es durchaus ein anderer sein. Aus Vorsicht hatte Paps den beiden ein weiteres Programm gemailt. Sollte das Wissen über einen Anführer an Wasilow gelangen, konnte das neue Programm den „Anführer" im Notfall außer Gefecht setzen und für eigene Aufgaben verwenden. Natürlich wurden die Ergebnisse des Faches „Forschen" von den Kindern überprüft, z.B. wurden Roboter zur Feldarbeit angesetzt. Der „Anführer" stand am Rand und dirigierte die anderen. Es war schon spaßig anzusehen, kein Laut war zu hören, trotzdem arbeiteten die Roboter absolut synchron.
Kurz vor Weihnachten wurden die Ergebnisse der einzelnen Gruppen allen vorgetragen, den ersten Preis gewann die Roboter-Gruppe. Nina und Caren war klar, sicher würden die Ergebnisse

jetzt auch ihren Weg zu Wasilow finden und so war es dann auch. An einem Abend besuchten Nina und Caren mal wieder Pierre und Carina. Die Zottis hatten sie gebührend begrüßt und ihre mitgebrachten Knochen erhalten, auch Cindy, die Katze, war da und wurde entsprechend gestreichelt und verwöhnt. Plötzlich wurden alle Tiere unruhig und blickten in eine bestimmte Richtung. Pierre, Carina, Nina und Caren sprangen auf und blickten gespannt in die gleiche Richtung. Einige Zeit blieb alles ruhig, doch dann waren Geräusche zu hören, als ob eine Herde Elefanten unterwegs wäre und danach tauchten etwa 10 – 15 Roboter auf, die unbeirrt auf Pierres Behausung zugingen. Alle bis auf den letzten hatten Eisenstangen in den Händen. Pierre lief ihnen entgegen. Als er sie erreicht hatte, taten sie ihm zwar nichts, sondern liefen einfach an ihm vorbei und auf sein Domizil zu. Als sie in die Nähe kamen, schlugen sie mit den Eisenstangen auf alles ein, was in ihrer Reichweite war. Caren und Nina sahen sich an, hier war der Beweis, der Roboter ohne Eisenstange trat als „Anführer" auf, ihre Arbeit war bei Wasilow angekommen. Sie rannten durch die Roboter hindurch auf den „Anführer" zu, liefen vorbei und näherten sich von hinten. Doch der war mit besonderen Sensoren ausgestattet, immer wieder konnte er sich wegdrehen, so kamen sie nicht an den Knopf zum Ausstellen heran. Nina und Caren verständigten sich kurz, dann kam eine von hinten und eine von vorn. Der Roboter machte einen Schritt zur Seite. Darauf hatte Caren gewartet. Sie nahm einen Stein und dirigierte ihn mit ihren neuen Kräften zum Ausschaltpunkt. Der Stein drückte den Knopf und der Roboter verharrte in der letzten Bewegung. Und nun zeigte sich, dass die anderen Roboter ohne ihren „Anführer" hilflos waren. Sie schlugen zwar noch immer wahllos zu, aber nicht mehr gezielt, sondern auch auf Steine oder Grashügel, außerdem blieben sie stehen. Für Nina und Caren war es jetzt leicht, die Roboter nacheinander auszustellen. Sobald sie abgestellt waren, fielen ihnen die Eisenstangen aus den Händen. Pierre und Carina waren richtig sauer, obwohl sich der angerichtete Schaden in Grenzen hielt. Nach dem Ausschalten des „Anführers" hatte Caren sofort vorn die Klappe geöffnet und den letzten intakten Stromkreis unterbrochen. So bestand keine Verbindung mehr zu Wasilows Leuten. Alle anderen Roboter konnten keine Positionsmeldung absetzen. Doch wie hatten die Erbauer der Roboter es gemacht, dass die mit Eisenstangen zuschlagen konnten? Zwar hatten sie das Gebot beachtet „greife nie einen Menschen an" aber trotzdem waren sie recht gewalttätig.

In allen Robotern befand sich ein Chip, über den sie die Befehle empfangen hatten. Als der entfernt war, reagierten sie wie normale Roboter. Nina und Caren stellten die insgesamt 14 Roboter wieder an und befahlen ihnen: „Folgt den beiden Menschen!" Sie gingen voran und die Roboter folgten ihnen. So brachten sie sie in die Ausweichhöhle von Pierre, stellten sie ab, entfernten vorsichtshalber alle Batterien und verschlossen den Eingang. Zu Pierre und Carina zurückgekehrt nahmen sie sich den letzten Roboter vor. Sie entfernten den Chip, der ihn zum „Anführer" gemacht hatte und gaben ihm den Befehl: „Geh zurück!" Der Roboter machte sich auf den Weg und die beiden folgten ihm. Er lief relativ schnell in Richtung Wasilowgrad. Anscheinend folgte er ein paar Abkürzungen, denn nach ca. einer Stunde näherte er sich dem Ort, wo Wasilowgrad lag. Hier gab es einen Eingang, den Nina und Caren nicht kannten, gut getarnt im Stamm eines dicken Baumes, den hätten sie nie gefunden. Als der Roboter darauf zusteuerte, rannte Caren hinterher und stellte ihn ab. „Warum machst du das?" „Wir wollen doch nicht, dass die erfahren, dass wir ihr Geheimnis kennen, lass uns den Chip wieder einsetzen. Aber Nina war dagegen. „Die wissen sowieso, dass etwas nicht o.k. ist, denn die anderen Roboter sind verschwunden. Jetzt, da wir gesehen haben, wo der geheime Eingang ist, sollten wir den Roboter entsorgen." „Ich glaube, du hast recht, schaffen wir ihn in die Maracho – Büsche." Nina stellte den Roboter wieder an und Caren ging voran, in die Maracho – Büsche. Der Roboter folgte ihnen und als sie ca. 100 m vom Eingang entfernt waren, stellte Caren den Roboter ab und entfernte die Batterien. Sie ließen ihn stehen und kehrten zu ihrem Ausgangspunkt zurück. Ein neuer Eingang war entdeckt und Wasilows Leute hatten keine Ahnung, wo ihre Roboter geblieben waren. Zufrieden kehrten sie zur Schule zurück und erzählten ihren Freundinnen von dem gelungenen Coup.

Weihnachten

Die nächsten Tage verliefen ruhig. Die letzten Arbeiten vor Weihnachten waren geschrieben und die Vorbereitungen zum Fest liefen auf Hochtouren. Ginas Vater hatte seiner Tochter ein paar tolle Zaubertricks geschickt und die hatte sie mit einigen aus ihrer Klasse eingeübt. Nina, Caren und ihre Freundinnen beteiligten sich nur wenig an den Vorbereitungen, sie waren wieder mehr zum Wusch- Turnier gefragt.

Weihnachten kam und damit die obligatorischen Geschenke und Briefe. Paps war mal wieder zu Hause und niemand dort ahnte etwas von den Schwierigkeiten der beiden, nein, nicht ganz, von Wang – Ho kam ein Brief, in dem es merkwürdigerweise hieß: „Ich freue mich, dass ich euch helfen konnte und ihr wisst, was ihr machen müsst, um weitere Hilfe von mir zu erhalten, eure Akkus in den Medaillons habe ich wieder aufgeladen." Nina und Caren hatten natürlich auch geschrieben und mit Mam, Paps, Oma und Opa gesprochen. Im Brief an Wang – Ho stand: „Vielen Dank für Deine Hilfe, Du wirst uns einiges erklären müssen…."

Heiligabend war wieder sehr schön. In jeder Ecke des Speisesaales stand ein Baum, der einer Tanne ähnelte. Er war mit bunten Kugeln und Lametta geschmückt und hatte viele Kerzen. Die Stimmung war toll. Besonders gut kam die „magische Show" der E1 an, Gina mit ihren Helfern war einfach klasse und nachdem alle das schöne Weihnachtslied „Stille Nacht, heilige Nacht" – jeder in seiner Muttersprache – gesungen hatten, ging das Weihnachtsfest harmonisch zu Ende.

Nach dem Fest stand die neue Punkte –Tabelle am schwarzen Brett:

Neue Klassen

1)	Füchse	270Punkte
2)	Anacondas	269 Punkte
3)	Löwen	267 Punkte
4)	Pandas	266 Punkte
5)	Tiger	264 Punkte

Ältere Klassen

1)	Füchse	272 Punkte
2)	Pandas u, Löwen	270 Punkte
4)	Tiger u. Anacondas	268 Punkte

Gesamtklassement

1)	Füchse	542 Punkte
2)	Löwen u. Anacondas	537 Punkte
4)	Pandas	536 Punkte
5)	Tiger	532 Punkte

Die Füchse waren hoch erfreut, aber eine Vorentscheidung war das nicht.
Weihnachtsferien, fast 14 Tage frei zum Relaxen und für die Freunde. Nina und Caren trafen sich jetzt oft mit Hernando und Juan - es war eine herrliche Zeit.

Hilfe für Lu und La

Fünf Tage vor Ende der Ferien wurden Nina und Caren gedanklich kontaktiert. „Hallo, Erdenmenschen, wir sind es, Lu und La. Wir sind mit einem Raumschiff in eurer Galaxie und sind von umherfliegendem Satellitenschrott getroffen worden. In der Hülle unserer Außenhaut ist ein Riss von ungefähr 68 Quater, das dürften nach euren Maßeinheiten ungefähr 35 cm sein. Mit diesem Riss können wir nicht nach „Sandabia" zurückkehren, die Beschleunigung würde uns zerreißen. Könnt ihr uns irgendwie helfen?" „Was für Material wird für die Reparatur gebraucht?" fragte Caren gedanklich. „Es müssen einige Stoffe zusammengeführt werden. Es werden Eisen, Kupfer, Zink, Wasserstoff und eine Sauerstoffverbindung gebraucht. Das letzte Teil zur Mischung haben wir an Bord, es ist Cartecanium, eine Metallverbindung, die man bei euch nicht kennt. Wenn das alles im richtigen Verhältnis gemischt wird, kann damit der Riss in der Außenhaut geschlossen werden. Helft uns bitte, sonst sind wir verloren." Nina und Caren überlegten kurz: „Da muss Dieter ran, wir können das nicht und außerdem kommt er an das Material." In Gedanken wandten sie sich wieder an Lu und La: „Wir werden unser Möglichstes tun."
Am Abend machten sie sich auf den Weg zu Dieter. Die Ingenieure und die anderen, die in diesem Teil des Sternenzeltes arbeiteten, kannten sie schon und ließen sie passieren. Endlich fanden sie Dieter, den Ingenieur, der ihnen bei der Rückholung des Raumschiffes geholfen hatte. „Na, ihr zwei"; begrüßte er sie, „ wollt ihr mich wieder zu etwas Verbotenem überreden?" „Ob es verboten ist, wissen wir nicht, aber wir brauchen dringend deine Hilfe, allein schaffen wir das nicht." „Na, dann kommt mal mit." Damit öffnete er die Tür zu seinem Büro und schob die beiden hinein. „Muss ja nicht jeder sehen", murmelte er. „Was habt ihr auf dem Herzen?" „Wir müssen dir zuerst etwas erzählen…" und so berichteten sie von ihrem Erlebnis mit dem

fremden Raumschiff und von La und Lu. Dieters Augen wurden immer größer: „Und ihr verarscht mich nicht?" „Nein natürlich nicht." „Also gut, was brauchen wir?" La und Lu haben gesagt, Eisen, Kupfer, Zink, Wasserstoff und eine Sauerstoff-verbindung." „Gut, Eisenoxyd, Zink, und Sauerstoff in verschiedenen Verbindungen haben wir auf der „Estrellita", Kupfer und Wasserstoff müssen wir mitnehmen. Sagt mal, sind das wirklich Außerirdische?" „Ja, das sagen wir dir doch." „Und wie sehen die aus?" „Ein wenig wie die Gespenster aus einem Kinderbuch, kleine Gestalten, nebelartig, vielleicht 1,30 m groß, mit einer Art Nachthemd bekleidet. Sie haben auch Arme und Beine wie wir, benutzen sie aber nicht, weil fliegen für sie bequemer ist. Wenn sie wollen, dann können wir sie sehen, aber oft sind sie unsichtbar. Sie können auch nicht sprechen, wir korrespondieren mit ihnen gedanklich. Dieter sah die beiden prüfend an: „Und das, was ihr mir sagt, stimmt wirklich?" „Ja, sagen wir doch." „Jetzt müssen wir nur noch klären, wie ihr dort hin kommt. Ich könnte einen Antrag stellen, dass ich auf der „Estrellita" ein paar Experimente zu euren Ergebnissen mit den Robotern machen will. Und dass ich euch deshalb dort brauche. Ich müsste es damit begründen, dass wir dort in Ruhe arbeiten können. Vielleicht geht es so, aber wahrscheinlich nicht innerhalb der nächsten Tage." Nina und Caren waren hoch erfreut und verabschiedeten sich bald wieder.
Drei Tage vergingen, dann bat sie Frau Baumgarten in ihre Sprechstunde. Als sie dort waren sagte sie: „ Ein Ingenieur, Dieter hat euch angefordert. Er will einige Versuche mit eurem neuen „Anführerprogramm" bei Robotern durchführen. Kennt ihr den Ingenieur?" „Ja, wir hatten schon mit ihm zu tun." „Eigentlich weiß ich nicht, warum er diese Versuche nicht auch hier durchführen könnte. Irgendwie scheint mir noch etwas anderes dahinter zu stecken. Aber, o.k., ich stimme zu, möchte aber hinterher einen Bericht von euch haben." Nina und Caren hätten alles gemacht, Hauptsache, sie hatten die Erlaubnis. Schon am nächsten Tag sollte es losgehen. Obwohl es

inzwischen auch Vierer- Raumschiffe gab, flogen sie in zwei Zweier – Schiffen. Außerdem nahmen sie ihre Roboter Moni und Rani mit, wobei Rani bei „Dieter" mitflog.

Caren gab die Koordinaten für „Estrellita" ein, 30 Nord, 120 Ost. Bald waren sie da. Sie dockten ihr Raumschiff an und begaben sich ins Innere. Dieter hatte alle nötigen Stoffe für die Reparatur mitgebracht und als Caren versuchte, einen gedanklichen Kontakt zu Lu und La herzustellen, gelang das mühelos. Lu und La wollten ihr Schiff eigentlich an der Station andocken, aber das war nicht möglich, da für so ein Raumschiff natürlich keine Möglichkeit bestand, also „parkten" sie ihr Raumschiff daneben und baten die drei rüber zu kommen. Nina und Caren kannten das schon, aber Dieter war doch sehr aufgeregt. Sie zogen ihre Raumanzüge an, verließen die Station und flogen zum Raumschiff, das jetzt neben der Station lag. Sie flogen erst einmal hinter Dieter her, der das Raumschiff, das einer Diskusscheibe mit einer Erhöhung in der Mitte, die einem Schildkrötenpanzer glich, umflog, er wollte alles sehen. Dabei bemerkten sie auch den Riss in der Außenhülle. Caren erschien er größer als die geschätzten 35 cm, was sich später auch als wahr herausstellte. Nun erschien in einer Öffnung eine Treppe und die drei näherten sich ihr. Caren und Nina hatten überhaupt keine Angst, während Dieter etwas skeptisch war. Aber auch er traute sich in das Innere. Dort sahen die drei Lu und La und Dieter meinte: „Die sehen wirklich aus, wie ihr sie beschrieben habt." Kaum waren sie im Schiff, als sich die Tür wieder schloss. Zwar schielte Dieter ängstlich zu der Stelle, wo vorher eine Tür gewesen war, aber Nina und Caren zeigten weiterhin keine Angst, ganz im Gegenteil. Caren nahm ihren Helm ab und auch Nina tat es ihr gleich. Nach kurzem Zögern nahm auch Dieter seinen Helm ab und stellte fest, das Luftgemisch war atembar. Lu und La schwebten ca. 1 m vor den dreien und „dachten: „ Danke, dass ihr gekommen seid", und zu Caren und Nina gewandt, „danke auch, dass ihr jemanden mitgebracht habt, der sich mit unserem Problem auskennt. Wir brauchen dringend eure Hilfe.

170

Den Riss habt ihr ja schon gesehen, er wird mit jedem Start größer, jetzt sind es nach euren Maßen schon ungefähr 50 cm. Zurück zu unserem Stern „Sandabia" kommen wir damit sicher nicht, vorher zerreißt es das Schiff. Wie gesagt, wir sind von irgendwelchem Satellitenschrott getroffen worden. Habt ihr die Materialien, die wir euch genannt haben, mitgebracht?" „Ich denke schon", ließ sich jetzt Dieter hören, der eigenartigerweise auch die Gedanken empfangen konnte. „In welcher Verbindung brauchen wir die Materialien?" „Hier ist eine Liste", antwortete Lu und wie aus dem Nichts erschien ein Blatt Papier, nein eigentlich sah es aus wie ein altes Stück Pergament. Dieter sah es sich an und meinte: „Die Materialien habe ich alle auf der Station oder mitgebracht, ich muss nur die richtige Mischung zusammenstellen." Lu und La waren sehr erfreut. „Damit ihr besser arbeiten könnt trinkt ein wenig Lebenssaft." Dabei materialisierte sich vor den Gesichtern von Nina, Caren und Dieter je eine Flasche mit einem glasklaren Inhalt. „Mach nur den Mund auf", wies Caren Dieter an. Alle drei öffneten den Mund und aus den Flaschen floss dickflüssiger Saft in ihren Mund. Allen dreien schmeckte es köstlich und Dieter meinte: „ Das Ganze, was ich anrühre, wird eine zähe Paste werden und dann müssen wir noch den unbekannten Stoff „Cartecanium" von euch hinzufügen und verrühren." „Wie lange dauert die Herstellung der Paste?" „Ich würde sagen, ungefähr zwei Stunden." „Gut, dann kommen wir mit dem Cartecanium in zwei Stunden zu euch in die Station." Die Tür erschien wieder, alle drei setzten ihren Helm auf und flogen zur Station zurück. Dort angekommen sagte Dieter völlig überwältigt: „Das ich das noch erleben darf, Mensch, das glaubt mir keiner." „Wir müssen es ja auch nicht jedem auf die Nase binden", murmelte Caren.

Mit Feuereifer machte sich Dieter an die Arbeit. „Was für ein Saft war das eigentlich, ich sehe, höre und rieche jetzt viel besser." „Das war Lebenssaft und du wirst feststellen, du kannst auch besser schmecken und fühlen."

Die Roboter der Station arbeiteten für Dieter nach seinen

Anweisungen und als die zwei Stunden fast vorbei waren, war er mit dem Anrühren der Paste fertig. Pünktlich zur festgesetzten Zeit spürten alle drei einen Gedanken von Lu oder La: „Ist alles fertig?" „Ja", dachten sie. „Dann kommen wir rüber." Kurze Zeit später betraten oder besser schwebten Lu und La durch das Schott in die Station. Lu hatte in einem größeren Gefäß, das einem ausgehöhlten Kürbis glich, eine rötliche Masse mitgebracht und reichte sie Dieter. Der sah sie sich genauer an und fragte: „Was ist das"? „Das ist Cartecanium. In jedem unserer Raumschiffe haben wir einen bestimmten Vorrat. Leider nützt er euch nichts, du hattest zwar vor, ein wenig mitzunehmen, aber wir können dir versichern, in Verbindung mit eurer Luft löst es sich innerhalb von zwei Tagen vollkommen auf." Dieter war ein wenig rot geworden, er hatte tatsächlich etwas abzweigen wollen. „Wir haben euch besondere Schutzhandschuhe mitgebracht, bitte benutzt sie, denn eure Haut würde sonst zu Schaden kommen."

Dieter zog sich die Handschuhe an. Sie waren weich wie Leder. „ Wie geht es weiter, wenn ich das Cartecanium untergerührt habe"? „Die Paste muss in den Riss der Außenhaut geschmiert werde, möglichst gleichmäßig. Vielleicht könnt ihr das zu dritt machen. Danach muss die Stelle noch geglättet werden, dafür haben wir euch diese kleine Maschine mitgebracht." Dabei reichten sie Dieter eine Maschine, die wie ein – ja – blaues Brillenetui aussah. „Womit wird die Maschine angetrieben"?, wollte Dieter wissen. „Das ist uns nicht bekannt, aber sie läuft immer, bisher jedenfalls."

Dieter ließ durch die Roboter das Cartecanium unter seine Paste rühren und schon kurze Zeit später war alles fertig. Nina, Caren und Dieter zogen ihre Raumanzüge an und begaben sich zum Raumschiff der Außerirdischen, denn das waren sie ja. Gemeinsam drückten sie die Paste in den Riss des fremden Schiffes und eigenartigerweise war genügend Licht vorhanden, damit sie arbeiten konnten. Dieter nahm jetzt die Maschine zum Glätten in die Hand. „Wie kann ich sie anstellen", dachte er. „Gib einfach der Maschine den Befehl", wurde ihm gedanklich geantwortet. „Maschine, geh an"!, dachte er und schon begann sie zu vibrieren. Er fuhr über die Unebenheiten des Risses, die wie durch Geisterhand verschwanden und nach kurzer Zeit war von ihnen nichts, aber auch gar nichts mehr zu sehen, als ob es sie nie gegeben hätte. Lu und La begutachteten die reparierte Stelle und bedankten sich überschwänglich. „Wir möchten euch etwas schenken", dachten sie und zu Dieter gewandt, „die Maschine kannst du behalten, auch wenn du wohl nie herausbekommen wirst, nach welchem Prinzip sie arbeitet. Aber ihr werdet schon merken, was ihr von uns bekommen habt. Wir müssen jetzt schnell zu unserem Heimatplaneten zurück und Nina und Caren, ihr wisst ja, ihr seid jederzeit auf unserem Planeten willkommen." Damit schwebten sie zurück in ihr Raumschiff und Nina, Caren und Dieter kehrten zufrieden in die Station zurück. Als sie sich noch einmal zu den Fremden umdrehten, waren die bereits verschwunden.

Dieter konnte noch immer nicht fassen, was er kurz vorher erlebt hatte und Caren und Nina beschworen ihn, anderen davon nichts zu erzählen. Nachdem sich die drei einen kurzen Bericht über die angebliche Arbeit mit den Leitrobotern ausgedacht hatten, kehrten sie gut gelaunt zum Sternenzelt zurück. Ihre Roboter waren zwar mitgeflogen, allerdings nicht zum Einsatz gekommen.

Der 10. Februar – Geburtstag und Karneval

Der 10. Februar rückte näher, Geburtstag und Rosenmontag, also Karneval, jetzt mussten die Kostüme fertig werden.

Die beiden hatten sich viele Utensilien von Zuhause mitgebracht, denn sie wollten sich als Schlossgespenster verkleiden. Dann aber warfen sie ihren Plan um und entschlossen sich als Außerirdische zu gehen und da sie bisher nur Lu und La gesehen hatten, konnten sie sich an deren Gestalt etwas anlehnen, aber nicht zu viel. Aus Gazestoff brauchten sie dafür einen nebelartigen fast durchsichtigen Umhang. Dazu überlegten sie sich ein paar Details, wie wir Menschen uns Außerirdische vorstellen. Sie wussten es zwar besser, aber zu viel Wissen hätte sie verraten können. Und so bauten sie sich eine Kappe mit je zwei Antennen, dazu eine Stoffmaske mit zwei riesigen Augen und einem Smilie als Mund. Oben auf der Kappe sollte ein Stab stehen, um den eine Rakete flog. Natürlich waren ihre Kostüme nicht so schnell fertig, vor allem die Sache mit der Rakete wollte und wollte nicht gelingen, bis Caren sagte: „Wir lassen die Rakete durch unsere neuen Kräfte kreisen und wenn man uns fragt, wie das geht, sagen wir, mit kleinen Magneten.

Nach vier Tagen hatten sie ihre Kostüme fertig gestellt, der Geburtstag und das Fest konnten kommen. Natürlich verrieten sie Hernando und Juan nicht, als was sie kommen wollten, die sollten das gefälligst selbst herausfinden. Für sie war es leichter, denn sie wussten, die beiden kamen als Ritter. Nina und Caren hatten kleine Geburtstagsgeschenke für Hernando und Juan von Zuhause mitgebracht, zwei Amulette mit je einem neckischen Bild von ihnen. Sie hörten jetzt noch die Worte von Mam: „Na, ihr habt euch doch nicht etwa verliebt"? Beide waren ein wenig rot geworden und Mam hatte es dabei belassen, sich aber ihren Teil gedacht.

Und dann war es so weit, Karnevalsfete und Geburtstag am gleichen Tag. Am Morgen wurde jedes Geburtstagskind von einem kleinen Roboter geweckt, der ihm seine Geschenke brachte. Noch schlaftrunken sahen sich Nina und Caren alles an. Aus Mintard hatten sie Bücher erhalten, wie gewünscht, dazu ein paar DVD-s, neue Jeans und von Opa und Oma einen Reisegutschein, einzulösen in den großen Ferien. Von Wang –Ho bekamen sie eine kleine Schale mit eigenartigen Kräutern. Im beigefügten Brief stand: „ Schüttet ¼ Liter Wasser dazu und legt eure Medaillons für eine Stunde hinein, dann sind sie wieder völlig aufgeladen und können euch weiter helfen." Woher wusste er von ihren Schwierigkeiten? Darüber musste dringend gesprochen werden.

Jetzt aber folgten sie den Anweisungen von Wang – Ho. Sie nahmen ¼ Liter Wasser, schütteten die Kräuter rein und legten ihre Medaillons dazu.

Nachdem sich alle gegenseitig gratuliert hatten, gingen sie zum Frühstück nach unten. Fast dort angekommen wurden sie gedanklich aufgehalten. „Hallo, Nina und Caren, wir sind es, Lu und La. Wir möchten euch auch zum Geburtstag gratulieren. Habt ihr nachher etwas Zeit, dann geht nach draußen, vielleicht auf eure Wiese, wir haben ein Geschenk für euch." „Ja, wir kommen, wir werden in etwa ½ Stunde dort sein und freuen uns sehr auf euch."

Im Frühstückssaal standen auf jedem Tisch bunte Blumen, die waren wohl heimlich gepflanzt worden, denn so viele hatten die Kinder noch nie gesehen. Herr Baumgarten, der Direktor der Schule, begrüßte alle und gratulierte ihnen zum gemeinsamen Geburtstag. Vor jedem Platz stand eine Original - Nachbildung des Sternenzeltes aus Acryl in Miniaturform, das Geschenk der Schule. Das Acryl - Sternenzelt konnte sich drehen und schillerte dabei in allen Regenbogenfarben, den Kindern gefiel es sehr.

Der Direktor gab bekannt: „Fahrplan für heute Abend: 18.00 Uhr Abendessen, 20.00 Uhr Beginn unserer großen Rosenmontags – und Geburtstagsfete. Ich hoffe, alle haben an ein Kostüm gedacht, ohne Verkleidung kommt niemand in den Saal," fügte er mit einem kleinen Lächeln hinzu. „Um Mitternacht ist

Demaskierung und die besten Kostüme werden prämiert. So, und nun lasst uns frühstücken."

Nina und Caren waren ausgesprochen nervös und erstaunlich schnell mit ihrem Frühstück fertig. Leise standen sie auf und verließen rasch den Saal. Draußen rannten sie zu ihrer Wiese. Dort war alles ruhig, auch die Hunde waren nicht zu sehen. Natürlich erwarteten Nina und Caren, dass das Raumschiff von Lu und La vor ihnen landen würde, aber es kam anders. Wieder wurden sie in Gedanken kontaktiert. „Wir haben unser Geschenk in eine kleine Kiste gesteckt." Bei diesem Gedanken materialisierte sich vor Nina und Caren ein Päckchen aus einem ihnen unbekannten Material, vielleicht 10 x 10 cm groß. „Schaut hinein, wir erklären euch unser Geschenk." Caren öffnete das Päckchen. Zum Vorschein kam eine kleine Scheibe, ca. 6 – 7 cm im Durchmesser. Sie ähnelte dem Raumschiff von Lu und La, aber ohne den oberen Aufbau, also überall glatt – nein doch nicht, bei näherem Hinsehen oder besser Fühlen waren auf der einen Seite lauter kleine Erhebungen, wie Pocken.

„Das werdet ihr gut gebrauchen können", führten Lu und La die gedankliche Unterhaltung weiter. „Ihr aktiviert unser Geschenk mit euren Gedanken. Ihr braucht nur den Befehl zu geben: Arbeite für uns, dann ist es in Bereitschaft." „Was kann es"?, wollte Caren wissen. „Nun, es fliegt gedankenschnell dorthin, wo ihr es hinhaben wollt und überträgt alles was im Inneren eines Hauses oder draußen passiert oder gesagt wird in eure Gedanken. Ihr braucht nur zu denken: Nächster Raum, dann macht es da weiter. Außerhalb von Räumen sendet es neben der Sprache auch Bilder, die ihr in Gedanken sehen könnt. Soll die Scheibe zu euch zurückkehren, sagt ihr einfach: „Komm zurück!" und die Scheibe ist wieder da. Sie ist auf eure Gedankenmuster eingestellt. Nur ihr zwei gemeinsam oder jede einzeln kann das Gerät aktivieren. Außerdem bleibt es für alle anderen Menschen unsichtbar. Wenn es wieder bei euch ist, sagt ihr einfach: „Danke", dann fällt es in den Ruhestand und fliegt in eure Hand zurück. Probiert es aus, wir fliegen wieder zurück." Damit brach die gedankliche Verbindung ab. Nina und Caren sahen sich erstaunt an, mit solch einem Geschenk hatten sie nicht gerechnet. „Los, probieren wir es aus!", meinte Caren. „Arbeite für uns!" Die kleine Scheibe vibrierte unmerklich, erhob sich in die Luft und verharrte ca. 1 m vor ihnen in der Luft. „Flieg zu unserem Aufenthaltsraum"!, befahl Caren. Sofort war die Scheibe verschwunden und kurze Zeit später hörten sie in Gedanken die Stimmen ihrer Freundinnen: „ Hat einer eine Ahnung, wo sich Nina und Caren rumtreiben?" „Sicher haben die sich mit Hernando und Juan getroffen."

Das klappte also. „Probieren wir noch etwas aus", regte Nina an. „Komm zurück!", dachte sie und sofort war die Scheibe wieder da. „Wir müssen nichts sagen, in Gedanken klappt es auch." „Mensch, da haben wir aber ein tolles Geschenk gekriegt."

„Lass uns etwas versuchen", meinte Caren. Die Scheibe stand noch immer ca. 1m vor ihnen in der Luft. „Flieg nach Wasilowgrad, 4 U", dachte sie und zu Nina gewandt erklärte sie: „Du weißt doch, das war die Etage mit dem verbotenen Gebiet."

Sofort war die Scheibe verschwunden und kurze Zeit später konnten sie Gedanken empfangen. Jemand sagte gerade: „Ich fasse noch einmal zusammen: Das Abendessen im Speisesaal ist um 18.00 Uhr, um 20.00 Uhr soll die Geburtstags – und Karnevalsfete beginnen. 20.30 Uhr sind unsere Roboter vor Ort und nehmen ihre vorbestimmten Plätze ein. Da alle Personen verkleidet sind, fallen sie nicht sonderlich auf. Auf Befehl von A1 fangen sie an, das Gasgemisch zu versprühen." „Und wenn sie von hinten abgestellt werden"? „Das ist nicht möglich, denn sie haben an allen Seiten Sprühdüsen, davon vier allein hinten. Wir haben diesmal an alles gedacht." „Und was für ein Zeug versprühen sie, sterben alle daran"? „ Nein, natürlich nicht, wir brauchen die Kinder und die Lehrer lebend. Eigentlich ist das Gas recht harmlos, alle, die das Gas einatmen, verharren für genau 60 Minuten in der Pose, die sie zuletzt eingenommen haben. Fünfzehn Minuten nach dem Sprayen ist das Gas sowieso verschwunden. Jetzt könnten wieder alle Menschen gefahrlos den

Raum betreten. Aber vorher kommen unsere anderen Roboter und schaffen die sechs Mädchen und alle Lehrer und Lehrerinnen hierher in Raum 28 in U4. Genau nach 60 Minuten lässt die Wirkung schlagartig nach, alle machen so weiter, als wäre nichts geschehen und können sich auch an nichts erinnern. Natürlich wird es ein großes Chaos geben, wenn die Kinder merken, dass alle Lehrer und die Mädchen verschwunden sind. Morgen treffen die vier Raumschiffe von Wasilow hier ein. Wir verfrachten sie alle da hinein. Was Wasilow mit ihnen anfangen will, weiß ich nicht, vielleicht schickt er sie auf Nimmerwiedersehen ins All. Diesmal können die Schiffe sicher andocken, denn die Start -und Landebahn ist hier bei uns und wird erst kurz bevor die Schiffe da sind, nach oben gefahren, ihr kennt ja das Verfahren." „Eine Frage noch, welches Ziel hat unser Vorhaben"? „Ganz einfach, das Sternenzelt ist ohne Führung und wir haben alle wichtigen Leute. Einen Tag später übernehmen wir die Station. Alle Kinder werden nach Hause geschickt mit vorheriger Nachricht an die Eltern. Dem Personal bleibt keine andere Wahl, es muss für uns arbeiten. In den nächsten Wochen verschieben wir das Sternenzelt in die Nähe der Station von Wasilow und es wird unser Hauptstützpunkt für unsere Aktionen auf der Erde. Ihr seht, alles ist perfekt geplant, es kann gar nichts schief gehen."

Nina sah Caren bestürzt an. „Komm zurück"!, befahl sie der Scheibe und im Nu war sie wieder da. „Danke"! Die Scheibe legte sich in die geöffnete Hand von Caren. Schnell verstauten sie sie wieder im Paket und gingen auf dem schnellsten Weg zur Schule zurück. Dort angekommen besprachen sie die Situation mit ihren Freundinnen. Doch niemand hatte einen guten Einfall, was sie machen sollten. Auf eines einigten sie sich aber schnell, Herr und Frau Baumgarten, die Direktoren, mussten informiert werden. Außerdem wollten Nina und Caren noch Pierre und Carina und Dieter, den Ingenieur, informieren. „Wartet mal", meldete sich Caren noch einmal. Da wir nicht an die Roboter herankommen, wäre das doch etwas für unsere Roboter. Moni und Rani haben wir schon ein Programm eingegeben, sie könnten als Anführer fungieren, eure Roboter müssten wir noch programmieren, damit sie auf unsere Roboter hören." Der Vorschlag hörte sich für alle gut an und wurde sofort ausgeführt. Alle sechs Roboter wurden auf die Wiese bestellt, es sollte ja niemand etwas davon erfahren. Und so kam es, dass kurze Zeit später die sechs Roboter auf der Wiese standen und Nina und Caren sich daran machten, jedem der Roboter ihrer Freundinnen eine neue Schaltung einzubauen. Nach gelungener Arbeit schickten sie ihre Roboter in einen Raum in der Nähe des Esssaals. „Lasst euch bloß nichts anmerken und haltet dicht", beschworen Nina und Caren ihre Freundinnen.

Als Erstes suchten Nina und Caren Pierre und Carina auf. Deren Gesichter wurden immer finsterer, als sie die Neuigkeiten hörten. Sie versprachen, um 20.00 Uhr nicht in den Speisesaal zu gehen und sich im Nebenraum bereit zu halten. Dann besuchten sie Dieter, den Ingenieur. Er war fassungslos und versprach: „Viertel vor Acht bin ich in dem Raum neben dem Esssaal." Zum Schluss gingen Nina und Caren zu Herrn und Frau Baumgarten. Als sie klingelten, öffnete ihnen ein gut gelaunter Direktor. „Na, geht unser Sternenzelt mal wieder unter"?, flachste er und ließ Nina und Caren eintreten. Frau Baumgarten war auch da und so setzten sich die vier an den Tisch und Nina und Caren begannen zu berichten. Die Gesichter der Direktoren waren zuerst skeptisch, als aber Nina und Caren immer mehr Details erzählten, wurden sie ziemlich bleich. „Habt ihr vielleicht schon eine Idee, was wir machen könnten"?, fragte Herr Baumgarten. „ Die Fete heute Abend können wir nicht absagen, alle haben sich so darauf gefreut." Nina und Caren erzählten von ihrem Plan. „Aber ich muss im Saal bleiben", warf Herr Baumgarten ein, „alles andere würde auffallen." Nina und Caren stimmten zu und meinten: „Wenn Ihre Frau mit draußen ist, kann sie anschließend genau über alles berichten." Nach einigem Zögern stimmte Herr Baumgarten zu, Frau Baumgarten sollte sich mit den Mädchen in dem Raum, wo die Roboter standen, um 19.45 Uhr treffen.

Immer wieder überlegten Nina und Caren: „Wie kommen wir an

179

die neue Start – und Landebahn in Wasilowgrad heran"?

Dann mailten sie Paps, berichteten von ihren Schwierigkeiten und baten um Hilfe. Schon kurze Zeit später, als ob Paps schon auf eine Mail gewartet hatte, war die Antwort da.

„Ich wollte euch sowieso mailen. Die sind hier z. Z. super vorsichtig. Irgendetwas ist im Gange. Da sie uns aber für die Software brauchen und wir immer einen „Trojaner" einbauen, habe ich für euch etwas. Es gibt ein neues General-Passwort. Es heißt „Porquecadadia 900". Vielleicht kann es euch helfen. Hier sind größere Raumschiffe für 10 oder mehr Personen gebaut worden. Wir haben uns eingeklinkt und eine Sperre eingebaut. Solltet ihr an einen Computer in Wasilowgrad heran kommen, gebt das neue Passwort ein und sperrt den Abflug mit dem Passwort Regenwurm21 kein Abflug möglich und als Unterschrift Eduardo. Er hatte die geniale Idee. Wenn ihr das geschafft habt, ist der gesamte Antrieb blockiert und niemand kann damit fliegen. Seid bitte vorsichtig.

Ich umarme euch, Paps"

„Toll", meinte Nina, „das könnte uns helfen. Sollen wir vor heute Abend noch versuchen, die neue Start – und Landebahn zu finden." „Nein, lieber morgen, wenn die Sache für uns hoffentlich ein gutes Ende genommen hat."

Damit waren alle Vorkehrungen für den Abend getroffen.

Die sechs Mädchen waren nervös – der Tag wollte und wollte nicht vergehen. Schließlich war Abendbrotzeit. „Wir gehen nicht mit", sagte Caren plötzlich. „Es könnte sein, dass die an ihrem Plan etwas geändert haben, besser wir bleiben hier. Es ist zwar schade um das schöne Geburtstagsessen, aber vielleicht könnt ihr uns etwas mitbringen." Die Freundinnen sahen ein, dass diese Möglichkeit tatsächlich bestand und so blieben Nina und Caren im Aufenthaltsraum. Nach fast 40 Minuten waren die Freundinnen wieder da mit einem vollen Teller für jede, bisher war nichts passiert. Schnell aßen Nina und Caren, danach blieb noch fast eine Stunde bis zum Treffpunkt neben dem Esssaal.

Endlich war es soweit. Während alle Kinder freudig erregt in den Speisesaal, der jetzt als Festsaal dekoriert war, gingen, huschten Nina, Caren und ihre Freundinnen in den Raum nebenan. Dieter war schon da und hatte noch vier Kollegen als Unterstützung mitgebracht, dann kamen Carina und Pierre und zum Schluss Frau Baumgarten. Moni, Rani und die anderen Roboter standen bereit. Dieter hatte im Laufe des Tages zwei große Ventilatoren an beiden Enden des Saales installiert, sie sollten später die Luft im Saal so schnell wie möglich reinigen. Außerdem hatte er in die Eingangstüren des Saales kleine Fenster einbauen lassen „So können wir besser beobachten", meinte er. Schon kurze Zeit später tauchten die ersten Roboter auf. Man hatte ihnen ein paar Sachen angezogen und da viele Kinder als Roboter verkleidet waren, fielen sie tatsächlich nicht sonderlich auf. Nachdem 15 Roboter im Festsaal verschwunden waren, hörten plötzlich alle im Gang, aus dem immer die kleinen Roboter kamen, Geräusche. Was war das nun wieder? „Vielleicht sind das die anderen Roboter, die den Abtransport vornehmen sollen". mutmaßte Caren. „Wie wäre es, wenn Nina und ich uns von hinten an die Roboter im Gang anschleichen und sie abstellen." „O.k.", sagte Dieter, aber dann gehe ich mit." Da keiner etwas dagegen hatte, machten sich die drei auf den Weg. Gut, dass Dieter dabei war, er kannte eine Abkürzung und schon nach weniger als fünf Minuten waren sie in dem Gang. Vor ihnen standen die fremden Roboter, es waren an die zwanzig. Leise schlichen sich die drei näher. Da, hatten die Roboter etwa Sensoren, der letzte drehte sich zur Seite, Aber blitzschnell reagierte Caren. Mit einem großen Satz hatte sie ihn erreicht und abgestellt. In Wasilowgrad hatte wohl niemand mit einer solchen Situation gerechnet. Schnell waren auch Nina und Dieter zur Stelle und stellten die Roboter ab, einen nach dem anderen. Zum Schluss blieb nur der „Anführer" oder „Befehlshaber" oder wie man ihn nennen sollte übrig, der hatte sich eigenartigerweise überhaupt nicht gerührt. Den wollten sie nicht abstellen, denn der hatte sicher Verbindung nach Wasilowgrad. Leise zogen sie sich zurück und betraten wieder den Raum neben dem Festsaal.

Die Türen zum Saal waren jetzt geschlossen, aber da waren ja die kleinen Fenster, durch die man alles sehen konnte.

Pünktlich um 20.30 Uhr veränderte sich im Saal alles schlagartig, es wurde grabesstill. Die Roboter hatten damit begonnen, das Gas zu versprühen und alle Menschen im Saal, Kinder wie Erwachsene verharrten in der Stellung, die sie vorher gerade eingenommen hatten. Eigentlich war es zum Lachen, welche grotesken Stellungen dort zu sehen waren. Herr Baumgarten z.B. führte gerade ein Glas zum Mund. Einem Kind war etwas unter den Tisch gefallen und es hatte sich gerade gebückt. Aber zum Lachen war allen nicht zumute. Die Sprühaktion war bald beendet und die Roboter machten sich auf den Weg zur Tür. Jetzt war die Zeit für die Roboter der Kinder gekommen. Nina und Caren schickten sie los. Zusammen mit jeweils zwei anderen Robotern betraten Moni und Rani den Saal. Zielstrebig gingen sie auf die fremden Roboter zu. Dann traten sie zur Seite und ließen sie vorbei. Kaum war das geschehen, wurden diese von Moni und den anderen Robotern von hinten abgestellt. Weil es vorn nicht weiterging, stauten sich die Roboter und machten es den Gegnern noch leichter. Schon 10 Minuten später war die Arbeit getan, jetzt verharrten auch die fremden Roboter in Ruhestellung. Jeweils zwei Roboter der Kinder griffen sich einen gegnerischen und trugen ihn nach draußen. Dort standen Dieter und seine Kollegen und brachten sie in einen Raum weit weg vom Schauplatz. Auch der Roboter, der als Anführer fungiert hatte wurde abgestellt und als er draußen war, öffnete Caren sofort das Türchen auf der Brust und entfernte den Kontakt zum Meldegerät. Jetzt bestand höchstens noch Kontakt von dem einen Roboter im Gang. Nina und Caren waren schon gestartet und verschwand dorthin. Hier erlebten sie eine Überraschung. Der Roboter kam ihnen entgegen. Auf seiner Brust prangte ein großes A und die Nummer 222. Schnell drückten sie sich in eine Ecke. Aber der Roboter beachtete sie gar nicht. Zielstrebig steuerte er auf einen Teil der Wand zu und drückte auf einen roten Kreis, der auf die Wand gemalt worden war. Sofort schob sich ein Teil der Wand zur Seite und der Roboter verschwand in einem dahinter liegenden Geheimgang, den Nina und Caren nicht kannten. Die beiden hatten sich nur kurz verständigt und waren dem Roboter nachgestürzt. Der lief vor ihnen bis zu einer bestimmten Stelle. Auch hier öffnete sich ein Stück Wand und der Roboter trat ins Freie. Nina und Caren sahen, dass dieser Eingang gut getarnt hinter mehreren Büschen lag. Deshalb konnten sie den Gang auch verlassen und sich hinter einem Busch verstecken. Ein Stückchen weiter parkten zwei autoähnliche Wagen mit einer Reihe von Sitzen auf einer Pritsche. Damit sollten also die Lehrer und Lehrerinnen und die Mädchen abtransportiert werden. Neben den „Pritschenwagen" standen zwei Männer. Als sie den einzelnen Roboter kommen sahen, ahnten sie wohl, dass das Unternehmen schief gelaufen war. In höchster Eile, wobei sie sich immer wieder furchtsam umsahen, verfrachteten sie den Roboter auf die Ladefläche und flüchteten. Nina und Caren hatten genug gesehen. Wenn man den Eingang kannte, war der Knopf zum Öffnen schnell gefunden, und schon kurze Zeit später waren die zwei wieder bei den anderen und berichteten vom Verbleib des letzten Roboters. Da es für ihre Roboter keine Arbeit mehr gab, schickten Caren und ihre Freundinnen sie zurück.

Inzwischen waren 20 Minuten vergangen, Dieter meinte: „Ich gehe rein. Wenn das mit den 15 Minuten stimmt, müsste es jetzt ungefährlich sein, wenn nicht, dann werde ich später wieder wach." Damit machte er die Tür zum Saal auf und trat ein. Anscheinend hatten die Angaben gestimmt, denn bald darauf tauchte er grinsend wieder auf. Er hatte inzwischen schon die beiden Ventilatoren angeworfen, eigentlich musste sich die Luft jetzt schneller reinigen. Dieter verschwand mit seinen vier Kollegen wieder im Saal, die anderen blieben aus Vorsicht noch draußen. Doch es ging alles glatt und nach zehn weiteren Minuten betraten alle in den Saal. Obwohl die Luft erneuert worden war, am Zustand der Kinder und Erwachsenen hatte sich nichts geändert. Nina, Caren und ihre Freundinnen nutzten die Gelegenheit und zogen ihre Kostüme an. Dann warteten sie im Saal auf das Ende der Starre. Frau Baumgarten hatte sich kurz bevor die 60 Minuten um waren zu ihrem Mann gesetzt, auch die sechs Freundinnen nahmen ihre Plätze ein und Dieter und seine Kollegen hatten sich verabschiedet.

Genau nach 60 Minuten kam wieder Leben in den Saal. Alle waren auf einmal wieder wach, unterhielten sich oder tranken etwas – die Feier ging einfach weiter, als ob inzwischen nichts geschehen wäre. Herr und Frau Baumgarten winkten den sechs Freundinnen zu und gemeinsam verließen sie den Saal. Draußen ließ sich Herr Baumgarten alles noch einmal genau berichten und schüttelte immer wieder mit dem Kopf. „Wisst ihr, was das Schlimmste ist, wir müssen die ganze Sache für uns behalten und ich kann nicht einmal eurer Klasse Sonderpunkte für diesen Einsatz geben", bedauerte Herr Baumgarten.

Caren, Nina und ihre Freundinnen mussten das einsehen und gingen zurück in den Saal.

Dort gab es die tollsten Verkleidungen, Ritter, Hexen, Roboter und Tierverkleidungen. Hernando und Juan waren wirklich als Ritter gekommen, aber obwohl sie das Visier vorne geschlossen hatten, wurden sie von Nina und Caren schnell erkannt und zwar an ihrem unverwechselbaren Gang. Caren und Nina tauchten vor den beiden Rittern auf, aber Hernando und Juan sahen sie nicht einmal an. Sie hielten Ausschau nach zwei Schlossgespenstern. Die gab es zwar auch mehrfach, es waren aber nicht die Gesuchten. Nina und Caren trieben es auf die Spitze, sie tanzten mit ihnen, - zwar auf Abstand - trotzdem hielten die zwei weiter Ausschau nach den Gespenstern und Nina und Caren freuten sich diebisch.

Leider wurden ihre Kostüme nicht prämiert. Es gewann bei den Jungen einer von den Löwen. Er hatte sich als kleiner Dino verkleidet und begeisterte alle. Bei den Mädchen gewann Kira von der E2, sie kam als Superhexe und sah wirklich hexenmäßig klasse aus.

Zwischendurch gab es Snacks, einen Mitternachtsimbiss und zum Schluss 17 verschiedene Sorten Eis. Zwar waren viele der Kinder darüber erstaunt, wie schnell doch die Zeit vergangen war – Caren und Nina hätten es ihnen erklären können – aber um 1.00 Uhr war endgültig Schluss. Kurz nach Mitternacht war Demaskierung. Nina und Caren hatten erwartet, dass Hernando und Juan jetzt zu ihnen kommen würden, aber falsch gedacht, die beiden blieben verschwunden, Carmen hatte sie mit zwei anderen Mädchen gesehen, mit denen sie den Saal verlassen hatten. Natürlich waren Nina und Caren sauer. Es war einfach ungerecht, sie hatten schließlich das Sternenzelt gerettet und ihre Freunde vergnügten sich mit anderen Mädchen. Na wartet, die sollten ihr blaues Wunder erleben.

Die Wusch-Turniere

Zwar war die gestrige Feier noch Gesprächsstoff, doch schnell war der Schulalltag wieder da mit viel Arbeit. Trotzdem fand jetzt fast täglich das Training für das Wusch- Turnier statt. Dabei übernahmen Nina und Caren quasi die Anleitung der Jüngeren. Das Training wurde sporadisch von Frau Naumann, ihrer Lehrerin für gutes Benehmen, übernommen, wobei sie von dieser Sportart erst im Sternenzelt erfahren hatte. Daher waren Nina und Caren mit ihrer Erfahrung für die Mannschaft besonders wichtig.

Sevilley hatte doch Spaß an Wusch bekommen und da sie wirklich gut im Tor war, bekam sie diesen Posten. Julie war von vornherein für den Sturm vorgesehen.

Für Nina und Caren kam noch das eigene Training mit den neuen Bedingungen dazu. Oft saß die Mannschaft zusammen und machte sich Gedanken über ihr Spielsystem. Nach wie vor stand für alle fest: Siege gab es nur für die Mannschaft, die keine Angst vor den Zusammenstößen hatte und so wurden die besonders trainiert. Da man ja mit oder ohne Wusch rammen konnte, tüftelte sie an einem System, die gegnerischen Wuschis in den eigenen Strafraum zu drängen, um dadurch freie Schussbahn zu erhalten. Immer wieder wurden Spielzüge geübt, bis sie allen in Fleisch und Blut übergegangen waren. Nach und nach fühlten sich alle sicherer und fieberten ihrem Turnier entgegen.

Dann war es soweit, das Wusch-Turnier für die Jüngeren begann am 15. März, einem Samstag. Das Abschlusstraining war vorbei, jetzt galt nur noch, möglichst gut im Turnier abzuschneiden. Die Auslosung ergab, die Füchse spielten zuerst gegen die Pandas, dann gegen die Löwen und die Tiger und zum Schluss gegen die Anacondas.

Füchse – Pandas
Anacondas –Tiger
Löwen –Füchse
Pandas – Tiger
Anacondas – Löwen
Füchse – Tiger
Pandas – Anacondas
Löwen – Tiger
Anacondas – Füchse
Pandas – Löwen

Die Füchse hatten viel von Nina und Caren gelernt, aber auch in den anderen Mannschaften halfen die Älteren den Jüngeren. Und so kam es, dass die Füchse die Spiele gegen den späteren Turniersieger Tiger und gegen die Pandas verloren. Aufgrund des besseren Torverhältnisses kamen sie auf den 2. Platz zusammen mit den Pandas und den Löwen.
Ergebnisse:

1. Tiger	6 Punkte	32:24	Tore
2. Füchse	4 Punkte	32: 28	Tore
3. Pandas	4 Punkte	26:26	Tore
4. Löwen	4 Punkte	20:22	Tore
5. Anacondas	2 Punkte	28:32	Tore

Da das Turnier ein neues Punktesystem erhalten hatte, erhielten die Tiger 50 Punkte, die Füchse 30. die Pandas 20 und die Löwen und Anacondas je 10 Punkte und das ergab einen derzeitigen Gesamtstand:

1) Tiger   582 Punkte
2) Füchse   572 Punkte
3) Pandas   556 Punkte
4) Löwen und Anacondas   547 Punkte

Dadurch war klar, wer das Wusch – Turnier der Älteren gewann,

konnte Gesamtsieger im Schulwettbewerb der Klassen werden.
Natürlich waren Nina und Caren mit dem zweiten Platz der
Füchse nicht zufrieden, aber am Ergebnis gab es nichts zu rütteln,
alles war mit rechten Dingen zugegangen.
„Es hilft nichts", resümierte Caren, „ wir müssen noch mehr
trainieren und uns ein paar weitere, überraschende Spielzüge
einfallen lassen."
Zwei Wochen blieben noch für das Training, dann war es soweit.
Die Mannschaft trainierte jetzt täglich eine Stunde. Vor allem
wurden besondere Angriffe geübt, um die gegnerischen
Verteidiger in ihren eigenen Strafraum zu drücken, während die
anderen dadurch vielleicht freie Schussbahn hatten. Aber wenn
nun die gegnerischen Mannschaften auch so clever waren?
Immer wieder wurde das Zusammenstoßen geübt und die
Benutzung der neuen Flosse unterhalb des Schiffes. Schließlich
waren alle überzeugt, besser ging es nicht, das Turnier konnte
beginnen.
Hernando und Juan, ihre Gegner von den Anacondas hatten noch
immer nichts von sich hören lassen- na, auch egal, aber die
Enttäuschung gegenüber den beiden wurde immer größer.
Das Turnier der Älteren sollte am 1. April stattfinden. Am Tag
des Turniers war um 10.00 Uhr Auslosung, jeder gegen jeden,
das hieß jede Mannschaft musste 4 x antreten. Nina war
Spielführerin ihrer Mannschaft und zog die Nummer 3 für den
Spielplan.
Der Spielplan lautete:

1 – 2, 3 – 4, 5 - 1, 2 – 4, 3 - 5, 1 – 4, 2 – 5, 3 – 1, 4 – 5
und 2 – 3

Die Füchse hatten also das 2., 5., 8. und 10. Spiel.
Nr. 1 waren die Pandas, Nr. 2 die Löwen, Nr. 3 die Füchse, Nr. 4
die Anacondas und Nr. 5 die Tiger.

Die Spielpaarungen lauteten demnach:
Spiel 1 Pandas – Löwen
Spiel 2 Füchse – Anacondas
Spiel 3 Tiger – Pandas
Spiel 4 Löwen – Anacondas
Spiel 5 Füchse – Tiger
Spiel 6 Pandas – Anacondas
Spiel 7 Löwen – Tiger
Spiel 8 Füchse – Pandas
Spiel 9 Anacondas – Tiger
Spiel 10 Löwen - Füchse

„Ausgerechnet zuerst gegen die Anacondas", maulte Caren, aber daran ließ sich nun mal nichts ändern und so sagte sie zähneknirschend: „Denen werden wir es zeigen"!
Und dann begann das Turnier. Beide Teams, Pandas und Löwen kamen nicht so recht ins Spiel, sie waren zu vorsichtig und so endete das Spiel 2:2. Nun mussten die Füchse ran und Nina und Caren waren noch immer wütend auf Hernando und Juan. Entsprechend warfen sie sich in den Kampf und scheuten keinen Zusammenprall. Besonders Nina stürzte sich regelrecht in den Kampf mit Hernando. Ihre Wut zeigte Früchte und am Ende stand es 6:4 für die Füchse. Die nächsten Spiele waren wieder etwas lahm, Tiger – Pandas 2:4 und Löwen – Anacondas 4:4. Wenn die Füchse das nächste Spiel gewinnen würden, hätten sie eine gute Ausgangsposition für den Turniersieg. Aber so sehr sie auch kämpften, die Tiger hielten mit. Kurz vor Schluss knallte Nina voller Frust auf den Torwart der Tiger und das in seinem Strafraum. Natürlich gab es dafür einen Wuschball für die Tiger und Anthony im Tor der Füchse hatte keine Chance. Die Füchse waren mit 5:4 besiegt und Nina hatte keinen leichten Stand in der Mannschaft. Nur Caren hielt sich mit der Kritik zurück.
Die nächsten Spiele verliefen ohne große Höhepunkte, denn noch immer spielten die meisten „schaumgebremst", d.h. es fehlte der

letzte Einsatz in Bezug auf Zusammenstöße. Pandas – Anacondas 2:0, Löwen – Tiger 6:2 und auch das Spiel der Füchse war recht verzagt und endete 2:0. Nachdem auch das vorletzte Spiel Anacondas – Tiger 4: 4 geendet hatte, ergab sich vor dem letzten Spiel des Turniers ein kurioser Tabellenstand.

1) Pandas   5 Punkte   8 : 4 Tore
2) Löwen   4 Punkte   12: 8 Tore
3) Füchse   4 Punkte   12: 9 Tore
4) Tiger   3 Punkte   13: 18 Tore
5) Anacondas 2 Punkte   12: 18Tore

Ging das Spiel unentschieden aus, waren die Pandas Sieger, gewannen die Löwen oder die Füchse das Spiel, waren sie Gesamtsieger. Die Mannschaft der Füchse kam noch einmal zusammen. Die anderen ermahnten Nina, sich zurück zu halten, gleichzeitig besprachen Nina und Caren ihre Taktik, den Gegner in den eigenen Strafraum zu drängen und dadurch für kurze Zeit quasi einen Spieler mehr auf dem Feld zu haben. Außerdem beschlossen alle, dass die Verteidigung kompakt die gegnerischen Stürmer angreifen musste und sollte man kurz vor Ende dringend ein Tor benötigen, dann mussten die beiden Verteidiger mit angreifen, während die computergesteuerten Roboter an der Mittellinie postiert werden sollte.
Jetzt war es soweit. Nina und Caren leiteten die ersten Angriffe ein, aber die Löwen verteidigten geschickt. Dann aber flogen Nina und Caren dicht nebeneinander und als sie den Gegner fast rammten, wichen sie elegant zu beiden Seiten aus, Nina spielte mit der unteren Flosse Caren den Wusch zu und der Torwart hatte keine Chance, 2:0 für die Füchse. Jetzt mussten die Löwen angreifen – und das taten sie. Die Füchse wurden in ihre eigene Hälfte gedrängt und mehr als einmal hatten sie Glück oder das Können des Torwarts auf ihrer Seite. Halbzeitstand 2:0 für die Füchse. Nach der Pause ging das Anrennen der Löwen weiter und 10 Minuten vor Schluss war es passiert, Ausgleich 2:2. Jetzt

zogen sich die Löwen zurück, denn ein 2:2 brachte ihnen den Turniersieg, mit 5 Punkten und 14:10 Toren. Doch noch waren 5 Minuten zu spielen. Caren gab ihrer Verteidigung ein Zeichen, gleichzeitig verständigte sie sich gedanklich mit Nina, jetzt oder nie. In Viererformation flogen sie in die gegnerische Hälfte und wurstelten sich mit dem Wusch zum Strafraum der Gegner durch. Nina hatte den Wusch, Caren flog unbeirrt so schnell es ging auf die Verteidiger zu. Ihr Schiff knallte mit dem linken Verteidiger zusammen. Er wurde durch den Zusammenprall in seinen eigenen Strafraum gedrückt. Sofort war laut Regeln der Wuschi nicht mehr lenkbar und flog zur Außenlinie, wo er eine Minute geparkt wurde. Da Caren absichtlich den Zusammenprall provoziert hatte, war sie vorbereitet und umkurvte den Strafraum. Nina nahm sich jetzt die nötige Zeit zum Zielen. Verzweifelt warfen sich die Löwen dazwischen, um ihre Kugel zu schützen, aber darauf hatte Nina gewartet. Mit der Schwanzflosse kickte sie den Wusch über Gegner und Torwart hinweg auf die andere Seite des Strafraumes. Hier wartete Caren und schoss mit einem satten Schuss zum 4:2 ein.

Als das Spiel fortgesetzt wurde, blieben den Löwen nur noch 30 Sekunden. Die Mannschaft der Füchse flog jetzt nebeneinander und blieb in der eigenen Hälfte. Und so gab es kein Durchkommen für die Löwen. Dann der Abpfiff, die Füchse lenkten ihre Schiffe zurück, stiegen aus und fielen sich in die Arme – sie hatten es geschafft - wir sind Turniersieger!!!

Durch den Sieg hatten die Füchse 6 Punkte und 16:11 Tore. Zweiter wurden die Pandas mit 5 Punkten und 8:4 Toren und dritter die enttäuschten Löwen mit 4 Punkten und 14:12 Toren.

Auf der Siegerehrung erhielten die Füchse zum zweiten Mal in Folge den Wusch – Pokal.

Nach dem Abendessen war „Party-Time" angesagt und die Kinder feierten ausgelassen, auch die Löwen, denn der Rempler war regelgerecht gewesen. Auch jetzt ließen sich Hernando und Juan nicht bei Nina und Caren sehen, obwohl doch eigentlich eine gute Gelegenheit gewesen wäre. Aber sie setzten noch einen drauf und tanzten ziemlich eng mit zwei Mädchen aus ihrer Klasse. „Ist doch mir egal", sagte Caren zu ihrer Schwester, aber ihr trauriger Blick sprach Bände.

Schließlich war auch der Abend vorbei und nachdem die Füchse in ihrem Aufenthaltsraum noch fast zwei Stunden weiter gefeiert hatten, war endlich Schluss.

Am Morgen hing der Gesamtpunktestand am schwarzen Brett:

1) Füchse	642 Punkte
2) Pandas	616Punkte
3) Löwen	597 Punkte
4) Tiger	572Punkte
5) Anacondas	567 Punkte

Die Kinder standen vor der Tabelle und diskutierten. Alle waren sich einig, gewonnen hatte noch keiner, denn die 26 Punkte Vorsprung der Füchse zu den Pandas konnte bestimmt noch wett gemacht werden.

Hilfe von Lu und La

Schulalltag: Unterricht, Klassenarbeiten, nichts Aufregendes, das Schuljahr dümpelte so dahin. Morgen war schon der 10. Mai, nur noch rund 7 Wochen bis zum Ende des Schuljahres. Am Montag kam Frau Süß zu ihnen an den Frühstückstisch. Sie sah krank und elend aus, ihr Gesicht war weiß und sie konnte sich kaum auf den Beinen halten. So hatten die Kinder ihre Lehrerin noch nie gesehen, sie war kaum wieder zu erkennen. „Ich muss euch sprechen, euch und eure Freundinnen. Kommt bitte um 16.00 Uhr in mein Büro." Danach ging sie schwankend zu den Anacondas und sprach anscheinend mit Hernando und Juan. Die sechs Mädchen konnten sich keinen Reim darauf machen, Irgendetwas Wichtiges musste vorgefallen sein. In den Unterrichtsstunden des Vormittags waren alle ziemlich unaufmerksam.
Was konnte das nur sein?
Pünktlich machten sich die sechs auf den Weg. Im Büro von Frau Süß warteten schon Hernando und Juan. Beim Eintritt der Mädchen blickten sie überrascht auf. Was wollte Frau Süß von ihnen? Die betrat kurze Zeit später den Raum. Noch immer sah sie krank aus, ihre Augen waren eingefallen, irgendwie bewegte sie sich, als ob sie unter Drogen stünde. Schwerfällig nahm sie Platz und sah die Kinder teilnahmslos an. Endlich stand sie auf und stellte jedem Kind ein Glas Orangensaft hin und wartete, bis alle getrunken hatten, dann begann sie stockend, als ob sie nach Worten suchen müsste: „Ich wollte euch sprechen, weil….." Sie konnte den Satz nicht beenden, sank zu Boden und blieb bewegungslos liegen. Die sechs wollten ihr zu Hilfe eilen, aber irgendwie fiel es auch ihnen schwer aufzustehen. Es war, als wären sie gelähmt. Entsetzt sahen sie sich an und nun wurde die Tür aufgerissen und Gonzales, Herr Neuwein und sechs weitere Männer kamen herein. „Das habt ihr nicht erwartet", lachte Gonzales gehässig, ihr habt uns lange genug das Leben schwer

gemacht, heute ist euer letzter Tag im Sternenzelt. Ach, übrigens eure Frau Süß trifft keine Schuld, wir haben ihr was gegeben, sie steht schon seit heute Morgen unter Drogen und kann sich nicht wehren. Bei euch wirkt das Mittel leider nur ungefähr eine Stunde, deshalb ist es sicherer, euch zu fesseln."

Die Männer holten Stricke aus der Tasche und fesselten den Kindern Arme und Beine. Dann klebten sie ihnen den Mund mit Klebeband zu. Hilflos saßen die acht da und konnten sich nicht rühren. „So und nun warten wir, bis es dunkel ist", kicherte Pedro, der Mann mit dem Pferdeschwanz. Die Männer setzten sich, während Frau Süß weiterhin dalag und keinen Laut von sich gab.

„Was machen wir"?, fragte Caren Nina in Gedanken. „Wir müssen wohl abwarten, bis sich eine Gelegenheit bietet."

Es begann zu dämmern. Jetzt war die Zeit für Gonzales und seine Helfershelfer gekommen. Jeder von ihnen warf sich ein Kind über die Schulter und nachdem Gonzales die Lage gepeilt hatte, verließen sie im Gänsemarsch das Büro von Frau Süß. Es ging durch einige Gänge bis zu der Wand, in der es die Geheimtür gab. Auf diesem Weg nach draußen gelangt, hasteten die Männer mit ihren Gefangenen auf eine Art Pritschenwagen zu. Wie nasse Säcke warfen sie die Kinder auf den Wagen, dann fuhren sie los. Nach ziemlich langer Fahrt, die die Kinder kräftig durchschüttelte, erreichten sie Wasilowgrad. Alle wurden in einen der bekannten Waggons geladen und zu einer Start – und Landebahn gebracht. Hier hatten zwei größere Raumschiffe angedockt. Die acht wurden in ein Raumschiff verfrachtet und einfach auf den Boden geworfen. „Hätten wir uns mal vorher um die Raumschiffe gekümmert", dachte Caren und Nina stimmte ihr zu.

Nun kam Gonzales noch einmal ins Schiff und bemerkte hohnlächelnd: „Ja, das war's dann wohl, ich wünsche eine schöne Reise bis zum Ende der Galaxis. Übrigens wir haben euch etwas zu Trinken mitgegeben, Essen werdet ihr wohl nicht mehr brauchen." Damit verließ er das Schiff, das nach kurzer Zeit startete. Sofort versuchten die Kinder ihre Stricke zu lösen. Hernando schaffte es als Erster und riss allen die Klebebänder runter. Nach weiteren fünf Minuten waren auch alle anderen Fesseln beseitigt. Gerade als die Kinder beraten wollten, wie es weiter gehen sollte, gab es eine kleine Explosion. Gonzales und seine Leute hatten an alles gedacht. Durch die Explosion wurden der Antrieb und die gesamte Steuerung zerstört. Es gab nur noch eine Richtung, vorwärts, auch ein Abbremsen war somit unmöglich.

Deprimiert saßen alle am Boden. Keiner hatte eine Idee und zwei der Mädchen fingen an zu weinen. „Wir werden doch wohl nicht aufgeben", knurrte Caren, „das wäre doch gelacht. Los Nina, überleg mit, wie wir das schaffen." Doch so sehr sie sich auch das Gehirn zermarterten, es fiel ihnen nichts ein. So saßen sie ziemlich lange. Da, plötzlich sahen sie draußen etwas, es war die Raumstation „Estrellita", an der sie vorbeiflogen. Doch die kleine Station brachte Caren auf die rettende Idee: „Sag mal Nina, hast du auch das Medaillon von Lu und La um"? „Ja, habe ich." „Na, dann versuchen wir es." Die anderen sahen sie erstaunt an. Beide nahmen ihr Medaillon vom Hals, öffneten es und drückten die Sonnen aneinander. Schon kurze Zeit später hörten sie Lu und La in ihren Gedanken: „ Hi, Nina und Caren, was gibt es, können wir euch helfen"? „Ja, das wäre schön", sagte Caren laut, damit alle mithören konnten. „Wir sitzen in einem Raumschiff ohne Antrieb und ohne die Möglichkeit zu lenken oder zu bremsen." Könnt ihr uns eine ungefähre Position sagen"? „Ja, wir sind vor kurzem an unserer kleinen Raumstation vorbei geflogen. Ihr kennt sie ja." „O.k. , wir kommen und helfen euch, keine Angst wir sind bald da."

„Mit wem habt ihr gesprochen"?, wollten die anderen wissen. „Ach, das war so, vor einiger Zeit haben wir Außerirdischen geholfen, wir nennen sie Lu und La, da sie auf ihrem Planeten nur Nummern haben. Sie kommen vom Stern „Sandabia" und hatten in der Nähe der Erde eine Panne. Wir konnten ihnen helfen, ihren Stern wieder zu erreichen. Und diese

Außerirdischen werden uns jetzt helfen." „Außerirdische, ihr spinnt ja", rief Hernando. „Wartet es ab und bitte im Sternenzelt kein Wort darüber." Zwar sahen sie alle noch skeptisch an, aber es war der einzige Strohhalm, an den sie sich klammern konnten.

Minuten vergingen, dann schrie Beatrice auf: „Seht mal nach draußen"! Neben ihrem Raumschiff flog jetzt ein fremdes Schiff, das wie eine fliegende Untertasse aussah. „Wir fangen euch mit einem Kraftfeld ab, es wird euch aber etwas durchrütteln." „In Ordnung. fangt an." „Haltet euch irgendwo fest", sagten sie den anderen, „gleich wird es etwas ungemütlich." Plötzlich fing das Raumschiff an, zu schütteln und zu rütteln, als ob es auseinander brechen würde, dann lag es bewegungslos da. „Könnt ihr uns zur „Estrellita" bringen"? „Ja, aber dann werden wir euch am besten ankoppeln."

Staunend sahen die anderen sechs aus dem Fenster. Plötzlich öffnete sich die Tür des fremden Raumschiffes und zwei Gestalten schwebten heraus, zwei Gestalten ohne Arme und Beine. Sie schienen ein nebelartiges Gewand zu tragen, hatten einen zum Körper überdimensionalen Kopf und großen Augen. „Wie sehen die denn aus" entfuhr es Beatrice. „Irgendwie erinnern sie mich an Gespenster." Die anderen stimmten zu.

Die beiden Gestalten umkurvten das Raumschiff und verschwanden aus dem Sichtwinkel der Kinder. Kurze Zeit später tauchten sie wieder auf, anscheinend hatten sie gefunden, wonach sie suchten. Sie stiegen wieder in ihre „Untertasse" und danach waren sie verschwunden. Dafür setzte sich das Raumschiff, in dem die Kinder saßen, in Bewegung und flog schneller als je zuvor. „Da, seht nur, „Estrellita" liegt vor uns". Das Raumschiff wurde genau vor dem Außenschott der kleinen Station geparkt und als Nina den Code Sino 6813 eingegeben hatte, öffnete sich das Schott und die Acht gelangten in die Station.

Natürlich hatten alle einen Sack voll Fragen, aber Caren meinte: „Später, wir müssen erst mal zu Lu und La."

Sie zogen sich Raumanzüge mit dem kleinen Antrieb an und begaben sich zum fremden Raumschiff. Staunend sahen die sechs anderen, wie sich die Tür öffnete und Nina und Caren im Inneren verschwanden.

Sie blieben recht lange weg. Nina und Caren bedankten sich bei Lu und La und schilderten, wie sie in diese missliche Situation gekommen waren. „Ihr könntet euer Raumschiff mit dem kleinen Schiff, das ihr geparkt habt, wieder zum Sternenzelt ziehen, aber wie kommt ihr hinein? Oder wir bringen euch mit unserem Schiff zur Erde und ihr startet von dort zum Sternenzelt wie ihr es auch sonst tut." „Woher wisst ihr, wie wir von der Erde ins Sternenzelt kommen"? „Das erzählen wir euch später. Also, was sollen wir machen"? Nina und Caren beratschlagten kurz, dann entschieden sie sich für die zweite Möglichkeit. Sie kehrten zum Raumschiff zurück und weihten die anderen in ihren Plan ein. Natürlich hatten die zuerst Angst, dann aber stimmten sie zu.

„Wir sollten bis zum „Valle de huevo" fliegen, aber wo liegt das genau"? Nina und Caren kramten in ihren Gedanken. Sie hatten sich doch sogar Längen - und Breitengrad von Andorra angesehen. Verzweifelt dachten sie nach. „Ich weiß, wo Andorra liegt", meldete sich auf einmal Carmen, „wir hatten mal darum gewettet. Es liegt ungefähr auf dem 43. Breitengrad und dem 2. Längengrad." „Klasse, das hilft uns weiter."

Da nicht genügend Raumanzüge auf der Station waren, flog Nina mit Carmen und Maria zum Raumschiff. Dann kehrte sie mit den Raumanzügen zurück und nahm Beatrice und Catherine mit. Dann kamen Hernando und Juan dran und zum Schluss holte sie Caren ab. An Bord des Raumschiffes von Lu und La bekam jeder einen Platz, der anscheinend aus dem Nichts erschien. „Wollt ihr einen Schluck „Lebenssaft", fragte Lu bei Caren an. „Ja gerne und assistiert von Nina und Caren tranken sie alle davon. Noch immer sahen die Kinder mit Ausnahme von Nina und Caren die Außerirdischen groß und ungläubig an.

„Was machen wir mit dem Raumschiff"?, fragte Lu in Gedanken. „Wir könnten es zu der Stelle bringen, wo das andere Raumschiff parkt", und als Caren und Nina einverstanden waren, nahmen Lu und La das Raumschiff wieder in Schlepptau und brachten es

zum geparkten Raumschiff. Kaum war es dort abgestellt, als es den Blicken der sechs anderen entschwand, nur Caren und Nina konnten es noch sehen. „Wir haben das Raumschiff wieder auf eure Lebensimpulse eingestellt, nur ihr könnt es sehen."
Caren gab Lu und La die Koordinaten von Andorra und dann ging es los. Schon nach kurzer Zeit tauchte die Erde unter ihnen auf und dann Europa und plötzlich waren sie über Andorra. Geschickt landete Lu ihr Raumschiff. „Schnell, es ist zwar dunkel, aber es darf uns keiner sehen." Die Tür wurde geöffnet und alle Kinder stiegen aus. Das fremde Raumschiff startete sofort wieder und Nina und Caren hörten in Gedanken: „Alles Gute und wenn ihr mal wieder Hilfe braucht, wir sind für euch da." „Danke für alles," dachte Nina.
Sie waren nicht weit von den Gebäuden, die sie kannten, gelandet. Im Haus, an dem sie klopften, reagierte eine Frau höflich, aber distanziert. „Ich kennen euch nicht und muss erst im Sternenzelt nachfragen. Nach etwa 20 Minuten kam sie zurück und brachte die Kinder in den kreisrunden Saal, aus dem sie immer zum Sternenzelt gestartet waren. Persönlich brachte die Frau ihnen die Tassen mit der bräunlichen Flüssigkeit und mit einem: „Das war's dann"!, verschwand sie. Nina meinte: „Na los, trinken wir das Zeug, ich will zurück ins Sternenzelt." Nachdem die Tassen geleert waren, kam die Frau wieder und holte sie ab. Alle legten sich bequem zurück. Die Augen fielen ihnen zu und sie träumten, sie würden sich drehen, drehen, drehen und dann fliegen, fliegen, fliegen.......
Als sie aufwachten, waren sie wieder im Sternenzelt.
Als Erstes erschien Frau Süß. Sie wirkte sehr zerknirscht, aber auch gleichzeitig wütend. „Das muss mir passieren"! , fauchte sie. „Die haben mir etwas in den Tee getan, den ich jeden Morgen in meinem Büro trinke. Ich konnte einfach nichts machen."
Und dann kam Herr Baumgarten, der Direktor. „Nun erzählt mal." Aber Caren unterbrach ihn: „Lassen Sie uns bitte unser Geheimnis, wir werden Ihnen später von unserer Rettung

berichten. Im Augenblick wäre es nicht gut, wenn das, was wir erlebt haben, publik würde. Aber Herr Neuwein, unser Französisch – Lehrer, hat Pedro Gonzales geholfen, uns ins All zu schießen. Den sollten Sie auf die Erde zurück schicken."
Herr Baumgarten versprach es ihnen und entließ sie zum Frühstück.
Herrn Neuwein haben sie übrigens nie wieder gesehen.
Bevor Nina und Caren zum Unterricht gingen, standen auf einmal Hernando und Juan vor ihnen. „Wir müssen mit euch reden", fing Hernando an und war dabei ziemlich rot im Gesicht geworden. „Worum geht es denn"?, fragte Caren. „Nun ja, erst mal vielen Dank für die Rettung", stotterte er. „Ach, können wir uns heute Mittag auf der Wiese treffen"?, fiel ihm Juan ins Wort. Nina sah Caren an und die zuckte gleichgültig mit den Schultern. „O.k, „17.00 Uhr müsste gehen." Erleichtert schoben die zwei ab.
„Musste das sein"?, fragte Caren. „Magst du Hernando noch"? „Ich glaub schon aber machen wir es den beiden nicht zu einfach. Wir werden uns gar nicht hinsetzen, also keine Decke oder so."
Vor dem Termin gingen die zwei zur Wiese, sie hatten das Geschenk von Lu und La, die kleine Scheibe, und einen Laptop mitgenommen. Caren legte sie in ihre Hand und dachte: „ Arbeite für uns"! Die Scheibe erwachte zum Leben, erzitterte kurz und stand dann 1 m entfernt in der Luft. „Flieg nach Wasilowgrad, 4 U"! Sofort war die Scheibe verschwunden und kurz darauf hörten beide in Gedanken die Gespräche, die im ersten Raum der Etage geführt wurden. Eine Frauenstimme:„ Gonzales ist ja ganz happy, endlich ist er die Mädchen los." Eine zweite Stimme: „ Jetzt ist er viel freundlicher, Wasilow hat ihn auch schon gelobt. Nur die Väter der Mädchen sind völlig fassungslos. Sie konnten sie nicht schützen."
„Komm zurück"! befahl Nina und sofort war die Scheibe wieder da. „Danke", sagte Nina und die Scheibe fiel zurück in ihre Hand. „Was war los"? „Mensch, wir müssen erst Paps mailen, dass mit uns alles in Ordnung ist." „Mist, das habe ich glatt

vergessen." Schnell holten sie das Versäumte nach, sie berichteten ihm ausführlich von dem Anschlag und wie sie durch Lu und La gerettet wurden. Schon kurz darauf war eine Antwort von Paps da:

Gott sei Dank ist alles gut gegangen. Mensch, was hatten wir für eine Angst, als wir auf Umwegen davon erfuhren. Deshalb war Wasilow also so aufgekratzt. Ich hatte schon alles Mögliche überlegt, wie ich das eurer Mutter und Oma und Opa beibringen sollte. Mein Gott, ich liebe euch und nehme euch ganz fest in den Arm. Grüße an eure Freundinnen, Paps

Nachdem das erledigt war, wollten sie, neugierig geworden, zur Hütte gehen, vielleicht waren Funksprüche da.

Außer Atem kamen sie dort an, warteten nur kurz, dann steckten sie den kleinen goldenen Schlüssel ins Schlüsselloch. Die kleine Melodie ertönte und die Tür sprang auf. Da die Hütte leer war, gingen sie sofort zum Funkgerät und gaben „always 731" ein, aber nichts geschah. „Warte, die haben doch ein neues Passwort." Schnell gaben sie „Porquecadadia 900" ein und jetzt konnten sie den einzigen Funkspruch lesen:

„Glückwunsch, Gonzales, endlich sind wir diese Brut los! Du bekommst einen Extrabonus. "

Kurz vor 17.00 Uhr machten sich Nina und Caren erneut auf den Weg zur Wiese. Hernando und Juan waren schon da. Sie hatten Decken ausgebreitet und auf jeder lag eine rote Rose – wo hatten sie die bloß her – und ein kleines Paket, liebevoll verpackt mit einer roten Schleife.

Nina und Caren taten völlig desinteressiert und blieben stehen, natürlich freuten sie sich insgeheim.

„Wir wollten uns entschuldigen", begann Juan, „auf dem Fest konnten wir euch nicht finden, so sehr wir auch gesucht haben. Wir wissen bis heute nicht, in welcher Verkleidung ihr da wart oder ob überhaupt." „Natürlich waren wir da, wir haben sogar mit euch getanzt."

„Wart ihr etwa die beiden Außerirdischen"? „Bingo, du hast es, aber ihr hattet ja nur Augen für die beiden Mädchen von den Tigern." „Das stimmt nicht, aber wir haben euch nicht gesehen und mit den beiden war auch nichts. Sie wollten zwar, aber da war nichts, wir mussten immer an euch denken." Das war natürlich Balsam für die Seelen von Nina und Caren und nun setzten sie sich doch endlich hin......

Der „Club der Besonderen"

Die Jahresabschlussarbeiten hatten begonnen, das brachte natürlich viel Arbeit. Jetzt musste sich zeigen, ob der dünne Punktevorsprung reichen würde. Am 5. Juni waren alle Arbeiten geschrieben, einige, auch Caren, mussten am 7. Juni noch in eine mündliche Prüfung. Bei ihrer Prüfung in Deutsch sollte sich entscheiden, ob sie eine Eins in dem Fach bekommen sollte. Gott sei Dank war auch das vorbei, es standen nur noch die Ergebnisse aus.

Am nächsten Tag kam Julie zu Nina und Caren. Sie sah verheult aus und erzählte: „Sevilley geht anscheinend wieder zum „Club der Besonderen". Sie benimmt sich unmöglich und will nicht mehr mit mir sprechen und über den Club schon gar nicht. Sie ist wie eine Fremde." „Wir kümmern uns darum", sagte Nina, „ gib uns Bescheid, wenn wieder ein Treffen ist."

Schon am nächsten Tag, einem Donnerstag, kam Julie angerannt: „Heute Abend um 20.00 Uhr ist Clubtreffen."

Sevilley ging eine Viertelstunde vor Beginn der Zusammenkunft los, also konnte der Ort nicht weit entfernt sein. Nina und Caren waren zur Stelle und schlichen hinterher. Wieder lief Sevilley schnurstracks in Richtung Wasilowgrad und auf den Wald der Maracho –Büsche zu. Nina und Caren schauten sich an, sollten „Die Besonderen" einen Weg gefunden haben, in die Maracho – Büsche zu gehen? Aber das war wohl nicht der Fall. Mit Bedauern sahen sie, dass die Gruppe oder wer auch immer eine Reihe von Maracho – Büschen abgeholzt hatte, so dass ein Weg in die Büsche führte. Natürlich konnten die zwei diesem Weg nicht folgen, aber sie hatten ja andere Möglichkeiten. 50 m neben dem Weg näherten sie sich den Maracho – Büschen und Caren begann auf sie einzureden. Der leise angenehme Klang war zu hören und die Büsche bogen sich zur Seite. Sie streiften zwar die Kinder, aber es war eher wie ein Streicheln. Nina und Caren schlugen einen großen Bogen und näherten sich dem Pfad von hinten. Bald hörten sie das Gemurmel von Stimmen. Wer auch immer hatte, geschützt vor neugierigen Blicken, einen etwa 10 x 10 m großen fast quadratischen Platz geschaffen und rücksichtslos die Pflanzen beseitigt. Obwohl weiterhin der leise Klang der Maracho – Büsche zu hören war, schien die Gruppe nichts zu hören und so kam es, dass sich Nina und Caren dicht anschleichen konnten. Zur Gruppe gehörten 16 Kinder, unter ihnen waren zu ihrem Schrecken auch Peggy und Mary aus den USA und Gina und Theresa aus ihrer Klasse, sowie zwei Jungen der Tiger und zwei Mädchen der Löwen. Sevilley und der Rest waren Kinder, die erst in diesem Jahr dazu gekommen waren. In der Gruppe saß ein kleiner, rundlicher Mann, den Nina und Caren noch nie gesehen hatten. Er fiel nicht einmal sonderlich auf, denn er war nur ca. 1,50 m groß, trug kurzes, gelocktes Haar und eine Baskenmütze. Bekleidet war er mit einer Jeans und einem recht auffälligem Hemd mit roten und blauen Blumenmustern. Eigentlich führte er sich wie ein Gockel auf, doch die Kinder der Gruppe schienen es nicht zu bemerken, sie hingen an seinen Lippen. Er führte offensichtlich die Gruppe. „Natürlich habe ich euch etwas mitgebracht", sagte er gerade, „hier soll es euch doch gut gehen." Dabei fasste er in seine Tasche und holte kleine Päckchen und Plastikbecher hervor, die er den Kindern reichte. Diese öffneten die Päckchen, nahmen sich Wasser aus Flaschen, die in der Mitte standen, schütteten das weiße Pulver hinein und rührten hektisch um. Dann saugten sie den Inhalt mit einem Strohhalm auf. „Mensch, das ist sicher Rauschgift", flüsterte Nina ihrer Schwester zu, „und was machen wir jetzt"? „Abwarten, lass uns weiter zuhören." Kurze Zeit später fielen die Kinder in eine Art Trance. Sie kippten nach hinten um und blieben bewegungslos liegen. Darauf hatte der kleine Mann nur gewartet. Er wandte sich an die Kinder und redete beschwörend auf sie ein: „Ihr dürft niemandem etwas von unseren Zusammenkünften erzählen. Ihr seid die Auserwählten, ihr werdet in Zukunft für mich arbeiten. Gemeinsam werden wir diesen Schandfleck Sternenzelt ausradieren und ich verspreche euch, tolle Geschenke. Kommt nächste Woche Montag wieder und ich werde euch belohnen." Er stand jetzt in der Mitte wie ein Feldherr und flüsterte: „Ihr seid alle mein." Nachdem er fast fünf Minuten in dieser Pose verharrte, verließ er den Kreis und lief den Weg zurück. „Folgen wir ihm oder bleiben wir hier"? flüsterte Caren. „Ach, lass ihn laufen, beobachten wir erst mal die Gruppe weiter." Die Kinder wurden langsam wach. Sie standen wie in Trance auf und gingen, noch etwas unsicher auf den Beinen, zur Schule zurück. Kopfschüttelnd folgten ihnen Nina und Caren. Was war das und was sollte mit der Gruppe erreicht werden?

Montag waren sie schon vor den Kindern da und legten sich, verdeckt von den Maracho – Büschen, auf die Lauer. Wieder lief die Prozedur ähnlich ab. Die Gruppe hatte nur Augen für die kleinen Tütchen. Als alle in Trance lagen gab der kleine Mann Anweisungen:

Jeder bekommt am Donnerstag einen ganz besonderen Auftrag von mir, etwas Wichtiges. Ich werde damit feststellen können, auf wen ich mich verlassen kann und auf wen nicht. Ich verlasse euch jetzt und ihr werdet aufwachen und euch auf den nächsten Donnerstag mit mir freuen. Ansonsten erinnert ihr euch nur an ein tolles Essen mit einem riesigen Eisbecher."

Nina und Caren folgten ihm heute durch die Maracho – Büsche gedeckt. Erstaunt stellten sie fest, dass er zur Schule ging, oder doch nicht ganz, er schien zur Hütte zu wollen.

Nachdem sie das festgestellt hatten, rannten sie selbst zur Schule und in ihren Aufenthaltsraum. Dort deckten sie mit einem Tuch die Kamera ab und da niemand im Raum war, öffneten sie die Geheimtür und liefen den Gang entlang zur Hütte. Etwas später waren sie auf der anderen Seite des Schrankes angelangt und legten sich auf die Lauer. Sie hatten mit ihren Überlegungen richtig gelegen, denn kurz darauf hörten sie die bekannte Melodie, die Tür öffnete sich und der kleine Mann erschien in der Hütte. Offensichtlich wartete er auf jemanden und lief dabei unruhig auf und ab. Nach fast 10 Minuten betrat ein alter

Bekannter die Hütte, es war Pedro mit dem Pferdeschwanz.

„Berti, du glaubst nicht, was ich für Ärger habe, stell dir vor, obwohl ich Nina und Caren mit ihren Freunden und Freundinnen auf Nimmerwiedersehen ins All geschickt habe, sind sie wieder da. Ich weiß wirklich nicht, wie das geschehen konnte, zaubern können die doch auch nicht." Nina und Caren grinsten in ihrem Versteck und in Gedanken meinte Caren: „Und das soll auch so bleiben."

„Wie ist es heute gelaufen"? wandte er sich an den kleinen Mann. „Prima, sie fressen mir aus der Hand." „So soll es sein. Hast du ihnen schon die Aufträge gegeben, vor allem brauchen wir die Laptops der Mädchen, irgendwo müssen sie ja sein."

„Nein, noch nicht, aber Donnerstag ist es so weit." „Na gut, aber mach keinen Fehler, Nina und Caren sind nicht zu unterschätzen. Was bekommen sie eigentlich von dir"? „Ein leichtes Rauschgift, das sie in drei Wochen so abhängig gemacht hat, dass sie alles tun, was ich will." „Gibt es ein Gegenmittel"? „Ja, schon, ich habe es in meinem Spind, sie sollen später von der Beeinflussung nichts mehr wissen, wir können sie aber zu jeder Zeit mit diesem Zeug wieder für uns arbeiten lassen, dann aber mit einer anderen Droge" „Na gut, mach weiter, es fällt ja auch ein schöner Batzen Geld für dich ab."

Damit war die Unterhaltung beendet und Pedro verließ die Hütte. Berti, so hatte Pedro ihn genannt, blieb noch einige Zeit sitzen, Nina und Caren verhielten sich mäuschenstill. Plötzlich hörten sie die Stimme von Berti, er schien Selbstgespräche zu führen: „Du legst mich nicht rein, dafür werde ich schon sorgen. Wenn ich auffliege, fliegst du mit auf und dein toller Wasilow auch." Er hatte Papier und Kugelschreiber aus der Tasche gezogen und schrieb eifrig. Nach fast zehn Minuten war er fertig und sah sich suchend um. Caren sah Nina an – hoffentlich kam er nicht zum hinteren Schrank. Aber da hatte sich Berti schon entschieden. Er zog eine Schublade an einem kleinen Schrank heraus und klebte mit einem Klebeband sein „Geschreibsel" unter die Schublade. Zufrieden sah er sich um und verließ die Hütte.

Nach weiteren fünf Minuten trauten sich Caren und Nina aus ihrem Versteck. Schnell hatten sie das Papier gelöst und falteten es auseinander. Darauf stand:

„Pedro, ein Mitarbeiter von Wasilow, hat mich dazu erpresst, Kindern der Schule das Rauschmittel „Ramtipor" zu geben. Er will damit die Schule irgendwie untergraben. Leider hat er mich in der Hand. Durch diese Kinder sollen Nina, Caren und ihre Freundinnen erledigt werden. Das soll der Anfang vom Ende des Sternenzeltes werden. Das Gegenmittel heißt „Elexo" und liegt in meinem Spind in der Werkstatt. Dieses Mittel hebt die Wirkung von „Ramtipor" auf, ja es erzeugt sogar ein Ekelgefühl dagegen. Dadurch werden die Kinder wieder wie sie früher waren, keine Abhängigkeit, keine Beeinflussungsmöglichkeit mehr und vor allem, sie erinnern sich an nichts, was mit ihnen passiert ist. Ich hoffe, dass ich mit diesem Geständnis helfen kann, Pedro und seine Leute zu fassen, falls mir etwas passiert." Unterschrieben war das Geständnis mit dem Wort „Bert"

„Los", drängte Caren, „wir nehmen das Blatt mit, was meinst du, wie schlimm es wäre, wenn Pedro es fände." Nina war einverstanden, nahm das Geständnis mit dem Klebeband an sich und beide stiegen in den Schrank. Sicher war auf der anderen Seite niemand im Aufenthaltsraum, denn es war schon Abendbrotzeit.

Gerade hatten sie die Geheimtür geöffnet, als die Melodie erklang, jemand hatte die Hütte betreten. Vorsichtig lugten sie aus dem Schrank und sahen Pedro. Er hatte wohl Berti doch nicht getraut und durchsuchte nun die Fächer des Schrankes. Caren zog Nina schnell in den Geheimgang, dessen Tür sich mit einem leisen Zischen schloss. „Der guckt sicher auch in den großen Schrank, da ist es besser, wenn wir verschwunden sind", bemerkte sie grinsend.

Am Abend überlegten sie gemeinsam mit ihren Freundinnen und Julie, was sie gegen Berti unternehmen wollten, kamen aber zu keinem Ergebnis. Plötzlich tauchten Hernando und Juan auf, für Nina und Caren die Gelegenheit sich abzusetzen. Fast im

Laufschritt gelangten sie zu ihrer Wiese und hier wartete eine Überraschung auf sie. Hernando und Juan hatten ein kleines Picknick auf Decken vorbereitet und grinsten jetzt wie die Honigkuchenpferde, als sie sahen, wie sehr sich die beiden Mädchen darüber freuten. Nach einem kurzen Picknick versickerte das Gespräch zu viert und man kann sagen, es war ein „kussreicher" Abend. Aufgekratzt und glücklich kamen die vier gegen 22.00 Uhr wieder zur Schule zurück.

„Meinst du, wir sollten das Problem der „Besonderen" mit Frau Baumgarten besprechen oder mit Pierre und Carina?" „Lieber mit Pierre und Carina, vielleicht kann uns Pierre auch helfen, wir müssen mehr über Berti erfahren." Und so gingen sie am nächsten Tag nach dem Mittagessen zur umgebauten Höhle von Pierre und Carina. Mit großem Hallo wurden sie von den Zottis begrüßt und hatten natürlich auch ein paar Knochen dabei. Pierre war allein und so erzählten sie ihm von ihren Problemen. „Berti kenne ich nur vom Sehen, habe sonst nichts mit ihm zu tun. Ich werde mich umhören und auch feststellen, welcher Spind ihm gehört."

Schon am nächsten Tag hatte er ein Ergebnis: „Der Kerl heißt Bertold Klude und kommt aus dem Schwarzwald in Deutschland. Ich war an seinem Schrank und habe euch das Gegenmittel „Elexo" mitgebracht. Es stand auch eine große Tüte „Ramtipor" im Schrank. Da es wie Mehl aussah, habe ich es gegen Mehl ausgetauscht, weiß aber nicht, ob er nicht noch woanders etwas hat." „Klasse", rief Nina, ich habe auch schon eine Idee, wie wir den Kindern aus der Gruppe helfen."

Am heutigen Donnerstag sollten sich die „Besonderen" wieder treffen. Nina und Caren hatten vor zu lauschen und wenn die Kinder in Trance waren und Berti verschwunden war, wollten sie allen das Gegenmittel „Elexo" geben und dann verschwinden. Beim nächsten Mal sollte Berti dann sein blaues Wunder erleben. Es wurde Abend und Caren und Nina machten sich zusammen mit Julie auf den Weg. Es war geplant schon vor der Gruppe dort zu sein. Julie nahmen sie mit, weil Sevilley zur Gruppe gehörte.

„Wenn wir da sind, kein Laut, egal was passiert", schärften sie Julie ein, „wir helfen der Gruppe sobald Berti weg ist." Nachdem Caren mit den Maracho – Büschen gesprochen hatte, was Julie sehr erstaunte, kamen sie ungehindert in die Nähe des Treffpunktes. Als Erster tauchte Berti auf. Er hatte eine kleine Tasche mit. Kurze Zeit später kamen die Kinder, das Rauschmittel lockte sie unwiderstehlich an. Als alle saßen fing er an zu sprechen: „ Ihr wisst ja, ihr könnt nur weiter die kleinen Tütchen bekommen, wenn ihr etwas für mich tut. Ihr beweist damit, dass ihr zur Gruppe gehört. Wer das nicht will, der kann jetzt gehen" – aber keines der Kinder erhob sich, alle blieben sitzen. „Das ist gut, jeder von euch bekommt ein kleines Päckchen von mir. Darin findet ihr eure Aufgabe auf einem Zettel und Hilfsmittel, wie ihr sie erledigen könnt. Ihr müsst sie bis Montag erledigt haben. Wir treffen uns dann wieder." Als keines der Kinder etwas sagte, holte Berti 16 Briefumschläge aus seiner Tasche und überreichte jedem Kind einen. Danach griff er erneut in die Tasche und gab jedem ein Tütchen und einen Pappbecher. Sofort rührten alle Kinder das weiße Pulver in Wasser, das in Flaschen in der Mitte stand und saugten den Inhalt mit einem Strohhalm gierig auf. Berti hatte wohl noch Ramtipor woanders gehabt und den Tausch gegen Mehl nicht bemerkt. Auch jetzt wiederholte sich das Schauspiel der letzten Woche. Nacheinander fielen die Kinder hintenüber und rührten sich nicht mehr. Berti stupste ein paar von ihnen an, wohl zur Kontrolle. Jetzt stand ein hämisches Grinsen in seinem Gesicht und er flüsterte heiser: „Ich bin euer Herr und Gebieter, ohne mich seid ihr nichts, ich kann euch jetzt jeden Befehl geben und ihr müsst gehorchen. Versuchen wir es: „Steht alle auf"! Obwohl alle Kinder nach hinten gekippt waren, standen sie auf. Dabei waren ihre Augen geschlossen, sie waren in Trance. Mit einem gemeinen Grinsen im Gesicht befahl Berti: „Lauft auf allen Vieren wie Hunde." Die Kinder gehorchten. „Jetzt bellt"! Alle Kinder bellten wie Hunde. Berti stellte eine Schüssel hin und füllte sie mit Wasser. „Jetzt trinkt jeder nacheinander wie ein

Hund aus der Schüssel"! Die Kinder gingen auf allen Vieren zu der Schüssel, beugten ihre Gesichter hinein und fingen an zu trinken. Es war ein widerliches Schauspiel zu sehen, wie sie willenlos gehorchten. Julie war so wütend, dass sie reinrennen wollte, um ihrer Schwester zu helfen. Nur mit Mühe konnte Caren sie zurückhalten. „Seht ihr"!, zischte Berti, ich könnte euch befehlen, in die Maracho –Büsche zu rennen und euch dort elendig verrecken lassen, aber ich brauche euch noch. Legt euch jetzt alle wieder zurück." Damit stand er auf und nahm seine Tasche. Anscheinend hatte er sich jetzt wieder in der Gewalt. Er warf noch einen prüfenden Blick in die Runde, dann drehte er sich um und war nach kurzer Zeit verschwunden. Caren hielt die anderen beiden zurück, besonders wütend war natürlich Julie. Etwas später gingen die drei zu den bewegungslos am Boden liegenden Kindern. Caren sammelte die 16 Briefumschläge ein. „Mal sehen, was sie erledigen sollen." Die Briefumschläge der acht älteren Kinder und von 6 jüngeren waren identisch, auch die Aufgaben waren fast gleich. Es hieß darin:
Rühre heimlich den Inhalt des Umschlages ins Glas von Nina von den Füchsen, Caren von…., Beatrice von …, Catherine von …, Maria von …, Carmen…. , bei Sevilley von deiner Schwester und bei Peggy und Mary ins Glas von Hernando und Juan." Die Namen, die bei den jüngeren Kindern angegeben waren, kannten sie nicht. „Sobald das getrunken worden ist, gibst du ihr/ihm folgenden Befehl:„ Du gehst mit uns am Dienstag zum Treffen der „Besonderen", wir holen dich ab. Du vergisst sofort das, was ich gesagt habe!"
Nina und Caren sahen sich an. „So sollte das also laufen! Da haben wir aber auch noch ein Wörtchen mit zu reden."
Was war in den anderen Umschlägen? Die Aufgabe in dreien lautete:
„Hole Freitag um 16.00 Uhr im Raum 20 eine Tasche ab und bringe sie in Raum 36. Danach vergiss alles. Die Anweisung der letzten vier Umschläge war ebenfalls identisch:
Du stellst zusammen mit Imi, Doro und Arnim den Antrag, mit

anderen am Samstag nächster Woche zur „Estrellita" zu fliegen. Vor dem Abflug holst du aus dem Raum 36 eine Tasche ab, die du mitnimmst. Weitere Anweisungen findest du in der Tasche." „Nina, was meinst du? Ich schlage vor, wir geben allen mit Ausnahme von den drei Kindern, die die Taschen abholen sollen „Elexo", denn wir müssen wissen, was es mit den Taschen auf sich hat." „Einverstanden." Gemeinsam mit Julie füllten sie die Becher wieder mit Wasser, schütteten das Gegenmittel „Elexo" hinein und verrührten das Ganze. Gemeinsam setzten sie immer ein Kind auf und flößten ihm den Inhalt ein. Dabei beeilten sie sich, denn sie wollten nicht gesehen werden. Endlich war die Arbeit getan. Die drei zogen sich wieder in den Schutz der Maracho – Büsche zurück und warteten. Nach vielleicht 10 Minuten wurden die Kinder nacheinander wach. „Wo sind wir und was machen wir hier?" fragte Peggy und da niemand darauf eine Antwort wusste, machten sich alle auf den Weg zurück zur Schule. Zwar bewegten sich die meisten, als ob sie etwas getrunken hätten, waren aber bald aus dem Blickfeld von Nina, Caren und Julie verschwunden. Nein nicht alle, die drei, die „Elexo" nicht bekommen hatten, wurden erst nach weiteren 10 Minuten wach. Auch sie liefen in Richtung Schule. Nun gingen die drei Verschwörer auch zurück, aber vorsichtig, sie wollten keinem der anderen Kinder begegnen. „Sag bloß nichts zu Sevilley!" schärfte Caren Julie ein, „sie würde es nicht verstehen und vielleicht wütend reagieren.

Die Aufträge und das Ende der „Besonderen"

Vor der Schule trennten sie sich und Nina und Caren holten einen Laptop und gingen zu ihrer Wiese.

Das konnten sie mal wieder nicht allein bewerkstelligen. „Da musste Paps helfen. Schnell mailten sie ihm:

Hi, Paps,

wir haben mal wieder ein Problem und kommen nicht weiter. Einer Gruppe von 16 Kindern haben die Leute von Wasilow Rauschmittel gegeben. Die sollen uns sechs heimlich das Zeug verabreichen. Drei Kinder sollen jeweils eine Tasche abholen und vier damit zur „Estrellita" fliegen. Wir schätzen, dass in den Taschen Sprengstoff sein wird.

Was sollen wir machen?

Schon kurze Zeit später war eine Antwort da:

Wendet euch an Pierre, er wird euch sicher helfen. Macht nichts allein, das ist zu gefährlich und haltet euch bloß von dem Zeug fern. Hier scheint Wasilow irgendetwas zu starten, sehr geheim, aber wir werden ihm einen Strich durch die Rechnung machen. Zwar haben wir auf einmal keinen Zugang mehr zur Raumstation, wissen aber, dass man dort mit Hochdruck neue Raumschiffe baut. Ein Bekannter hat berichtet, dass vorn an den Schiffen ziemlich lange Spitzen seien, als ob man damit irgendwo eindringen oder etwas zerstören will. Sobald wir Näheres wissen, melde ich mich.

Ich umarme euch, Paps

Etwas ratlos schauten sich Nina und Caren an: „Am besten ist, wir gehen sofort zu Pierre."

Pierre und Carina waren zu Hause und freuten sich sehr über den Besuch der beiden. Das Lachen verging ihnen, als sie den Anlass erfuhren. „Mal sehen, wie ich euch helfen kann", sinnierte Pierre.

„Am besten ziehen wir Berti ganz aus dem Verkehr. Ich werde mit Herrn Baumgarten reden, und Sonntag begleite ich euch. Wir legen uns auf die Lauer und können so die Taschen abfangen. Wir schnappen sie uns und ich bringe sie zum Direktor. Ihm werde ich alles erklären und er wird dann schon die richtige Entscheidung treffen.

Die Stunden bis Freitag zogen sich wie Kaugummi dahin. Endlich war es soweit. Caren und Nina trafen sich mit Pierre und schlichen frühzeitig genug zum Raum 36. Der Raum wurde wohl zum Abstellen von allerlei Gerümpel benutzt. Die drei suchten sich eine Ecke, bauten sie mit ein paar alten Möbeln so zu, so dass sie nicht gesehen werden aber alles überblicken konnten und warteten. Die Zeit verging – sollte doch niemand kommen? Doch dann ging die Tür auf und die drei Jungen, die zu den „Besonderen" gehörten, erschienen und stellten drei Taschen in den Raum. Kaum waren die Jungen weg, wurden die drei aktiv. Als sie die Taschen öffneten meinte Pierre: „Sieh mal an, das sind ja schon fertige Bomben mit Zeitzündern. Die müssen sich sehr sicher sein, die Zünder sind auf kommenden Samstag, 24. Juni 19.00 Uhr eingestellt." Außerdem lag in jeder Tasche ein Zettel: „Du stellst die Tasche in die rechte Schlafkoje, du stellst die Tasche in den Reparaturraum, du stellst die Tasche in die Mitte des Raumes." Die drei nahmen je eine Tasche, verließen den Raum und gingen zur Wohnung von Herrn Baumgarten. Bevor die beiden Mädchen sich absetzen konnten, stand der Direktor vor ihnen. „Ah, Nina und Caren", sagte er lächelnd, „ ist das Sternenzelt mal wieder in Gefahr?" Die beiden wurden rot, aber Pierre drängte alle über die Schwelle: „Schnell, es darf uns niemand sehen!"

Bald war alles erzählt und die Augen des Direktors wurden immer größer: „Rauschgift in meiner Schule, unglaublich, ich werde…" „Ich hoffe, dass Sie so schnell wie möglich den Schuldigen aus dem Sternenzelt entfernen", warf Pierre ein. Der Direktor versprach es allen, dann waren Nina und Caren entlassen. Pierre sollte noch ein wenig bleiben und die Mädchen nahmen an, dass über die Entschärfung der Bomben gesprochen werden sollte.

Schon am nächsten Tag war Berti verschwunden und am Punktestand der Klassen hatte sich etwas geändert, die E 1 hatte auf einmal 10 Punkte mehr auf dem Konto.

Der Lehrer der drei Jungen, die die Taschen gebracht hatten, bat diese am nächsten Morgen unter einem Vorwand in sein Büro. Dabei tranken sie Orangensaft, der mit „Elexo" versetzt war und so waren auch sie „erlöst". Am Montag gingen Nina und Caren noch einmal zum Treffpunkt der „Besonderen", aber niemand war erschienen, das Gegenmittel hatte einen durchschlagenden Erfolg gehabt. Überhaupt benahmen sich die ehemaligen Mitglieder der „Besonderen" völlig normal, als ob nichts gewesen wäre und somit war auch Sevilley wieder die alte. Nina, Caren und Julie beschlossen, Stillschweigen über die Angelegenheit zu wahren und daran hielten sie sich auch.

Der Tag X und die Rückkehr zur Erde

Nach dem Mittagessen wollten Nina und Caren mit ihrem Laptop zu ihrer Wiese. Plötzlich, wie aus dem Boden gewachsen, stand Andreas Körper, einer der beiden Eindringlinge bei Wang – Ho, vor ihnen. Er legte einen Finger auf die Lippen und flüsterte: „Keine Angst, ich will euch nichts tun, aber ich muss mit euch sprechen." Nina und Caren sahen ihn skeptisch an, gingen aber mit ihm zur Wiese.

„Sie haben mich gekriegt und ich muss wieder für sie arbeiten, obwohl sie meinen Bruder umgebracht haben. Aber zur Sache, in Wasilowgrad ist der Teufel los. Alle wichtigen Leute werden mit Raumschiffen, die bis zu 12 Menschen mitnehmen können, evakuiert, als ob dem Sternenzelt Gefahr drohen würde. Wie ihr seht gehöre ich nicht zu den wichtigen. Alle Menschen in Wasilowgrad haben Angst, dass Wasilow das Sternenzelt zerstören könnte, zumal wir gehört haben, der 25. Juni ist der Tag „X" und heute ist schon der 20."

„Wir haben auch läuten hören, dass Wasilow etwas plant, nur was, wissen wir nicht, aber das kriegen wir raus. Ich muss zurück, aber ich kann euch versichern, wenn etwas geplant ist und ihr helfen könntet, habt ihr in Zukunft viele Freunde in Wasilowgrad." Damit stand er auf und war schnell verschwunden.

Lange Zeit blieben Nina und Caren stumm stehen und überlegten. „Was meinst du, Nina, Wasilow lässt Raumschiffe mit einer Spitze vorn bauen. Gleichzeitig evakuiert er seine wichtigsten Leute aus Wasilowgrad." „Das sieht nach einem Angriff auf das Sternenzelt aus." Lass uns Paps anmailen."

Sie berichteten ihm alles und zuletzt fragten sie: „Paps, was sollen wir tun"?

Nur 10 Minuten später war die Antwort da:

„Ihr müsst schnell handeln. Die Raumschiffe, es sollen vier sein, sind fertig und Wasilow hat den 25. Juni zum Feiertag erklären

lassen. Alle haben an diesem Tag frei, nur warum weiß niemand.
Jetzt aber scheint Licht in das Dunkel zu kommen. Anscheinend
will Wasilow das Sternenzelt endgültig zerstören und wir können
hier nichts tun.
Gerade erfahre ich, dass die vier Raumschiffe voller Sprengstoff
sind und nur mit Robotern bemannt sein sollen. Das unterstützt
noch meine Befürchtungen. Wir versuchen hier alles, um euch zu
retten. Vielleicht könnten euch eure Außerirdischen helfen?
Ich umarme euch und will euch gesund wieder sehen. Paps"

„Die Idee mit Lu und La ist nicht schlecht, komm. Lass uns mit
ihnen sprechen." Beide nahmen ihre Medaillons vom Hals und
drückten die Sonnen aneinander. Fast augenblicklich hörten sie
Stimmen in ihren Gedanken: „Hi, Nina, hi Caren, können wir
helfen"? „Ich glaube schon," antwortete Caren. „Das Sternenzelt
soll anscheinend von vier Raumschiffen, die vorn eine Spitze
haben, angegriffen und vernichtet werden, könnt ihr uns helfen"?
„Wann soll das geschehen"? „In fünf Tagen." „Bis dahin können
wir da sein. Wir werden uns beraten und ihr könnt vielleicht
heraus finden, aus welcher Richtung die Schiffe ungefähr
kommen. Wir finden einen Weg, euch zu helfen, so wie ihr uns
geholfen habt." Damit brach die gedankliche Verbindung ab.
„Lass uns noch mal Paps mailen."
Auch jetzt wieder berichteten sie ihm alles und baten um Hilfe.
„Die Himmelsrichtung ist ziemlich klar, das Sternenzelt liegt fast
genau westlich von uns, also müssten die Schiffe bei euch aus
östlicher Richtung kommen. Toll, dass euch eure Außerirdischen
zur Seite stehen. Jetzt fühlen wir uns hier schon etwas besser.
Ich umarme euch, Paps. "

Los, sagen wir Lu und La gleich bescheid. Wieder drückten sie
die Sonnen im Medaillon aneinander und gaben die Nachricht
weiter.
Jetzt müssen wir noch zu unseren Freundinnen. Die würden uns
steinigen, wenn wir ihnen nichts sagen würden. Ihre vier

Freundinnen hörten sich alles an, waren aber eigenartigerweise wesentlich ruhiger als Nina und Caren, als sie von der Hilfe von Lu und La erfuhren. „Die lassen uns sicher nicht im Stich", war die Meinung aller.

21. Juni: „Lass uns zu Pierre gehen." Gesagt, getan, noch vor der Schule suchten Nina und Caren Pierre und Carina auf." „Ihr habt schon wieder finstere Gesichter", wurden sie empfangen, „ Wo brennt es denn"? „Wir werden am 25. Juni angegriffen, diesmal soll das Sternenzelt endgültig dran glauben." Und schnell war alles haarklein berichtet. Pierre war schockiert: „In der Zeit können wir das Sternenzelt nie evakuieren – was sollen wir jetzt machen"? „Lass uns das regeln", erwiderte Caren, wir haben schon um Hilfe gebeten und hoffen, dass alles gut geht." Natürlich wollten die zwei Näheres wissen, erfuhren aber nichts.

22. Juni, Nachricht von Lu und La: „Hi Nina und Caren, wir haben einen Plan, wie wir euch helfen können. Wir kommen mit drei Raumschiffen, PKX 3209 und PKX 3210 begleiten uns. Zwischen unseren Schiffen bauen wir ein Kraftfeld auf. Das saugt die Raumschiffe wie ein Mund auf und spuckt sie dann wieder aus. Die Schiffe werden mit voller Kraft von uns an ihren Ausgangspunkt zurück geschleudert. Das eine oder andere wird wohl auseinander brechen. Sollte eines es bis zum Ausgangspunkt schaffen, vernichtet es diesen. Seht zu, dass euer Vater nicht in der Station ist. Wir fliegen morgen los und legen uns ab 24. Juni auf die Lauer. Ihr könnt uns vertrauen, wir schaffen es."

„Wir müssen unbedingt Paps mailen:
Hi, Paps, wir bekommen Hilfe von Lu und La. Wahrscheinlich wird aber eure kleine Raumstation explodieren. Seid also bitte nicht dort und wenn ihr Freunde retten könnt, lasst sie nicht zur Station."
Wir umarmen dich, Nina und Caren"
Nachricht von Paps:
„Danke für die Warnung, wir dürfen sowieso nicht auf die Station und –schön dass wir das wissen – wir werden möglichst

viele warnen. "
Ich umarme euch, Paps
Mehr konnte nicht getan werde.
25.Juni: Bis Mittag geschah nichts, dann waren Lu und La in ihren Gedanken. „Hi Nina und Caren, ihr hattet recht, vier Raumschiffe sollten das Sternenzelt angreifen. Wir haben sie abgefangen und zurück geschleudert. Zwei der Schiffe explodierten, die beiden anderen müssten die Station getroffen haben. Bis dann, wenn ihr mal wieder Hilfe braucht, es hat uns Spaß gemacht."
Am Abend kam eine Mail von Paps:
„Es ist alles so gekommen, wie ihr es vorher gesagt habt, unsere Raumstation ist in die Luft geflogen. Sie ist völlig pulverisiert worden. Wasilow tobt und schäumt vor Wut, geschieht ihm ganz recht. Er verdächtigt uns, damit etwas zu tun zu haben, denn unsere Warnung, sich von der Station fern zu halten, hat sich wohl bis zu ihm herum gesprochen. Aber beweisen kann er uns natürlich nichts.
Ich bin übrigens in euren Ferien auch zu Hause, Mensch, ich freue mich auf euch. "
Ich umarme euch und bin unheimlich froh, Paps
Fünf Tage noch bis zu den Ferien. Wie schnell doch das Jahr vergangen war.
Einen abschließenden Punktestand gab es bisher nicht, aber am 28. sollte der große Jahresabschluss – Abend sein.
Kurz vorher stand Andreas vor ihnen. „Ihr habt jetzt viele Freunde in Wasilowgrad, die Sache mit der Raumstation ist bis zu uns gedrungen. Wenn ihr mal in Schwierigkeiten steckt, viele werden für euch da sein. Danke von uns allen und schöne Ferien." Damit drehte er sich um und war verschwunden.
Pünktlich um 20.00 Uhr begann der Abschlussabend. Herr Baumgarten hielt eine kurze Rede: „Ihr habt euch alle hervorragend geschlagen, alle haben die Prüfungen geschafft, die einen besser, die anderen schlechter. Hier nun die Abschlusstabelle, wobei in diesem Jahr alle eng zusammen

liegen. Beide Altersstufen wurden übrigens zusammen gewertet, also:
Platz vier, zwei Klassen, Tiger und Anacondas je 643 Punkte, dritter Platz Pandas mit 657 Punkten, zweiter Platz Löwen" – hier wurde er von dem ohrenbetäubenden Geschrei der Füchse unterbrochen – „also Löwen mit 664 Punkten und Sieger wurden die Füchse mit 669 Punkten." Und die lagen sich glücklich in den Armen.
Caren sah Nina an: „Puh, das war knapp, nur 5 Punkte Vorsprung! Aber, was soll's gewonnen ist gewonnen." Gina holte den Siegerpokal ab, sie hatten das zweite Jahr in Folge gewonnen.
Kurze Zeit später tauchten Hernando und Juan, aber auch Peggy und Mary auf und beglückwünschten Nina und Caren.
Zum Schluss ergriff Herr Baumgarten noch einmal das Wort: „Eure Zeugnisse bekommt ihr morgen um 10.00 Uhr von eurem Klassenlehrer oder eurer Klassenlehrerin. Ansonsten ist morgen frei. Packt schon mal eure Sachen, übermorgen geht's zurück zur Erde. Ach, eines noch, einen kleinen Wermutstropfen, für die Älteren beginnt am 1.September das letzte Jahr im Sternenzelt. Mehr als drei Jahrgänge können wir hier nicht unterrichten. Nach den drei Jahren steht eure Schule in Andorra. Die Bauarbeiten dafür haben bereits begonnen. Und nun allen eine gute Nacht."
Etwas betröpfelt – nur noch ein Jahr im Sternenzelt – begaben sich die Älteren in ihre Aufenthaltsräume.
Am Morgen ging das große Packen los und es gab viele, die mit gemischten Gefühlen an die Heimkehr dachten – jetzt schon Heimweh nach dem Sternenzelt?
Am Nachmittag trafen sich Nina, Caren, Hernando und Juan auf der Wiese. Es wurde ein kussreicher Abschied und am Ende warteten Hernando und Juan noch mit einer Überraschung auf: „Wir sollen euch von unseren Eltern in den großen Ferien nach Caracas einladen. Unsere Eltern haben gesagt, ihr sollt auch eure Eltern mitbringen, wenn sie wollen."
Das war ja eine tolle Überraschung und Nina und Caren hätten

am liebsten sofort zugesagt.

Abschiedstag, nach dem Frühstück traf sich die Klasse E1 mit Frau Süß im kreisrunden Raum. Jeder bekam seine Tasse mit der ominösen Flüssigkeit und schlief auf der Stelle ein. Wieder war das Gefühl da, sich drehen, drehen, drehen und dann fliegen, fliegen, fliegen.....

Die Zeit erschien allen kürzer, aber als sie erwachten, waren sie wieder in dem Raum in Andorra.

Oben stand schon der feuerrote Bus bereit und dann ging es ab in Richtung Barcelona.

Großes Abschiednehmen, Katherine und Beatrice flogen weiter nach Paris, Carmen und Maria fuhren mit ihrer Mutter nach Hause und Nina und Caren stiegen ins Flugzeug nach Düsseldorf. Aber vorher hieß es wieder: „Na dann bis zum 1.September."